犬養孝揮毫の万葉歌碑探訪

犬養 孝・山内英正

和泉選書

犬養孝還暦記念　甘樫丘万葉歌碑除幕式（昭和42年11月12日）

第一章 大和［奈良県］

第二章　近畿　［和歌山県・大阪府・滋賀県・三重県］

第三章　東　国［愛知県・長野県・静岡県・山梨県・神奈川県・埼玉県・栃木県・北海道］

第四章　北陸・山陰［福井県・石川県・富山県・鳥取県・島根県］

犬養孝揮毫の万葉歌碑探訪

凡例

- 万葉歌は原則として塙書房版『萬葉集』に拠った。
- 歌番号は旧『国歌大観』に拠った。
- 犬養孝随想中、市町村合併による地名変更は〔　〕で注記した。
- 歌碑索引のＳ１～Ｓ３は、犬養孝撰文歌碑及び関連参考歌碑である。
またＭ１～Ｍ14は犬養孝揮毫による歌碑以外の記念碑類である。
- 歌碑写真は原則として最近のものを用いた。

第一章　大和

汲めども尽きぬ泉

昭和四十二年十一月に明日香甘樫丘に、私の大阪大学万葉旅行が百回になったのと、私の還暦を記念して、私の教え子の諸君が明日香村に万葉歌碑を建ててくれた。それは明日香川ほとりの小丘の中腹である。その歌の碑は、

采女の　袖吹き返す　明日香風　都を遠み　いたづらに吹く　　（巻一―五一）

であった。天智天皇皇子志貴皇子の歌である。都が飛鳥から藤原京に遷って後の、古都飛鳥の廃墟を飄々と吹く風の音に、古都の春を追想したものであったろう。地は明日香川のほとり甘樫丘の小丘の中腹である。飛鳥の四周を見渡し、今も女官の袖を吹き返す飛鳥風が飄々と吹く風をよみがえらすことができる。のみならず、古代宮廷のいきづかいまで、ここは再現できるのだ。飛鳥の実景は、野の花の一本でも明日香川の流れと共に汲めども尽きぬ泉でないものはない。

平成七年一月十八日に、私の第百基目*の万葉歌碑がこれも明日香村の高松塚古墳の南方の丘の上に建った。歌は、高松塚壁画古墳を思わせて、

立ちて思ひ　ゐてもそ思ふ　くれなゐの　赤裳裾引き　いにし姿を　　（巻十一―二五五〇）

という歌であった。明日香美人の霊は、夜、人の寝静まった頃、壁画から抜け出して、飄々と付近の山野を逍遥しているかもしれない。地は檜隈の山野で、檜隈川の小流は今も小さな小川のままに付近を北西流して、近鉄の飛鳥駅付近で次第に合流している。古墳の壁画を思いつつ、歩いていると明日香美人の乙女の足取りを辿ることができる。人は知らない真夜中、壁画の霊はこの辺の丘を逍遥しているにちがいはない。檜隈の小流もまた汲めども尽きぬ小流であるのだ。飛鳥川といい、檜隈川といい、明日香の川は、汲めども尽きぬ泉の流れといってよい。藤原宮を袖吹き返す飛鳥美人も、壁画館から抜け出して逍遥する明日香美人も、汲めども尽きぬ美人のいつわらぬおもかげであるのだ。

（『飛鳥京―明日香路小誌―』創刊号　飛鳥京観光協会、一九九五年三月）

＊犬養孝先生が気づかないうちに建っていたものがあったため、実際は百四基目となった。

明日香川　明日も渡らむ

明日香川　明日も渡らむ　石走《いはばし》の　遠き情《こころ》は　思ほえぬかも

（巻十一―二七〇一）

平成七年九月九日重陽の日、明日香のお月見の会の日の午前十時半、飛鳥川のほとり稲淵の石走の処で、わたくしの万葉歌碑、飛鳥で今日までで十数基目＊の除幕式がおこなわれた。

飛鳥川の石走（飛び石）の中で、現在はっきり残る、今も利用されている唯一の処である。処は稲淵の村の下。七、八個の石を並べた飛び石である。畑地から帰って来た人が、今もここで川を渡りながら鍬などを洗っている姿を見る。

「飛鳥川の『あす』でもないが、明日も妻の所に通う飛び石の、離れているように、離れて疎遠な心は、わたくしは思っていないのだ」といった万葉の農村人の恋情を思うには、最適の処だ。

村長主宰で坐《います》神社の神官飛鳥氏によって厳かに除幕式がおこなわれた。橋際に、いかにも自然におかれた歌碑である。

その午後、村長主宰でわたくしの米寿祝賀が橿原ロイヤルホテルでおこなわれ、夜は石舞台で月見の会があった記念すべき日であった。

明日香村の中でのわたくし揮毫の万葉歌碑はもう十数基*を数えるだろう。いずれもそれとなく置かれた、処を得た万葉歌碑である。人がほとりに立って見れば、歌を思い出し、見るとその歌が片すみに書かれているという具合である。

古来、うたわれてきた稲淵の万葉の歌碑は、人もたずねない明日香村の奥、稲淵の田畑の間を流れる飛鳥川の恰好の飛び石の傍に、歌はあるのだ。今も農村の人は、ここで鍬を洗い足を洗っているのだ。

すきとおる川に小魚の岩の間を泳ぎまわっている姿も見られる。その狭い空は蒼い。草木の緑も処を得ている。好きな処に歌碑を建ててもらった。飛鳥川の万葉歌碑は、

明日香川　瀬々の玉藻の　うち靡《なび》き　情《こころ》は妹に　寄りにけるかも　（巻十三―三二六七）

のように、川藻が生き生きとなびいている。

稲淵の川面にも、赤とんぼが水面にすれすれに飛んでは、飛び石に羽をひそめている姿を時々見るのだ。

（『まほろば』九号　橿原ロイヤルホテル、一九九六年三月）

＊この時点では十二基。二〇〇七年四月現在、十五基。

高円の野辺の秋萩

萩といえば、奈良市南郊、白毫寺《びゃくごう》の萩に及ぶものはない。高円山《たかまと》の麓、尾上町の道をつきあたった石段から寺門までの間、石段の両側に、紅萩、白萩が入り乱れて、九月十月の候、萩は、しんしんと音を立てているのではないかと思われるほど、みごとに咲き乱れている。寺ではこの時機に、「志貴《しき》親王御忌」の御供養を営んでいる。

志貴皇子は『万葉集』巻二には「霊亀元年秋九月、志貴親王薨」とある。志貴親王は、天智天皇の皇子で、万葉の歌人として名高い。『続日本紀』には「霊亀二年八月十一日薨」とあって、薨時については論説が多い。その住地の跡は、正確にはどこか不明だが、寺では、寺のある丘と伝え、春日の南にあたるから、天皇にはなられなかったが、光仁天皇（志貴皇子の王子、白壁王）によって「春日宮御宇天皇」と追尊されている。寺では九月に「志貴親主御忌」の法養が毎年営まれている。

『万葉集』には笠朝臣金村歌集所出の歌として、志貴皇子薨時の挽歌が見え、劇的な新様式の長歌をよみ、その反歌に、

高円の　野辺の秋萩　いたづらに　咲きか散るらむ　見る人無しに　（巻二―二三一）

とある。今、寺内の萩の群れの中に、この万葉歌碑が建てられ、白萩・紅萩が歌碑の石の上に覆いかぶさって咲いている。わたくしはことしの御忌におまいりして、この歌碑を見終って、志貴皇子の「春日宮天皇田原西陵」に詣うでた。閑静な田原西陵は、高円山の東麓で、茶畑の間にかこまれて閑かに眠っておられる。快晴の田原西陵、人一人いない御墓、皇子は今静かにお茶を召し上っておられるかと思われる。

近くに萩はないが、野辺の秋萩は、見る人無しに、咲いては散り、咲いては散りしている音がきこえそうである。むなしく、この挽歌のように、きっと墓の上に、白萩、紅萩は、こぼれ散っているのであろう。わたくしは、志貴皇子盛時を思いながら、お墓をひとり一周していた。

（『ブルーシグナル』三八号　西日本旅客鉄道広報室、一九九三年十一月）

黒髪山の山菅——万葉の苑

近ごろ自治体や民間団体などによって、万葉の森、万葉植物園、万葉苑などの建設が盛んに行なわれるようになったのは、喜ばしいことである。昭和五十八年に開かれた名古屋東山の「万葉の散歩道」などは自然の丘陵を利用してまことにすばらしく、さながら古代万葉の山野を逍遥する感がある。徳山市〔現・周南市〕の万葉の森、福井県武生市〔現・越前市〕の味真野苑も行きとどいたものだし、南足柄市は、ほとんど旧足柄峠の全域を万葉公園にしている。

もともと、万葉植物園は、奈良春日大社のものがその嚆矢《こうし》といってよく、すでに草創五十年の歴史をもっている。これを記念して、春日野の森をとり入れ拡張計画がすすめられている。昭和五十七年六月には、県によって香具山に万葉の森ができ、また同年五月には、奈良北郊丘陵、〝佐保山〟の中、鴻池グラウンドの北東方丘陵に万葉の苑が建設された。そこは、昭和五十九年、〝わかくさ国体〟のための「奈良市鴻池陸上競技場」の北側の丘陵地で、奈良少年刑務所の西方にあたり、まずこの一帯の丘陵地が、万葉の「黒髪山」にあたるものであろう。もっとも「黒髪山」には異説もあるが、現ドリームランド〔平成十八年、閉鎖〕から、その周辺にかけて〝黒髪山〟と呼ばれ、黒髪山町の町名もできている。

万葉の苑の建設者は奈良ライオンズクラブと奈良ライオネスクラブの合同で、ライオネス創立五周年記念事業として、万葉の苑を造り、市に寄贈したものである。わたくしは万葉歌碑の揮毫を頼

まれ、万葉巻十一—二四五六の「ぬばたまの　黒髪山の　山すげに　小雨降りしき　しくしく思ほゆ」の歌を、原文のまま、

烏玉
黒髪山
山草
小雨零敷
益益所思

としたためた。

除幕式の日は、快晴ではあったが、新造成地は、海のものとも山のものともわからない状態で、苗木はパラパラと植えてあっても、荒涼索漠たるものであった。

昭和五十八年、年の暮に行ってみると、競技場も周辺も国体を迎えるべくみごとに整備され、草木類もほとんど根づいて、歌碑の周辺には、山すげが植えこまれ、歌碑も落ちついて来て、副碑も色あざやかであった。周辺が落ちついてみると、碑の位置は、遠く奈良盆地を見はるかし、広大な空のもと周辺の緑地を背景に、〝佐保山〟や〝黒髪山〟の昔を思わせる趣となっていた。国体で荒されないかぎり、木々も成長して、いずれは、黒髪山万葉の森も出現するようになるだろう。

この歌は、元来、「物に寄せて思ひを述」べたもので、本意は、しきりにその人のことが思われ

るという意味だが、古代黒髪山に自生する山すげに、小雨がしとしとと降る、じめじめと晴れやらぬ憂愁の思いにうらづけられた恋ごころの表出である。日ごとに開発されてゆく〝黒髪山〟では、古代をよみがえらすよすがもないと、一見、思われるだろうが、わたくしには、碑の周辺、山すげの葉が、風にゆらぎ、小雨にぬれているところを見ると、騒音の奈良の一切を離れたこの丘の一隅にだけは、〝恋〟の歎きも、かすかながら千古にひびきかえるのをおぼえるのである。まわりはどんなに変ろうとも、わたくしには、碑を建てたことの意味の深さがしみじみ思われるのである。

わたくしは、奈良盆地を覆う遠い空の雲のあいだから、夕日の光線が、薄赤くさしこみ、その光がかすかに碑面と山すげにさしていたのを忘れることができない。後代の人の誰かが、同じように、山すげの恋ごころを、しくしくと思ってくれるならば、幸いと思っている。

万葉の森は、全国各地に出現してくるだろう。自然の草木に触発された古代万葉びとの、心の深さは、津々浦々に、今な現《おつつ》とよみがえってくるにちがいない。

（『奈良県観光』三二五号　奈良県観光新聞社、一九八四年一月）

甘樫丘万葉歌碑

あまかしのおかまんようかひ

1

采女《うねめ》の　袖《そで》吹《ふ》き返《かへ》す　明日香風《あすかかぜ》　都《みやこ》を遠《とほ》み　いたづらに吹《ふ》く

（巻一―五一）志貴皇子《しきのみこ》

采女の袖を吹き返した明日香風は、都が遠くなったので、ただ空しく吹いている。

碑面

志貴皇子
婇女乃
袖吹反
明日香風
京都乎遠見
無用尓布久

孝書

裏面

恩師　文学博士犬養孝先生
の還暦を祝し　永く先生の
萬葉への情熱をたたへ　併
せて先生御指導の大阪大学
萬葉旅行百回を記念し　全
国の教へ子ら相寄りてここ
萬葉のふるさとにこれを建
つ
昭和四十二年十一月十二日

位置　奈良県高市郡明日香村

豊浦　甘樫丘中腹

除幕式　昭和四十二（一九六七）年十一月十二日

建立者　全国の教え子

寸　法　一一〇×二〇〇

解説板（部分）

志貴皇子は天智天皇の第七皇子。

六九四年十二月、持統天皇によって明日香から北の藤原に遷都された。皇子は旧都に佇み、吹く風のなかに美しい采女の幻想を抱いた。

揮毫者の犬養孝（一九〇七〜九八）は、明日香村名誉村民、文化功労者、大阪大学・甲南女子大学名誉教授。「万葉集」

の風土文芸学的研究をおこない、明日香をはじめ全国の万葉故地保存に尽力した。

「南都明日香ふれあいセンター犬養万葉記念館」が、明日香村　岡にある。

犬養孝生誕百年を記念して、ここに歌碑解説板を設置する。

平成十九年四月一日

犬養万葉顕彰会

除幕式　平成十九（二〇〇七）年四月一日

設置者　犬養万葉顕彰会

解説

甘樫丘中腹の歌碑は、犬養孝先生が揮毫した第一号歌碑である。昭和三十年代後半から明日香村周辺にも開発の波が押し寄せ、甘樫丘の上にホテル建設をもくろむ業者もあらわれた。

昭和四十年から、犬養先生が指導されてきた大阪大学万葉旅行の会の委員や卒業生の間で、万葉旅行百回記念と先生の還暦記念行事の計画が議論され始めた。翌年末に世話人会が結成され、万葉歌碑を建立することに決定した。甘樫丘の地権者全員も明日香乱開発の防波堤となるならばと快諾してくれた。

除幕式は昭和四十二年十一月十二日午前十一時からおこなわれ、この日のために黛敏郎氏が作曲した「犬養先生還暦記念のために捧げる萬葉歌碑のうた（志貴皇子のうたによる）」が大阪大学混声合唱団によって披露された。正午からは当時の飛鳥小学校講堂で祝賀会、午後二時からは先生の記念講演が催された。

除幕式の一週間後の十一月十九日におこなわれた第百回飛鳥万葉旅行には四百五十五名が参加した。除幕式と同様に、参加者には百回記念文集や揮毫歌を染めた日本手拭いなどが配られた。

この歌碑は昭和六十二年に国の管理下に入り、先生の生誕百年に当たる平成十九年四月一日に解説板が設置された。

79

飛鳥川万葉歌碑

あすかがわまんようかひ

今日《けふ》もかも　明日香《あすか》の川《かは》の　夕《ゆふ》さらず　河蝦《かはづ》鳴く瀬《せ》の　清《さや》けくあるらむ

（巻三―三五六）上古麻呂《かみのこまろ》

今日もまた明日香川では、夕方になるといつもカエルの鳴く瀬がすがすがしいことだ。

碑面

今日可聞
明日香河乃
夕不離
川津鳴瀬之
清有良武
上古麻呂

裏面

考書
明日香村
平成四年三月吉日

位　置　奈良県高市郡明日香村飛鳥　甘樫橋東詰めの道路沿い
除幕式　平成四（一九九二）年十二月四日
建立者　明日香村
寸　法　一三三×一五〇　黒御影石嵌込み六〇×七一

解説

歌碑の裏面には「平成四年三月吉日」と刻されているが、実際に設置されたのは三月五日で、除幕式は十二月四日を待たねばならなかった。

当初、明日香村は除幕式をおこなう予定は持っていなかった。犬養先生はそれを残念がり、村に強く要望した。そこで村はこの年の三月四日に設置した川原寺万葉歌碑（78）と、前年の三月に設置した飛鳥川万葉歌碑（63）と合わせて三基の除幕式を同日におこなった。当日午前十時から自動車に乗って三箇所を巡りながらの除幕となり、まるで流れ作業の除幕式だったと、先生はあとで述懐した。

平成十九年一月中旬、道路拡副のため、歌碑の位置は少し東側に移された。

雷丘万葉歌碑

いかずちのおかまんようかひ

121

大君《おほきみ》は　神《かみ》にしませば　天雲《あまくも》の　雷《いかづち》の上《うへ》に　盧《いほ》りせるかも

（巻三—二三五）柿本人麻呂《かきのもとのひとまろ》

大君は神でいらっしゃるので、天雲のかかっている雷丘に仮宮を造っていらっしゃる。

碑面

天皇御遊雷岳之時
柿本朝臣人麻呂作歌一首
皇者
神二四座者
天雲之
雷之上尓
盧為流鴨
孝書

裏面

揮毫者　明日香村名誉村民
大阪大学名誉教授
犬養孝

建立者　明日香村長関義清
平成十年二月

位　置　奈良県高市郡明日香村
雷　道路沿い

建立日　平成十（一九九八）年
二月下旬

建立者　明日香村

解説

この歌碑の除幕式はおこなわれなかった。それどころか明日香村外に住んでいる者は、誰も建立されたことすら知らなかった。

犬養先生は平成九年三月に軽い脳梗塞をわずらったために、冬の寒い間は外出を控えていた。春になってから除幕式をしてはどうかと関係者は話し合っていたが、村としては三月末までに建立しなければならない事情があり、先生の病状を考慮して結局除幕式はおこなわなかった。先生御自身も歌碑が出来上がった事実を知らず、また生前御覧になることもなかった。

明日香村に建立されている先生揮毫の歌碑のうち、生前最後に建てられたものである。歌碑の右横には、副碑が設置されている。

飛鳥万葉歌碑

あすかまんようかひ

51

大君《おほきみ》は　神《かみ》にしませば　赤駒《あかごま》の　はらばふ田居《たゐ》を　都《みやこ》となしつ

（巻十九―四二六〇）大伴卿《おおともきょう》

大君は神でいらっしゃるので、赤駒が腹這う田を立派な都となさった。

碑面

壬申年之乱平定以後歌
　　大伴卿作
皇者
神尓之座者
赤駒之
腹婆布田為乎
京師跡奈之都
　　孝書

裏面

犬養孝博士の昭和六十二年度文化功労賞受賞を賀しまた本會に對する多年の指導と貢献に感謝し　一碑を捧げて博士の彌榮を祈る
平成元年　孟夏
　飛鳥古京を守る會

位置　奈良県高市郡明日香村
　飛鳥　飛鳥坐神社

除幕式　平成元（一九八九）年
四月十六日
建立者　飛鳥古京を守る会
寸　法　一〇五×一八〇

筆塚　M2

位　置　奈良県高市郡明日香村
飛鳥　飛鳥坐神社
除幕式　昭和五十二（一九七七）
年一月十五日
建立者　飛鳥坐神社
寸　法　九〇×五五

解説

昭和六十二年十一月三日、犬養先生は文化功労者となった。これをお祝いして「飛鳥古京を守る会」が昭和六十三年秋に、

万葉歌碑を設置した。ちょうど『わたしの万葉歌碑』(社会思想社、一九八二)の増補版の計画を、清原和義氏と私、山内とで進めていたので、それに間に合わせるべく急いで歌碑が作られた。しかし次から次へと新たな歌碑が建っていったため、増補版の刊行は見合すことになった。

除幕式は「飛鳥古京を守る会」の平成元年度の総会行事の一つとしておこなわれた。出席者には「飛鳥万葉絵葉書」が記念品として配られた。

歌碑の裏面の文字は、関西大学教授の奥村育三氏が虞世南の書体で揮毫した。

この歌碑は当初、石段を登った右手すぐの所に位置していたが、平成十年九月二十二日、台風七号で倒壊したヒノキの巨木によって押し倒されてしまった。このため同年十月十六日に、現在の場所に再建された。

元の場所には、犬養先生が生前に毎年訪れた、糸我峠の山桜が植えられている。

神社の石段下、右手の道路沿いに筆供養のために「筆塚」が立っている。宮司の飛鳥弘訓氏は、昭和四十五年頃から筆塚建立の計画を立てていたが、昭和五十一年末に亡くなった。子息の飛鳥弘文氏が意志を受け継いで建立した。

大原の里万葉歌碑

おおはらのさとまんようかひ

22

わが里《さと》に　大雪《おほゆき》降《ふ》れり　大原《おほはら》の　古《ふ》りにし里《さと》に　降《ふ》らまくは後《のち》
（巻二―一〇三）天武天皇《てんむてんのう》

わが岡《をか》の　おかみにいひて　降《ふ》らしめし　雪《ゆき》の摧《くだ》けし　そこに散《ち》りけむ
（巻二―一〇四）藤原夫人《ふじわらぶにん》

わたしの里に大雪が降ったよ。あなたのいる大原の古里に降るのはもっと後のことでしょう。
わたしのいる岡の水の神様に言いつけて、降らせた雪の砕けたとばっちりが、そこに散ったのでしょう。

碑面

天武天皇
吾里尓
大雪落有

大原乃
古尓之郷尓
落巻者後

藤原夫人
吾岡之
於可美尓言而
令　落

雪之摧之
彼所尓塵家武
孝書

裏面（横書き）

昭和56年3月
明日香村建立

位置 奈良県高市郡明日香村小原《おはら》 小原神社
除幕式 昭和五十七（一九八二）年四月二十六日
建立者 明日香村
寸法 一〇〇×二〇〇

解説

明日香村は万葉故地の故郷として、広く一般に知ってもらうため、万葉歌碑の建立を計画した。その第一歩として昭和五十六年に犬養先生揮毫歌碑を二基建てることになった。この歌碑と真神の原万葉歌碑(23)である。

歌碑の裏面には「昭和56年3月 明日香村建立」と刻されているが、実際に設置されたのは昭和五十六年九月であった。村は当初除幕式を予定していなかったが、先生の要望もあり、飛鳥民俗資料館の竣工式と合わせて、昭和五十七年四月二十六日午前十時より二基の歌碑の除幕式を一括して、大原神社でおこなった。

真神の原万葉歌碑

まかみのはらまんようかひ

23

大口《おほくち》の　真神《まかみ》の原《はら》に　降《ふ》る雪《ゆき》は　いたくな降《ふ》りそ　家《いへ》もあらなくに

（巻八―一六三六）舎人娘子《とねりのおとめ》

（大口の）真神の原に降る雪は、ひどく降らないでほしい。その辺りに家も無いので。

碑面

舎人娘子
大口能
眞神之原尓
零雪者
甚莫零
家母不有國

裏面（横書き）

孝書
昭和56年3月
明日香村建立

位　置　奈良県高市郡明日香村飛鳥　明日香民俗資料館
除幕式　昭和五十七（一九八二）年四月二十六日
建立者　明日香村
寸　法　一〇〇×一四〇

解説

大原の里万葉歌碑（22）と同様、裏面には「昭和56年3月明日香村建立」と刻されているが、実際に設置されたのは昭和五十六年九月であった。昭和五十七年四月二十六日に、大原神社で一括して除幕式をおこなったため、この場所では除幕式はおこなわず、十時四十五分から十一時三十五分まで民俗資料館で小宴を催した。

山清水万葉歌碑

やましみずまんようかひ

125

山吹《やまぶき》の　立《た》ちよそひたる　山清水《やましみづ》　汲《く》みに行《ゆ》かめど　道《みち》の知《し》らなく

（巻二―一五八）高市皇子《たけちのみこ》

山吹が咲いている山の清水を汲みに行きたいが、そこへ行く道が分からない。

碑面

山振之
立儀足
山清水
酌尓雖行
道之白鳴
孝書

裏面

犬養孝先生を追悼して之を
建つ
平成十二年四月一日
飛鳥古京を守る会

位　置　奈良県高市郡明日香村岡　南都明日香ふれあいセンター　犬養万葉記念館中庭
除幕式　平成十二（二〇〇〇）年四月一日
建立者　飛鳥古京を守る会
寸　法　七一×六四

「南都明日香ふれあいセンター
犬養万葉記念館」開館記念碑

碑面 M13

萬葉は青春のいのち

犬養　孝

裏面

犬養万葉記念館の開館を祝し之を建つ

平成十二年四月一日

犬養万葉顕彰会

位　置　奈良県高市郡明日香村岡　南都明日香ふれあいセンター　犬養万葉記念館玄関横

除幕式　平成十二（二〇〇〇）年四月一日

建立者　犬養万葉顕彰会

寸　法　一六〇×七四

犬養孝生誕百年記念碑

碑面 M14

あすか風

裏面

万葉学者・文化功労者・
明日香村名誉村民
犬養　孝先生の生
誕百年を記念して

平成十九年四月一日

犬養万葉顕彰会

位　置　奈良県高市郡明日香村岡　南都明日香ふれあいセンター　犬養万葉記念館中庭

除幕式　平成十九（二〇〇七）年四月一日

建立者　犬養万葉顕彰会

寸　法　七五×二四×一八

解説

残念なことに、犬養先生が亡くなった一年半後に、犬養万葉記念館は開館された。先生は記念館の開館を楽しみにしつつも、「僕だって、いつかは皆に忘れられていくのだよ。」と呟かれていた。蔵書はすべて明日香村に寄贈され、『万葉集』関係のものは清原和義氏旧蔵のものと合わせて、記念館と一部は奈良県立万葉文化館に納められてい

る。

開館当日、まず午前十一時半に明日香村郵便局が設置した書状集箱（明治四年、郵便事業開始の頃のポストを復元）の除幕式がおこなわれた。続いて「萬葉は青春のいのち」碑の除幕が、門前の道路の通行を一時止めてあわただしくおこなわれた。すぐさま中庭に場所を移し、歌碑の除幕式となった。

歌碑の文字は、昭和五十七年五月四日、犬養先生の真夫人の十年祭の折に、先生が配られた色紙の揮毫を用いている。お二人を偲ぶのに最もふさわしい記念碑である。歌碑の傍らにはサルスベリが、通路をはさんで東西一列にヤマブキが植えられている。十二時前に記念館のテープカットとなり、ファンファーレが鳴った。犬養孝先生の弟、犬養廉先生が開館宣言をした。

午後は一時半から二時半まで石舞台古墳公園の風舞台で、開館記念式典が挙行され、約三百五十名が参加した。さらに午後五時から橿原ロイヤルホテルにおいて、犬養万葉記念館に協力する会主催の開館祝賀会が催され、約二百三十名が出席した。

「萬葉は青春のいのち　犬養孝」の文字は、犬養万葉顕彰会が平成五年に作製したテレフォンカードのケース表紙に、先生に書いていただいた文字を用いた。明日香村には数多く歌碑があるので、先生を偲ぶ何よりの記念碑になると考えたためである。また、「あすか風」の文字は、顕彰会の機関誌『あすか風』の題字を用いた。石は栃木県産の六方石である。

川原寺万葉歌碑

かわらでらまんようかひ

78

世間《よのなか》の　繁《しげ》き仮廬《かりほ》に　住《す》み住《す》みて　至《いた》らむ国《くに》の　たづき知《し》らずも

（巻十六—三八五〇）作者未詳

世の中という煩わしいことが多い仮の住みかに住み続け、死後に行き着く浄土の様子はわからない。

碑面

世間之
繁借廬尒
住〻而
將至國之
多附不知聞

右歌河原寺之佛堂裏在倭琴
面之
考書

裏面

明日香村
平成四年三月吉日

位置	奈良県高市郡明日香村川原　川原寺前
除幕式	平成四（一九九二）年十二月四日
建立者	明日香村
寸法	一三四×一四〇　黒御影石嵌込み六一×七〇

解説

歌碑の裏面には「平成四年三月吉日」と刻されているが、実際には三月四日に設置され、除幕式は、飛鳥川万葉歌碑（63）、飛鳥川万葉歌碑（79）と合わせて、この年の十二月四日におこなわれた。

建立当初、歌碑は汚い公衆トイレの横に立っており、先生は嫌がっていた。現在清潔で真新しいトイレが離れた場所に造られ、碑面には川原寺の甍が映るようになった。歌碑の右脇には、歌の解説を記した背の低い石柱が設置されている。

飛鳥川万葉歌碑

あすかがわまんようかひ

63

明日香川《あすかがは》　瀬々《せぜ》の玉藻《たまも》の　うちなびき　情《こころ》は妹《いも》に　寄《よ》りにけるかも

（巻十三―三二六七）作者未詳

明日香川の瀬々の玉藻がうちなびくように、心はあの娘になびき寄ってしまった。

碑面

明日香河
瀬湍之珠藻之
打靡
情者妹尓
因来鴨

作者未詳

孝書

裏面（横書き）

明日香村
平成3年3月吉日

位置　奈良県高市郡明日香村

岡

除幕式　平成四（一九九二）年十二月四日
建立者　明日香村
寸法　一一〇×一三五　黒御影石嵌込み六〇×八〇

解説

歌碑の裏面には「平成3年3月吉日」と刻されているが、除幕式は川原寺万葉歌碑(78)、飛鳥川万葉歌碑（79）と合わせて、翌年の十二月四日におこなわれた。

この歌碑の右横には、歌の読み下し文と現代語訳を記した背の低い石柱が設置されている。さらに、その横には「飛鳥川」と刻した黒御影石を嵌込んだ自然石の碑が、歌碑と兄弟のように立っている。

歌碑のすぐ後ろを飛鳥川が流れ、雑木林を背景に、歌碑は落ち着いた佇まいを見せている。

嶋の宮万葉歌碑

しまのみやまんようかひ

118

嶋《しま》の宮《みや》 上《うへ》の池《いけ》なる 放《はな》ち鳥《どり》 荒《あら》びな行《ゆ》きそ 君《きみ》いまさずとも

（巻二―一七二）草壁皇子《くさかべのみこ》の宮の舎人《とねり》

嶋の宮の上の池にいる放ち鳥よ、心すさぶな、皇子はいらっしゃらなくても。

碑面

嶋宮
上池有
放鳥
荒備勿行
君不座十方

皇子尊宮舎人等

考書

裏面

揮毫者 明日香村名誉村民
大阪大学名誉教授
犬養孝

建立者 明日香村長関義清

平成八年十一月

位置 奈良県高市郡明日香村
岡 飛鳥周遊歩道沿い

除幕式 平成八（一九九六）年
十一月二十四日

建立者 明日香村

寸　法　一〇〇×一八〇

解説

明日香村役場は、除幕式を犬養万葉顕彰会第七回総会に合わせておこなった。会員参加者約二百五十名は午前十時に近鉄飛鳥駅に集合し、歌碑の場所まで歩いた。このため一時間以上も時間がかかり、午前十一時から予定していた除幕式を十五分遅らせたが、全員間に合わなかった。

この後参加者は石舞台古墳周辺で昼食をとり、明日香村公民館で総会を開いた。

犬養先生揮毫の明日香村の万葉歌碑十五基のうち、この歌碑の場所が最も行きにくい。石舞台古墳が大勢の観光客で賑わっても、この場所まで周遊歩道を登ってくる人は稀である。眼下に嶋の宮の跡が眺められる。

飛鳥川万葉歌碑

あすかがわまんようかひ

82

明日香川《あすかがは》　七瀬《ななせ》の淀《よど》に　住《す》む鳥《とり》も　心《こころ》あれこそ　波立《なみた》てざらめ

（巻七―一三六六）作者未詳

明日香川の多くの瀬ごとにできた淀みに住んでいる鳥も、深く思うがゆえに波を立てないのであろう。

碑面

作者未詳

明日香川
七瀬之不行尓
住鳥毛
意有社
波不立目

考書

位置　奈良県高市郡明日香村祝戸　飛鳥稲淵宮殿跡

除幕式　平成五（一九九三）年九月三十日

建立者　明日香村

寸法　八〇×二〇〇

解説

歌碑は、「史跡　飛鳥稲淵宮殿跡」の小さな芝生の広場の奥まった場所に立っている。南淵山とフグリ山を借景とし、山

野・水田の緑と空の青さのみが視野に入る。歌碑の左横に副碑がある。観光客はここまではほとんどやって来ない。

除幕式は南淵山万葉歌碑(83)と同じ日に、村長を始め関係者のみが集まって執りおこなわれた。この歌碑の除幕式は午前十時からおこなわれ、続いて坂田寺跡に場所を移した。

南淵山万葉歌碑

みなぶちやままんようかひ

83

御《み》食《け》向《む》かふ　南淵山《みなぶちやま》の　巌《いはほ》には　降《ふ》りしはだれか　消《き》え残《のこ》りたる

（巻九―一七〇九）柿本人麻呂《かきのもとのひとまろ》歌集

（御食向かふ）南淵山の巌には、降った薄雪が消え残っている。

碑面

御食向
南淵山之
巌者
落波太列可
削遺有
　考書

位置	奈良県高市郡明日香村
	阪田　坂田寺跡
除幕式	平成五（一九九三）年
	九月三十日
建立者	明日香村
寸法	九〇×二〇〇

解説

この歌碑の除幕式は飛鳥川万葉歌碑（82）の除幕式に引き続き、午前十時半からおこなわれた。遺跡の敷地内に建てるため設置場所に苦心されたと思われるが、歌碑を反転させて設置し

たらちょうど南淵山が借景になったであろう。犬養先生も少し残念がっていた。

歌碑の左横には副碑がある。読み下し文と現代語訳が刻されているが、建立年月日と建立者名はない。歌碑の裏面にも刻されていない。飛鳥川万葉歌碑（82）も同様である。

飛鳥五大寺の一つであった坂田寺の跡としては、あまりにも寂しい場所である。

飛鳥川万葉歌碑

あすかがわまんようかひ

108

明日香川《あすかがは》　明日《あす》も渡《わた》らむ　石橋《いはばし》の　遠《とほ》き心《こころ》は　思《おも》ほえぬかも

（巻十一―二七〇一）作者未詳

明日香川を明日も渡ろう。石橋の遠い先まで見通すことなど思いもよらないことだ。

作者未詳

碑面

明日香川
明日文将渡
石走
遠心者
不思鴨

考書

右面

建立日　平成七年九月吉日
揮毫者　明日香村名誉村民　大阪大学名誉教授　犬養孝
建立者　明日香村長関義清

位　置　奈良県高市郡明日香村稲淵
除幕式　平成七（一九九五）年九月九日
建立者　明日香村
寸　法　一〇〇×一〇〇

解説

除幕式は十時半から予定されていたが、犬養先生が乗車したタクシーが道を間違えたため到着が遅れ、十一時から始まった。約四十名が出席。飛鳥坐神社の神官によって執りおこなわれた。このあと十二時から橿原ロイヤルホテルで、村の関係者十名による先生の米寿の祝賀会が催された。

平成八年四月二十一日、大阪大学万葉旅行の会は第二五〇回飛鳥万葉旅行でこの歌碑を訪ねた。参加者には、この歌碑の写真入りテレフォンカードと記念文集が配られた。

紅の赤裳万葉歌碑

くれないのあかもまんようかひ

104

立《た》ちて思《おも》ひ　居《ゐ》てもそ念《おも》ふ　くれなゐの　赤裳裾引《あかもすそび》き　去《い》にし姿《すがた》を

（巻十一―二五五〇）作者未詳

立っては思い座っても思う、紅の赤裳の裾を引いて去っていったあの人の姿を。

碑面

立念
居毛曽念
紅之
赤裳下引
去之儀乎

作者未詳

考書

裏面

明日香村

平成六年十一月吉日

位　置　奈良県高市郡明日香村

上平田　飛鳥歴史公園
高松塚前の小丘

除幕式　平成七（一九九五）年
一月十八日

建立者　明日香村

寸　法　八七×一四〇

解説

　歌碑除幕式前日の一月十七日、兵庫南部地震（阪神・淡路大震災）が起こった。私、山内は芦屋市から先生宅に自転車で駆けつけた。西宮市今津山中町の犬養邸は全壊状態だったが、先生と吉本御夫妻は無事だった。帰宅後、奈良県の関係者と連絡をとることができ、そこから各地に先生の無事を伝えてもらった。奈良県はたいした被害もないとのことで、除幕式は予定通りに実施するという。驚いた。ちなみに私の家の周囲は壊滅状態だった。

　翌朝、九時頃犬養邸に行き、しぶる先生を明日香にお連れした。近鉄特急電車内で地震後初めて顔を洗った。先生と私は十一時半に高松塚に到着した。除幕式は清原和義氏（武庫川女子大学教授）が代わってし終えたところだった。橿原ロイヤルホテルの祝賀会には、阪神間からの出席者は先生と私だけだった。大阪からの出席者も少なく、全員で五十名ほどだった。薬師寺管長の高田好胤師は先生の眼鏡を見て、先生は洒落た方だ、眼鏡にアクセサリーを付けておられると思った。実は地震で壊れた眼鏡の柄を紐で結んでいたのだ。

この日から一月末まで先生は橿原ロイヤルホテルに避難滞在され、その後自宅再建まで二箇所転居を繰り返すことになった。私は夕方、近鉄あべの駅で読売新聞社の音田昌子記者に歌碑の写真を手渡し、差し入れの食糧と橿原市で購入した携帯ガスボンベを山と手にして被災地に戻っていった。

この歌碑は先生の卒寿を記念して明日香村が建立した。ちょうど先生の揮毫歌碑として百基目に当たる計算であったが、先生が知らないうちに建てられていた歌碑があり、後日、百四基目であることが判明した。歌碑の右横に副碑がある。

年月が経ち碑文が読みにくくなったため、平成十九年三月五日、犬養万葉顕彰会によって墨入れがおこなわれた。犬養先生の生誕百年記念事業の一つである。

檜隈川万葉歌碑

ひのくまがわまんようかひ

さ檜隈《ひのくま》　檜隈川《ひのくまがわ》の　瀬《せ》を速《はや》み　君《きみ》が手取《てと》らば　言寄《ことよ》せむかも

（巻七―一一〇九）作者未詳

檜隈川の瀬が速いので、あなたの手を取ったなら噂されるでしょうか。

碑面

作者未詳

佐檜乃熊
檜隈川之
瀬乎早
君之手取者
将縁言毳

裏面

考書

二月十一日恒例　新聞　放送イベント
「毎日カルチュアスペシャル　ラジオウォーク」

第十回記念
一九九一年五月二十七日
株式会社　毎日放送
株式会社　毎日新聞
ウォーク万葉
ラジオウォーク参加者一同
揮毫　犬養孝先生

位　置　奈良県高市郡明日香村下平田休憩園地
除幕式　平成三（一九九一）年五月二十七日
建立者　毎日放送・毎日新聞・ウォーク万葉・ラジオウォーク参加者一同
寸　法　六二×一六四　黒御影石嵌込み三九×四八

解説

昭和五十七年から毎年二月十一日の建国記念の日に、毎日放送と毎日新聞社は奈良県内で、『万葉集』と古代史ゆかりの地域を舞台として、ラジオウォークをおこなってきた。犬養先生は第一回から平成九年の第十六回まで連続して出演した。平成十年には体調を崩し、『毎日新聞』に短いメッセージを寄せることにとどまった。そしてこの年の十月に亡くなった。

歌碑はラジオウォーク十周年を記念して建てられた。除幕式は神式でおこなわれ、約百名が出席した。このあと歌碑は建立諸団体より明日香村に寄贈された。

香久山万葉歌碑

かぐやままんようかひ

10

春過《はるす》ぎて　夏来《なつきた》るらし　白妙《しろたへ》の　衣《ころも》ほしたり　天《あめ》の香具山《かぐやま》

（巻一―二八）持統天皇

春が過ぎて夏が来たらしい。真っ白な衣を干している天の香具山に。

碑面

持統天皇
春過而
夏来良之
白妙能
衣乾有
天之香来山

孝書

裏面

昭和五十一年十月吉日
市制二十周年記念
橿原市建立

位　置　橿原市醍醐町　醍醐池
東堤
除幕式　昭和五十二（一九七七）
年四月十六日
建立者　橿原市
寸　法　一〇五×一四七

解説

橿原市は昭和五十一年二月十一日、市制二十周年を迎えた。これを記念して万葉歌碑建立を二基計画した。犬養先生揮毫歌碑は醍醐池東堤に、もう一基の辰巳利文氏揮毫の「紀皇女御歌」（巻三―三九〇）は剣池北堤に建てられた。共に裏面には「昭和五十一年十月吉日」と刻されているが、除幕式は翌年の四月十六日におこなわれた。

昭和五十六年十一月二十九日、第一七二回飛鳥万葉旅行で、「大阪大学万葉旅行の会」は三十周年を迎え、参加者は延べ三万人を超えた。これを記念して十二月十三日、大阪ロイヤルホテルでパーティーが催された。この時に記念品として、この歌碑の揮毫歌を紺地に白く染めた暖簾が作られた。

橿原市は平成八年にこの歌碑のレプリカを合成樹脂で作製し、翌年から屋内イベントで展示使用している。

忍坂万葉歌碑

おつさかまんようかひ

7

秋山《あきやま》の　樹《こ》の下隠《したがく》り　逝《ゆ》く水《みづ》の　われこそ益《ま》さめ　思《おも》ほすよりは

（巻二―九二）鏡王女《かがみのおおきみ》

秋山の木の下をひそかに流れていく水のように、わたしの方こそ深く思っているでしょう。あなたが思ってくださる以上に。

碑面

鏡王女

秋山之
樹下隠
逝水乃
吾許曽益目
御念従者

孝書

裏面

昭和四十七年桜井市建之

位　置　桜井市忍阪

除幕式　昭和四十七（一九七二）年十一月五日

建立者　桜井市

寸　法　九〇×一二五

解説

桜井市は町興しの方策として、昭和四十六年春頃から市内各地

に記紀歌謡や万葉歌の歌碑を三十九基建立する計画を立てた。犬養先生揮毫の歌碑は昭和四十七年五月に設置されたが、除幕式は同年十一月五日に三十九基一括し、大神神社神楽殿でおこなわれた。これを記念して「記紀万葉歌碑」絵葉書セットが作られた。この後も桜井市は歌碑建立を継続していった。

歌碑は鏡王女墓へ向かう細道の、右手せせらぎの畔に草木に隠れて目立たないように建てられた。先生は歌のイメージにぴったりだとして大変喜び、記念としてこの歌を記した茶色地の暖簾を配った。

その後何度か台風や大雨でせせらぎが氾濫し、流域の樹木が倒壊するなどの被害が生じたが、歌碑は無事なまま今日に至る。

多武峰万葉歌碑

とうのみねまんようかひ

12

ふさ手折《たを》り　多武《たむ》の山霧《やまぎり》　繁《しげ》みかも　細川《ほそかは》の瀬《せ》に　波《なみ》の騒《さわ》ける

（巻九―一七〇四）作者未詳

（ふさ手折り）多武峰に立ちこめる山霧が深いからか、眼前の細川の瀬音が高くなって騒いでいるよ。

碑面

捄手折多武山霧
茂鴨細川瀬波驟
祁留　孝書
萬葉おじさん
藤本奈良吉の碑　（横書き）

裏面

昭和五十三年五月七日建立
おやじさんを偲ぶ会

位　置　桜井市多武峰　談山神社駐車場
除幕式　昭和五十三（一九七八）年五月七日
建立者　おやじさんを偲ぶ会
寸　法　一八〇×九二

解説

現在の談山神社駐車場の位置には、かつて多武峰ユースホス

テルがあった。藤本奈良吉氏は昭和四十年十一月に桜井市役所退職後、このユースホステルのペアレントとなり、昭和五十二年五月に亡くなるまでホステラーの世話を続けた。氏は『万葉集』を愛し、「万葉おじさん」として親しまれた。

歌碑は藤本氏の一周忌法要を兼ねて、氏を慕うホステラーとヘルパーによって建立された。犬養先生は正しく「捄手折…」と揮毫したが、石工が誤って「捄手折…」と刻したので、除幕式の一週間後に脱漏した点が追刻された。歌碑の台座には、ホステラーたちが記念に、自分の名前や好きな言葉を刻した。

ところが平成元年三月末にユースホステルは廃業し、桜井市開発公社が敷地を買い上げた。しかし山辺道の万葉歌碑群のように桜井市が建てたものではないので、桜井市の歌碑管理リストには入っていない。時折近所の人が、歌碑の周囲の雑草をボランティアで刈っている。台座に嵌込んだ石も剝がれてきており、犬養万葉顕彰会でも善後策が論じられている。

初瀬万葉歌碑

はつせまんようかひ

14

こもりくの　泊瀬《はくせ》の山《やま》は　色付《いろづ》きぬ　しぐれの雨《あめ》は　降《ふ》りにけらしも

（巻八―一五九三）大伴坂上郎女《おおとものさかのうえのいらつめ》

（こもりくの）泊瀬の山は色付いてきた。しぐれの雨があの山に降ったらしい。

碑面

大伴坂上郎女

竹田庄作歌

隠口乃
始瀬山者
色附奴
鐘礼乃雨者
零尓家良思母

孝書

裏面

郷土の恩恵に報いる
ため謹んで万葉歌の
一碑を奉献する。

昭和五十四年六月吉日
松田板治
石井繁男謹書

位置　桜井市大福　三十八柱
神社

除幕式　昭和五十四（一九七九）

年七月六日

建立者　松田板治

寸　法　一二〇×二〇〇

解説

大伴氏の所領地であった竹田の庄は、橿原市東竹田町から桜井市大福小字南竹田・北竹田にかけての地と推定されている。三十八柱神社の万葉歌碑の背後東方に、三輪山や初瀬の山を遠望することができたが、住宅開発が進み眺望はしだいに悪くなっている。

松田板治氏はこの神社の氏子であり、松田メリヤスの社長であった。会社の創業三十年とご自分の還暦を記念し、歌碑を建立した。碑の裏面の説明文は、宮司の石井繁男氏が揮毫した。

なお、境内には梅原猛氏揮毫による「小墾田宮伝承之地」碑もあるが、推古天皇の小墾田宮、淳仁天皇の小治田宮共に、大福説は否定されている。

山辺道万葉歌碑

やまのべのみちまんようかひ

3

衾道《ふすまち》を 引手《ひきて》の山《やま》に 妹《いも》を置《お》きて 山路《やまぢ》を行《ゆ》けば 生《い》けりともなし

(巻二―二一二) 柿本人麻呂《かきのもとのひとまろ》

(衾道の) 引き手の山に妻を葬って、山道を帰って行くと生きた心地もしない。

碑面

柿本人麻呂

衾道乎
引手乃山尓
妹乎置而
山徑往者
生跡毛無

裏面

孝書

山の辺の道のほとり二階堂
に襖の引手の製造を業とす
るわれら わが創業の古く
萬葉の故地に因むを記念し
併せて 柿本人麻呂の高
邁なる心魂を永く後代に傳
へむと揮毫を大阪大学名誉
教授文学博士犬養孝先生に
請ひてこれを建つ
昭和四十五年四月吉日
天理 株式会社 坂本金属

工業所
（以下、二十一名の氏名は省略）

位　置　天理市中山町小路口
除幕式　昭和四十五（一九七〇）年四月二十六日
建立者　坂本金属工業所
寸　法　一三〇×二〇〇

解説

襖の引手の製造業者である坂本金属工業所社長の坂本操太郎氏と弟の左加光氏は、引手の山の麓に衾田陵があることに、自社との不思議な縁を感じ、歌碑建立を思い立った。もとより衾と襖は異なり、引手の意味するところも異なるが、「創業の古く萬葉の故地に因む」ことを記念したのである。

歌碑の裏面の説明文は、善照寺住職が揮毫した。除幕式の折、記念品として「引手の山　解説」リーフレットと絵葉書セットが出席者に配られた。歌碑は除幕後、天理市に寄贈された。

三宅の原万葉歌碑

みやけのはらまんようかひ

うちひさつ　三宅《みやけ》の原《はら》ゆ　ひた土《つち》に　足踏《あしふ》み貫《ぬ》き　夏草《なつくさ》を　腰《こし》になづみ　い
かなるや　人《ひと》の児故《こゆゑ》そ　通《かよ》はすも我子《あご》　うべなうべな　母《はは》は知《し》らじ　うべな
うべな　父《ちち》は知《し》らじ　蜷《みな》の腸《わた》　か黒《ぐろ》き髪《かみ》に　ま木綿《ゆふ》もち　あざさ結《ゆ》ひ垂《た》れ
大和《やまと》の　黄楊《つげ》の小櫛《をぐし》を　押《おさ》へ刺《さ》す　うらぐはし児《こ》　それそ我《わ》が妻《つま》

（巻十三—三二九五）作者未詳

父母《ちちはは》に　知《し》らせぬ児故《こゆゑ》　三宅道《みやけぢ》の　夏野《なつの》の草《くさ》を　なづみ来《く》るかも

（巻十三—三二九六）作者未詳

（うちひさつ）三宅の原を地面まで足を踏み抜くように急ぎ歩き、夏草を腰にからませ苦労して、いったいどのような娘さん故に、通っているのか、息子よ。なるほどなるほど、お母さんは知らないでしょう。なるほどなるほど、お父さんは知らないでしょう。蜷の腸のように黒々とした黒髪に、木綿の緒でアサザを結って垂らし、大和の黄楊の櫛を押さえに刺している美しい娘、それがわたしの妻ですよ。

父母に知らせていない娘故に、三宅道の夏草を足にからませ苦労してきたことだ。

碑面

打久津　三宅乃原従　常土
　足迹貫　夏草乎　腰尓魚
積　如何有哉　人子故曽
通簀文吾子　諾〻名　母者
不知　諾〻名　父者不知
蜷腸　香黒髪丹　眞木綿持
阿邪左結垂　日本之　黄楊
乃小櫛乎　抑刺　卜細子
彼曽吾孋
　反歌
父母尓　不令知子故　三宅
道乃　夏野草乎　菜積来鴨
　　　　　　　　　　考書

位　置　奈良県磯城郡三宅町伴堂
除幕式　平成八（一九九六）年三月二十八日
建立者　三宅町
寸　法　七〇×一一四　黒御影石嵌込み

解説

三宅町は当初、伴堂の杵築《きすぎ》神社の境内に万葉歌碑を建立した。除幕式には約百名が出席し、午前九時から式は始まった。続いて十時から中央公民館において、「三宅の原の歌について」と題する犬養先生の講演がおこなわれた。先生の話は行きつ戻りつなかなか先には進まず、健康状態も危惧されていたので、関係者一同はらはらしながら講演を聴いていた。一時間五十分に及

ぶ講演は無事に終了した。

先生が米寿のお年であると、司会者が最後に紹介したところ、会場から驚嘆の声があがった。実はあと四日で、先生は八十九歳を迎えることになっていた。思えばこの講演が、歌碑除幕式の記念講演として多数の聴衆の前でおこなわれた、生前最後の講演となった。

杵築神社の境内では、歌碑の存在に町民もなかなか気がつかないので、三宅町は平成九年四月、神社の南約二百メートルの道路沿いの緑地帯に歌碑を移転した。歌碑の右横には歌の読み下し文を記した銅製の解説板が、この時新たに設置された。

西の市万葉歌碑

にしのいちまんようかひ

98

西《にし》の市《いち》に　ただ一人《ひとり》出《い》でて　目並《めなら》べず　買《か》ひてし絹《きぬ》の　商《あき》じこりかも

（巻七―一二六四）作者未詳

西の市にたった一人で出かけて、よく見比べもしないで買ってしまった絹の不良品め。

碑面

西市尓
但独出而
眼不並
買師絹之
商自許里鴨
　孝書

裏面

平成六年十月吉日
保存会会長
　米　山　祐　司

位　置　大和郡山市北郡山町
　米山祐司邸

建立日　平成六（一九九四）年
　十月十九日
建立者　平城京西市跡保存会
寸　法　七〇×一一四　黒御影
　石嵌込み

解説

米山祐司氏は家の敷地が平城京の西市の一画にあることを知り、西市跡保存会を結成した。周辺地域が巨大マンション建設などで変貌していくのを残念に思い、住民への啓蒙活動として万葉歌碑の建設を計画した。ところが御自身が病に倒れたため、計画は一時延期せざるをえなくなった。回復後に歌碑は建てられたが、リハビリを続けているうちに除幕式のタイミングを失い、結局そのままになってしまった。このため犬養先生も多くの万葉ファンも、歌碑が建立された事実を一年間ほど知らなかった。

歌碑の右横には副碑と「平城京西市灯籠」が、歌碑の背後には大きな解説板が、さらに歌碑の左横には「平城京西市跡」碑が所狭しと立っている。「長安」と名付けられた狛犬も金網に囲まれて、この一画に座っている。

西市跡保存会は西市の解説リーフレットや出土木簡のレプリカを作製している。

高円万葉歌碑

たかまどまんようかひ

18

高円《たかまと》の 野辺《のへ》の秋萩《あきはぎ》 いたづらに 咲《さ》きか散《ち》るらむ 見《み》る人《ひと》なしに

（巻二—二三一）笠金村《かさのかなむら》

高円の野辺の秋萩はむなしく咲いては散っていくのだろう。見る人もいないままに。

碑面

高圓之
野邊秋芽子
徒
開香將散
見人無尓
孝書

裏面

揮毫 文学博士 犬養孝氏
建立 昭和五十五年九月十四日
南都白毫寺 保勝会
高 円 山 白毫寺

位 置 奈良市白毫寺町 白毫寺
除幕式 昭和五十五(一九八〇)年九月十四日
建立者 南都白毫寺保勝会・高円山白毫寺
寸 法 九〇×一六〇 黒御影

石嵌込み

解説

南都《なんと》白毫寺《びゃくごうじ》保勝会は昭和五十五年一月十一日、万葉歌碑建設委員会の初会合を開いた。この後住職の宮崎快堯師と保勝会の農沢岩男会長から、武庫川大学教授の和田嘉寿男氏に対して、犬養先生への揮毫依頼の仲介を願う電話があった。四月二日、建立地の選定と石材検分がおこなわれた。和田氏は設置場所を山門から続く石段の傍らを提案したが、犬養先生は高円山が見える場所を主張し、現在の建立地に決定した。揮毫歌は、和田氏提案の笠金村の歌となった。

九月十四日、除幕式に先立って午前十時から本堂で志貴皇子の追善法要が営まれた。十一時から除幕式に移り、農沢岩男氏が建設委員を代表して挨拶した。仏式の除幕式は犬養先生にとって初めてだった。奈良女子大学名誉教授の小清水卓二氏による高円の秋萩についての解説もあった。当日の記念品は、『高円の秋萩』万葉歌碑の栞」と、この万葉歌を紺地に染めた暖簾であった。

昭和五十五年十月、香川県在住のジャーナリストの因藤泉石氏が、白毫寺の依頼によって摺り墨で百枚もの記念の拓本をおこなった。白毫寺は歌碑建立に関するすべての資料を、「万葉歌碑建立之記」と記した文箱に入れて保存している。

高円山万葉歌碑

たかまどやままんようかひ

高円《たかまと》の　秋野《あきの》の上《うへ》の　朝霧《あさぎり》に　妻呼《つまよ》ぶ牡鹿《をしか》　出《い》で立《た》つらむか

（巻二十―四三一九）大伴家持《おおとものやかもち》

高円の秋野の朝霧の中に、妻を呼ぶ牡鹿は立っているだろうか。

碑面

大伴家持

多可麻刀能
秋野乃宇倍能
安佐疑里尓
都麻欲夫乎之可
伊泥多都良武可

裏面

考書

万葉の大和路を歩く会十周年を記念し、多年のご指導に感謝して　ここに文化功労者・犬養孝博士揮毫の歌碑を建立する。

横面

平成二年九月二十四日
万葉の大和路を歩く会
奈良交通株式会社

『犬養孝揮毫の万葉歌碑探訪』正誤表

頁	段	行	誤	正
24	下	2	拡副	拡幅
46	上	3	南淵山之	南渕山之
53		2	檜隈川《ひのくまがわ》の	檜隈川《ひのくまがは》の
61		2	泊瀬《はくせ》の	泊瀬《はつせ》の
61	下	2	松田板治	松田坂治
62	中	2	松田板治	松田坂治
66	上	5	通簣文吾子	通簀文吾子
75	下	2	参加者一同	賛同者一同
78	上	9	十三基	十三基目
127		2・3	鷲	鶯
172	下	4	磐姫皇后	古歌集
174	下	15	堺を市民の自由と自治の精神で真に魅力あるまちへと再生することをめざし、あわせて仁徳天皇陵（大仙）古墳	堺は自由と自治の精神で、さらに魅力あるまちへと発展することをめざし、あわせて仁徳天皇陵（大山古墳）
189	下	6	大来皇子	大来皇女
222	中	10	遠《とうと》江	遠江《とおとうみ》
268		3	娘子《をとめ》	娘子《おとめ》
279	下	3	高坏尓　盛机尓立而	高坏尓盛　机尓立而
290と292			の写真逆	
308		1	聖徳天皇	聖武天皇
335	下	9	亨保	享保
348		4	指祈って	指折って
362	中	13	黒大理石	黒御影石
389		3	二〇〇九	二〇〇七

位置　奈良市白毫寺町　高円山ドライヴウェー展望休憩所

除幕式　平成二（一九九〇）年九月二十四日

建立者　万葉の大和路を歩く会・奈良交通株式会社・サンケイ文化センター・新若草山自動車株式会社

寸法　一三五×二〇五

解説

「万葉の大和路を歩く会」は昭和五十六年当時、産経新聞社奈良支局長であった志茂和勝氏の発案で、犬養先生が奈良県内十二コースを選定したことに始まる。当初は産経新聞社奈良支局（のち、奈良サンケイ新聞社）・奈良交通共催であったが、昭和六十三年度から奈良交通単独主催となり、平成二年に十周年を迎えた。

　除幕式は春日大社宮司の花山院親忠氏によって午前十時半からおこなわれ、犬養先生と奈良交通社長の前田哲郎氏、さらに「万葉の大和路を歩く会」会員の丸山圭太郎・竹谷節子両氏によって除幕された。歌碑は春日山系の自然石、その右横には副碑がある。式の後で、「万葉の大和路を歩く会」の講師を代表して和田嘉寿男氏、前田哲郎社長、サンケイ文化センター学院長の広瀬武夫氏がお祝いの言葉を述べた。参加者には記念品として、「犬養孝博士　寧楽萬葉歌碑絵葉書」が配られた。この絵葉書は、犬養先生が揮毫した奈良市内の万葉歌碑と万葉歌色紙の写真からなる九枚組セットであった。

　当日午後一時半から奈良史跡文化センターにおいて、「志貴皇子とその生涯—風土とともに」と題する講演がおこなわれた。講師は犬養先生と、山内英正・清原和義・和田嘉寿男の講師陣四名であった。聴衆は約八百名。この時の講演記録は『志貴皇子とその生涯—風土とともに』（奈良交通、一九九〇）として刊行されている。

　なお、「万葉の大和路を歩く会」は平成十六年三月末で奈良交通が主催を降りたため、新たに四月から任意団体として発足し、平成十九年度に二十六周年目を迎えた。

むささび万葉歌碑

むささびまんようかひ

116

むささびは　木末求《こぬれもと》むと　あしひきの　山《やま》のさつをに　あひにけるかも

（巻三―二六七）志貴皇子《しきのみこ》

むささびは梢を求めようとして、（あしひきの）山の猟師に捕えられてしまった。

碑面

志貴皇子御歌一首
牟佐〻婢波
木末求跡
足日木乃
山能佐都雄尓
相尓来鴨

孝書

副碑（一部）

揮毫者　大阪大学名誉教授
甲南女子大学名誉教授
文化功労者　文学博士
犬養孝氏

建立者　志貴皇子万葉の会
参加者一同
土地提供者　垣野正美氏
建立業者　瑞徳石材店
建立日　平成八年九月十五
日
寄付者氏名　順不同

（以下、六団体名、百二十人の氏名列記）

位　置　奈良市田原春日野町
　　　　ヘリポート進入路沿い
除幕式　平成八（一九九六）年
　　　　九月十五日
建立者　志貴皇子万葉歌碑建立
　　　　実行委員会
寸　法　一八〇×二一〇

解説

平成五年六月、奈良県は春日宮天皇陵（志貴皇子墓）近くに、ヘリポートを造る計画を地元地区に提示した。これに対して「ヘリポート問題を考える会」が反対を表明した。さらに自然環境や万葉風土を守れという声も高まり、その抵抗の証として、「志貴皇子万葉歌碑建立実行委員会」（実行委員長、宮崎快堯白毫寺住職）が結成された。

実行委員会の第一回会合は平成十七年十一月に開かれ、犬養先生は名誉実行委員長となった。全国から約三百六十名が、歌碑建立の寄付金を寄せた。

歌碑右前の副碑には、歌碑の由来と寄付金の拠出団体名と個人名が刻されている。

東大寺万葉歌碑

とうだいじまんようかひ

124

天皇《すめろき》の　御代《みよ》栄《さか》えむと　東《あづま》なる　陸奥山《みちのくやま》に　金花《くがねはな》咲《さ》く

（巻十八―四〇九七）大伴家持《おおとものやかもち》

連綿と続く天皇の御代がますます栄えるであろうと、東国の陸奥の山に黄金の花が咲いた。

碑面

須売呂伎能御代
佐可延牟等阿頭
麻奈流美知乃久
夜麻尓金花佐久

裏面

賀陸奥国出金詔書歌　反歌
一首
すめろきの御代栄えむと東
なる
みちのく山に金花さく
大伴家持万葉集巻十八　四
〇九七

犬養　孝　書
平成十年三月
奈良市に万葉歌碑を建てる会

位　置　奈良市雑司町　東大寺
　　　　真言院

除幕式　平成十（一九九八）年

四月十九日

建立者　奈良市に万葉歌碑を建てる会

寸　法　一二五×一〇〇

解説

「奈良市に万葉歌碑を建てる会」は平成六年に発足し、三十基建立を目標とした。この歌碑は十三基に当たる。

犬養先生は震災のため宝塚市に仮住まいをしていた平成七年に、揮毫墨書を手渡していたが、東大寺の境内に歌碑を建てることは現状変更になるため、文化庁からなかなか許可がおりなかった。設置場所や歌碑の大きさなど様々な問題点を解決して漸く実現の運びとなった。

除幕式は仏式でおこなわれた。最初に長岡玲子副会長より経過報告があり、続いて上野道善住職による般若心経の読誦がなされた。除幕は犬養先生・上野住職・大川靖則奈良市長・阪本龍児会長・豊沢安男豊祝会代表がおこなった。出席約百十名による歌の朗唱のあと、阪本会長・大川市長・上野住職が祝辞を述べた。残念ながら犬養先生は体調が優れず、万葉歌の朗唱も解説もされなかった。

S1

平城の飛鳥万葉歌碑《ならのあすかまんようかひ》

ふるさとの　飛鳥《あすか》はあれど　あをによし　平城《なら》の明日香《あすか》を　見《み》らくし好《よ》しも

（巻六―九九二）大伴坂上郎女《おおとものさかのうえのいらつめ》

古き都であった飛鳥の辺りのたたずまいもよかったが、奈良の明日香の雰囲気も見るといいものだなあ。

碑面

大伴坂上郎女之歌
古郷之飛鳥者雖有青丹吉
平城之明日香乎見楽思好裳

裏面（一部）

撰　文

今云ふ瑜伽山は即ち古の平城之明日香の地にして　萬葉集に大伴坂上郎女の歌一首をとどむ　古寫本類聚古集に依りて本文を録し　之を永く後代に顕彰せむとす

昭和四十六年秋

撰　文学博士　犬養　孝
萬葉歌碑建設委員会

位　置　奈良市高畑北天満町
瑜伽神社

除幕式　昭和四十六（一九七一）

年十一月十九日

建立者　萬葉歌碑建設委員会

寸　法　一六〇×九五

解説

奈良の明日香（飛鳥）は現在、住所表記としては存在しないが、元興寺付近一帯の地を、飛鳥区と地元民は称している。万葉歌碑は、奈良の明日香の地を広く知ってもらうことを意図して計画された。

昭和四十五年春、元奈良県知事野村萬作氏を総代とする「萬葉歌碑建設委員会」が発足した。碑石は約一年がかりで探索し、石定（東大阪市の石工）所有の生駒石に決定した。碑面の文字は天理大学教授富永牧太郎氏が『万葉集』の古写本を調査し、奈良教育大学教授平田華佑氏が文字を選択した。犬養先生は撰文を執筆した。

除幕式の列席者には、「平城の飛鳥の萬葉歌碑の栞」と「平城の飛鳥の萬葉除幕式」のリーフレットが配られた。

山上憶良万葉歌碑

やまのうえのおくらまんようかひ

瓜食《うりは》めば　子《こ》ども思《おも》ほゆ　栗食《くりは》めば　まして偲《しぬ》はゆ　いづくより
来《きた》りしものそ　眼交《まなか》ひに　もとな懸《かか》りて　安眠《やすい》し寝《な》さぬ

（巻五―八〇二）

銀《しろかね》も　金《くがね》も玉《たま》も　何《なに》せむに　勝《まさ》れる宝《たから》　子《こ》に及《し》かめやも

（巻五―八〇三）山上憶良《やまのうえのおくら》

瓜を食べると、子どもらが思い出される。栗を食べると、なお偲ばれる。いったいどこから来たものなのか。眼前にむやみにちらついて安眠させないのは。

銀も金も珠玉もどうして優れた宝といえようか。子に勝るだろうか。

55

【碑面】

思子等歌一首　山上臣憶良
宇利波米婆
胡藤母意保由
久利波米婆
麻斯提斯農波由
伊豆久欲利
枳多利斯物能曽
麻奈迦比尓
母等名可可利提
夜周伊須奈佐農
　　孝書

【裏面】

反歌
銀母
　金母玉母
奈尓世武尓
麻佐礼留多可良
古尓斯迦米夜母
　　孝書

【右横】

故妻裕子壱周忌追善供養と黄綬褒章及び市功労章受章記念に併せて世の人々に捧げる為に萬葉歌碑を菩提寺西芳寺に奉納す
平成元年十一月廿八日
豊住謹一　七十九才

位　置　奈良市油阪東町　西芳寺
除幕式　平成元（一九八九）年十一月二十八日
建立者　豊住謹一

寸　法　一〇五×一二〇　表・裏・右横に黒御影石嵌込み

【解説】

豊住謹一氏は、幕末より奈良で営業を続けてきた豊住書店の当主であった。子棄て・子殺しの社会風潮を憂え、山上憶良の万葉歌碑建立を思い立った。構想すること十年、ご自分の傘寿を記念して実現を目指した。ところが夫人の裕子さんが亡くなったので、一周忌の追善供養として、平成元年十一月二十八日に除幕式をおこなうことにした。前年の十一月三日に豊住氏は黄綬褒章と奈良市功労章を受章し

ていたので、それをも記念することとした。

除幕式は秋雨のなか仏式でおこなわれた。除幕式の紐は豊住氏の二人の孫が引いた。住職は雨は夫人の嬉し涙であると言い、犬養先生もまた亡き眞夫人を思い出し、話の途中で絶句した。高松市から駆けつけた因藤泉石氏は、憶良の歌は世の親子に理解して欲しい名歌であると力説した。

万葉歌碑は、長歌と反歌を黒御影石に刻して石の表と裏に嵌込んだユニークな形態になっている。歌碑の前には、読み下し文を刻した副碑も設置されている。

佐保川万葉歌碑

さほがわまんようかひ

5

うちのぼる　佐保《さほ》の川原《かはら》の　青柳《あをやぎ》は　今《いま》は春《はる》へと　なりにけるかも

（巻八―一四三三）大伴坂上郎女《おおとものさかのうえのいらつめ》

流れにさかのぼって続いている佐保の川原の青柳は、今はもう春らしくなってしまったことだ。

碑面

大伴坂上郎女
打上
佐保能河原之
青柳者
今者春部登
成尓鶏類鴨
孝書

裏面

揮毫　犬養　孝　氏
建立　昭和四十五年七月一日建立
奈良市長　鍵田　忠三郎

位　置　奈良市法蓮立花町
佐保川緑地公園
除幕式　昭和四十六（一九七一）年八月十二日
建立者　奈良市
寸　法　一二〇×一五〇

解説

佐保川は昭和四十年代の前半まではドブ川と化し、堤はゴミ捨て場となっていた。川の辺はヘドロの臭気に満ちていた。危機感を抱いた地域住民は自発的に清掃作業を始め、行政も環境整備に乗り出した。

昭和四十四年には近鉄油阪駅が廃止され、電車は地下を走るようになった。これによって船橋商店街は大きな打撃を受けた。緑地公園整備は地域振興の一助でもあり、万葉歌碑が建立された。

黒髪山万葉歌碑

くろかみやままんようかひ

24

ぬばたまの 黒髪山《くろかみやま》の 山菅《やますげ》に 小雨降《こさめふ》りしき しくしく思《おも》ほゆ

（巻十一—二四五六）柿本人麻呂《かきのもとのひとまろ》歌集

（ぬばたまの）黒髪山の山菅に小雨がしきりに降るように、しきりにあなたのことが思われる。

碑面

烏玉
黒髪山
山草
小雨零敷
益益所思
孝書

副碑

平城山萬葉苑
大和は国のまほろば
萬葉のふるさと
ここ平城山の景勝の一隅に
萬葉の歌碑を建立し その
周囲に萬葉集に詠われた七
十数種樹木を植栽し平城山
萬葉苑を造苑した。
市民の憩の苑として広く永
く愛され親しまれることを
希い奈良ライオンズラブ
結成二十二周年奈良ライオ
ネスクラブ結成五周年の記

念事業として奈良市に寄贈する
昭和五十七年六月一日
奈良ライオンズクラブ
奈良ライオネスクラブ

歌碑

所に因み　萬葉集
寄物陳思歌
巻十一　二四五六
一首を録す
揮毫　犬養　孝

位　置　奈良市般若寺町　平城山萬葉苑
除幕式　昭和五十七(一九八二)年五月十一日
建立者　奈良ライオンズクラブ・奈良ライオネスクラブ
寸　法　一一〇×一九〇

解説

万葉の黒髪山は佐保山の一部であり、奈良阪町から法蓮町にかけての地である。昭和三十六年にドリームランドが開園して景観は激変した。

変貌していった黒髪山を偲ぶ縁として、奈良ライオンズクラブ・ライオネスクラブが万葉歌碑を建立した。副碑には建立日として、除幕式よりも後の日付が刻されている。

歌碑は当初、緑の丘の東端頂上に設置されていたが、昭和五十九年に少し西に降った現在地に移された。

生駒山万葉歌碑

いこまやままんようかひ

68

君《きみ》があたり　見《み》つつも居《を》らむ　生駒山《いこまやま》　雲《くも》なたなびき　雨《あめ》は降《ふ》るとも

（巻十二―三〇三二）作者未詳

あなたが住んでいるあたりを見続けていましょう。生駒山に雲よたなびくな、たとえ雨は降っても。

碑面

君之當
見乍母将居
生駒山
雲莫蒙
雨者雖零
孝書

裏面

君があたり
見つつも居らむ
生駒山
雲なたなびき
雨は降るとも
巻十二　三〇三二

平成四年三月二十日　建之
生駒市教育委員会
万葉歌建碑推進会
揮毫大阪大学名誉教授
文化功労者
犬養　孝　氏

君之當
見乍母将居
伊駒山
雲莫蒙
雨者雖零
孝書

位　　置　生駒市北大和　四季の森公園
除幕式　平成四（一九九二）年三月二十日
建立者　生駒市教育委員会・万葉歌建碑推進会

生駒山万葉歌碑（縮小模刻碑）S2

位　　置　生駒市西松ヶ丘　芸術会館美楽来《みらく》
建立日　平成十一年五月
建立者　生駒市
寸　　法　二九×四七

解説

生駒市の万葉歌建碑推進会は平成二年度末までに、当初建設を予定していた万葉歌碑を三基

君之當
見乍母将居
伊駒山
雲莫蒙
雨者雖零
孝書

（53・58・59）建立した。生駒山を詠んだ歌はまだ三首残っていたため、平成四年から毎年一基ずつ三年間かけて継続建碑することになった。この歌碑は通算四基目に当たる。

除幕は生駒市長・市議会議長・画家の冨田利雄氏・犬養先生の四人でおこなわれた。市長と犬養先生の挨拶を含めてもわずか七分という短時間の除幕式であった。生駒市は政教分離の原則を重んじ、神官による儀式が無かったためである。式後、近くの奈良県立大和高等学校の生徒による茶会が催された。記念品は揮毫歌を紺地に染めた暖簾風の布であった。

なお、生駒市西松ヶ丘の「芸術会館美楽来」の中庭に、この歌碑の縮小模刻碑がある。平成五年度末に万葉歌建碑推進会が解散する折、記念品として縮小模刻碑が役員十名と市長室に、計十一基贈られることになった。ところが使用した石に余裕があったため十二基作ることができ、余った一基は長らく佐野石材店のもとに保管されていた。

平成十一年三月十八日から四月十八日まで芸術会館において、「生駒の万葉　犬養孝先生追悼展」が開催され、揮毫墨書がすべて表装されて展示された。展示会が終わったあとで、余った一基の縮小模刻碑を中庭に設置した。これには犬養先生の落款も刻され、朱が入れられている。

58

生駒山万葉歌碑

いこまやままんようかひ

妹《いも》に逢《あ》はず　あらばすべなみ　岩根《いはね》踏《ふ》む　生駒《いこま》の山《やま》を　越《こ》えてそ我《あ》が来《く》る

（巻十五—三五九〇）遣新羅使人《けんしらぎしじん》

妻に逢わずにいるとたまらなくて、ごつごつした岩を踏みしめて生駒の山を越えてわたしは大和に帰る。

碑面

遣新羅使人
伊毛尓安波受
安良婆須敝奈美
伊波祢布牟
伊故麻乃山乎
故延弖曽安我久流

裏面

考書
妹に逢はず
あらばすべなみ
石根踏む
生駒の山を
越えてそ吾が来る

巻十五　三五九〇
平成二年十一月三日　建之
生駒市教育委員会
万葉歌建碑推進会
揮毫大阪大学名誉教授
文化功労者
犬養孝氏

位　置　生駒市高山町　高山竹林園
除幕式　平成二（一九九〇）年十一月三日
建立者　生駒市教育委員会・万葉歌建碑推進会
寸　法　九五×一五〇

生駒山万葉歌碑

いこまやままんようかひ

59

妹《いも》がりと　馬《うま》に鞍《くら》置《お》きて　生駒山《いこまやま》　うち越《こ》え来《く》れば　紅葉《もみち》散りつつ

(巻十―二二〇一) 作者未詳

妻の許へと、馬に鞍を付けて生駒山を越えて来ると、紅葉が盛んに散っている。

碑面

妹許跡　馬桉置而
射駒山　撃越来者
紅葉散筒
孝書

裏面

妹がりと
馬に鞍置きて
生駒山
うち越え来れば
紅葉散りつつ
巻十　二二〇一
平成二年十一月三日　建之

生駒市教育委員会
万葉歌建碑推進会
揮毫　大阪大学名誉教授
文化功労者
犬養　孝氏

位置　生駒市小明《こみょう》町　生駒

市総合公園
除幕式　平成二（一九九〇）年十一月三日
建立者　生駒市教育委員会・万葉歌建碑推進会
寸　法　一三五×一六五

解説

生駒市は平成元年に市立大瀬中学校（53）に歌碑を建立し、翌年引き続いて、高山竹林園（58）と生駒総合公園（59）に合わせて二基の歌碑を同時に建立した。当初の計画ではこれら三基のみであった。

除幕式は文化の日（十一月三日）午前十時から高山竹林園でおこなわれた。生駒総合公園の歌碑の除幕は竹林園の歌碑の除幕と兼ねたため、現地では実施しなかった。当日の記念品は、揮毫歌を紺地に染めた二枚セットの暖簾風の布であった。

生駒山万葉歌碑

いこまやままんようかひ

76

露霜《つゆしも》の　秋去《あきさ》り来《く》れば　生駒山《いこまやま》　飛火《とぶひ》が岳《をか》に　萩《はぎ》の枝《え》を　しがらみ散《ち》らし
さ牡鹿《をしか》は　妻呼《つまよ》びとよむ　山見《やまみ》れば　山《やま》も見《み》が欲《ほ》し　里見《さとみ》れば　里《さと》も住《す》み良《よ》し

（巻六―一〇四七抜粋）田辺福麻呂《たなべのさきまろ》歌集

（露霜の）秋がやって来ると、生駒山の飛ぶ火が岳に萩の枝をからみつかせて花を散らし、牡鹿は妻を求めて声高く鳴く、山を見れば山も見飽きない。里を見れば里も住みよい。

碑面

露霜乃秋去来者
射駒山飛火賀嵬丹
芽乃枝乎石辛見散之
狭男牡鹿者妻呼令動
山見者山裳見皃石
里見者里裳住吉

考書

副碑

露霜の秋去り来れば
生駒山飛火が岳に
萩の枝をしがらみ散らし
さ雄鹿は妻呼びとよむ
山見れば山も見が欲し
里見れば里も住みよし
巻六　一〇四七より抜粋
平成四年十一月六日　建之
生駒市教育委員会
万葉歌建碑推進会
揮毫大阪大学名誉教授

文化功労者

犬　養　孝　氏

位　置　生駒市東新町　生駒市役所

除幕式　平成四（一九九二）年十一月六日

建立者　生駒市教育委員会・万葉歌建碑推進会

寸　法　一六〇×一二〇

解説

生駒市が建立した六基のうち、第五基目の歌碑である。これのみ左傍らに副碑が設置されている。

揮毫歌は「奈良の故郷を悲しびて作る歌」六十句からなる、長歌の抜粋十二句である。この歌の見飽きない山は生駒山だけではない。平城京を取り囲む青垣山すべてである。住みよい里は平城京そのものを指しているが、住宅開発が進む生駒市は、自然と調和した発展を目指す決意を込めて、この歌碑を建てたのである。

除幕式には約百五十名が出席し、犬養先生・生駒市長・生駒市議会議長の三人が除幕した。記念品は揮毫歌を紺地に染めた暖簾風の布であった。

生駒山万葉歌碑

いこまやままんようかひ

53

夕《ゆふ》されば　ひぐらし来鳴《きな》く　生駒山《いこまやま》　越《こ》えてそ吾《あ》が来《く》る　妹《いも》が目《め》を欲《ほ》り

（巻十五―三五八九）秦間満《はたのはしまろ》

夕方になると、ヒグラシが来て鳴く生駒山を越えて、わたしはやって来る。妻に逢いたくて。

碑面

遣新羅使人秦間満
由布佐礼婆
比具良之伎奈久
伊故麻山
古延弖曽安我久流
伊毛我目乎保里

孝書

裏面

夕されば
ひぐらし来鳴く
生駒山
超えてぞあが来る
妹が目を欲り
巻十五三五八九
平成元年十一月三日建之
生駒市万葉歌建碑推進会
大阪大学名誉教授
揮毫　文化功労者
犬養孝氏

位　置　生駒市小瀬《おぜ》町　大瀬《おおせ》中学校
除幕式　平成元（一九八九）年十一月三日
建立者　生駒市教育委員会・万葉歌建碑推進会
寸　法　一五〇×一三〇

解説

生駒市が建立した第一基目の万葉歌碑である。冨田利雄氏は生駒山上遊園地以外に生駒山を詠んだ歌碑が無いのは寂しいとして、犬養先生揮毫歌碑の建立を生駒市に働きかけた。当時、冨田氏は『朝日新聞（奈良版）』に、大和の万葉スケッチを連載していた。

平成元年六月十五日午後一時から三時間かけて、犬養先生は冨田氏・中畑教育次長・俵本社会教育課長・大西社会教育係長と共に、歌碑建立予定地を視察した。夕方五時から前川市長・馬淵助役・坂本教育長らと懇談し、建立場所と揮毫歌を決定した。この時点では、この年の十月三日までに大瀬中学校（53）・生駒市役所（76）・高山竹林園（58）の三箇所に設置する予定であった。しかし、この年度は大瀬中学校一箇所にとどまった。歌碑の製作は、藤の木古墳の石棺の蓋を開けた佐野石材店がおこなった。

除幕式には大瀬中学校の生徒三十名を含む約百二十名が出席し、午前九時から十分で終了した。先生は「中学校の生徒の皆さん、どうか歌碑を大切にして下さい。」と述べた。除幕式の記念品は揮毫歌を紺地に染めた暖簾風の布であった。

除幕式当日、午後一時半から生駒市中央公民館で「万葉のこころ」と題して、犬養先生の記念講演が催された。

先生は「伊毛我目乎保里」の〝目〟の文字を正しく揮毫していたが、石工が第五画を彫り忘れ〝月〟のようになっていた。除幕式の時には誰も気がつかなかった。万葉歌碑研究家の田村泰秀氏は彫り忘れではないかと

の指摘があったが、〝目〟の崩し字のようにも見えた。私、山内は揮毫墨書で確認しなければと思っていたところ、平成十一年三月に「芸術会館美楽来」で催された「生駒の万葉　犬養孝先生追悼展」で実際に目にする機会を得た。田村氏の指摘通りであった。早速冨田氏に連絡し、追刻してもらった。

　大瀬中学校の校門下近くに、「この上すぐ万葉歌碑　暗越《くらがりごえ》奈良街道　右砂茶屋　左くらがり峠」の石柱が立っている。

生駒山万葉歌碑

いこまやままんようかひ

84

難波津《なにはと》を 漕《こ》ぎ出《で》て見《み》れば 神《かみ》さぶる 生駒高嶺《いこまたかね》に 雲《くも》そたなびく

（巻二十―四三八〇）大田部三成《おおたべのみなり》

難波の港を漕ぎ出て見ると、神々しい生駒の高嶺に雲がたなびいている。

碑面

防人下野國梁田郡
上丁 大田部三成
奈尓波刀乎
己岐涅弖美例婆
可美佐夫流
伊古麻多可祢尓
久毛曽多奈妣久
孝書

碑面右

防人下野国梁田郡
上丁大田部三成
難波門を
榜ぎ出て見れば
神さぶる
生駒高嶺に
雲そたなびく
巻二〇 四三八〇
平成五年十月十一日建之

生駒市教育委員会
万葉歌建碑推進会
揮毫大阪大学名誉教授

文化功労者

犬養孝氏

位　置　生駒市西畑町　暗峠手前下の国道三〇八号沿い
除幕式　平成五（一九九三）年十月十一日
建立者　生駒市教育委員会・万葉歌建碑推進会
寸　法　一一五×二一五

解説

生駒市が建てた第六基目、最後の歌碑である。六基のなかで訪れるのに最も不便な場所に立っている。道路沿いで背後に巨大な岩が迫っているため、歌碑の裏面に説明文を刻しても見づらい。そのため碑面の左に万葉歌を刻し、読み下し文などの説明は、その右に嵌込んだ黒御影石に刻している。

除幕式はこれまでと同様に簡素なもので、記念品も揮毫歌を暖簾風の紺地に染めた布であった。

なお、生駒山麓公園（生駒市俵口町）には、犬養先生揮毫の生駒市内の六基の歌碑を集成するため、いずれも楷書体の読み下し文を刻した歌碑（黒御影石嵌込み）が立っている。すべて平成五年十月三十一日に建てられた。

竜田万葉歌碑

たつたまんようかひ

わが行《ゆ》きは　七日《なぬか》はすぎじ　竜田彦《たつたひこ》　ゆめこの花《はな》を　風《かぜ》にな散《ち》らし

（巻九―一七四八）高橋虫麻呂《たかはしのむしまろ》

わたしの旅は七日は超えないでしょう。竜田彦様、けっしてサクラの花を風で散らさないようにしてください。

碑面

吾去者
七日者不過
　龍田彦
勤此花乎
風尓莫落
　孝書

わが行は　七日はすぎじ龍田彦　ゆめ　この花を風にな　散らし
　　　　万葉集巻九

「私の旅行は七日以内にすみますので龍田彦様どうかこの花を散らさないで下さいませ」

天平四年奈良の都から難波に出張する友人をこの地まで送ってきた歌人高橋虫麻呂の作であり、大阪大学

名誉教授文学博士犬養孝先生の筆によるものである

裏面

記念碑建立趣旨

「私達の街造りは私達の手で」を合言葉に、都市化の波が押寄せるこの地区に、土地所有者二〇四名が自主的結集によって時代の要請に応じた新しい地域社会の建設を目指し、昭和四十七年十月二十一日「立野農住土地区画整理組合」を設立し、健全な市街地の形成と併せて三郷駅の設置、やすらぎの小径、組合記念会館等の施設を整備しこゝに十三年の歳月を経て、昭和六十年十月工事の完成を見た。

この喜びを永く後世に伝える為この記念碑を建立した。尚この事業の記録を保存するため記念碑の土台中央部にタイムカプセルを埋設したので 開掘は（裏側より）百年後の西暦二〇八五年とされることを望む。

昭和六十年（西暦一九八五年）十月六日

立野農住土地区画整理組合

（以下、百四十七名の氏名列記）

施工 大浦石材店

位 置 奈良県生駒郡三郷町立野南二丁目 T字路角

除幕式 昭和六十（一九八五）年十月六日

建立者 立野農住土地区画整理組合

寸 法 一五〇×二五二

解説

三郷町は昭和四十年代前半までは、モモ畑が点在する緑豊かな田園であったが、四十年代後半から宅地開発が本格化していった。昭和五十五年には国鉄（現JR）三郷駅が新設され、さらに開発に拍車がかかった。

歌碑の裏面に記されているように、地権者二〇四名は昭和四十七年十月二十一日に「立野農住土地区画整理組合」を結成し、時代の要請に応えようとした。以来十三年かけて事業は完了した。これを記念して万葉歌碑が建立された。

除幕式には地元住民約百名が出席した。碑面には、「天平四年奈良の都から難波に出発する友人をこの地まで送ってきた歌人高橋虫麻呂の作」と、解説文を刻しているが、虫麻呂は藤原宇合の伴で難波に行き、翌日帰京した。犬養先生は解説文を除幕式当日初めて目にして、誤記を残念がっておられた。

斑鳩万葉歌碑

いかるがまんようかひ

77

斑鳩《いかるが》の　因可《よるか》の池《いけ》の　宜《よろ》しくも　君《きみ》をいはねば　思《おも》ひそ我《あ》がする

（巻十二―三〇二〇）作者未詳

斑鳩の因可の池のヨルではないが、宜しくあなたのことを人が言わないので、わたしは思い悩んでいる。

碑面

斑鳩之
因可乃池之
宜毛
君乎不言者
念衣吾為流
　　考書

位　置　奈良県生駒郡斑鳩町法隆寺南三丁目　上宮遺跡公園
除幕式　平成四（一九九二）年十一月二十二日
建立者　斑鳩町
寸　法　一一七×一七五

解説

斑鳩町教育委員会は上宮歴史公園整備事業に伴う発掘調査で、奈良時代に造られた掘っ立て柱の建物遺跡を発見し、平成三年九月に遺跡を公開した。平成四年十一月二十二日午前

十一時、テープカットによる開園式がおこなわれ、続いて万葉歌碑の除幕式となった。出席者は約四百名。揮毫歌の色紙が記念品であった。しかし残念ながら歌碑の裏面には、読み下し文も建立年月日も刻されていない。せめて解説板を設置して欲しいものである。

百済野万葉歌碑

くだらのまんようかひ

13

百済野《くだらの》の　萩《はぎ》の古枝《ふるえ》に　春待《はるま》つと　居《を》りし鶯《うぐひす》　鳴《な》きにけむかも

（巻八―一四三一）山部赤人《やまべのあかひと》

百済野のハギの枯れ枝に、春を待って留っていたウグイスは、もう鳴くようになった。

碑面

山部赤人

百済野乃芽古枝尓待春跡

居之鶯鳴尓鶏鵡鴨

考書

裏面

昭和五十三年十月吉日

広陵町建之

位　置　奈良県北葛城郡広陵町

百済　百済寺

除幕式　昭和五十三（一九七八）年十一月十八日

建立者　広陵町

寸　法　一三二×九二

解説

百済野は東には曽我川、西には葛城川という大和川水系にはさまれて、観光客も稀な静寂に包まれている。現存する三重塔は鎌倉時代の作と伝え、国の重要文化財になっている。『日本書紀』の舒明紀などに記されている百済大寺はこの地に造営されたとする説もあったが、平成五年から桜井市の吉備池廃寺の発掘調査がおこなわれ、それが百済大寺の遺構とほぼ確認された。

　万葉歌碑は三重塔の傍らに立っている。除幕式は午後一時から始まり、続いてその場で、「万葉の旅―百済周辺―」と題する犬養先生のミニ講演会があった。

當麻万葉歌碑

たいまんようかひ

44

あしひきの　山《やま》のしづくに　妹待《いもま》つと　我立《われた》ち濡《ぬ》れぬ　山《やま》のしづくに

（巻二―一〇七）大津皇子《おおつのみこ》

（あしひきの）山のしずくに、あなたを待って佇んでいて濡れてしまった。山のしずくに。

碑面

大津皇子
足日木乃
山之四付二
妹待跡
吾立所沾
山之四附二

裏面

大津皇子、石川郎女に贈
る御歌一首
あしひきの　山のしづくに
妹待つと　吾立ち濡れぬ

考書

山のしづくに
（巻二―一〇七）

建立者　奈良県北葛城郡
當麻町

揮毫者　大阪大学名誉教授
犬養　孝

建立年月日　昭和六十三年

三月吉日

位　置　葛城市當麻　健民グラウンド下の二叉路
除幕式　昭和六十三（一九八八）年四月三日
建立者　當麻町
寸　法　一七〇×一一〇　黒御影石嵌込み

解説

當麻町長の植田一弥氏は、二上山を仰ぎ見る最も好い場所に万葉歌碑の設置を思い立ち、犬養先生に揮毫を依頼した。除幕式は當麻町文化センター・図書館の開館記念行事の一つであった。式は午前十一時から町長・

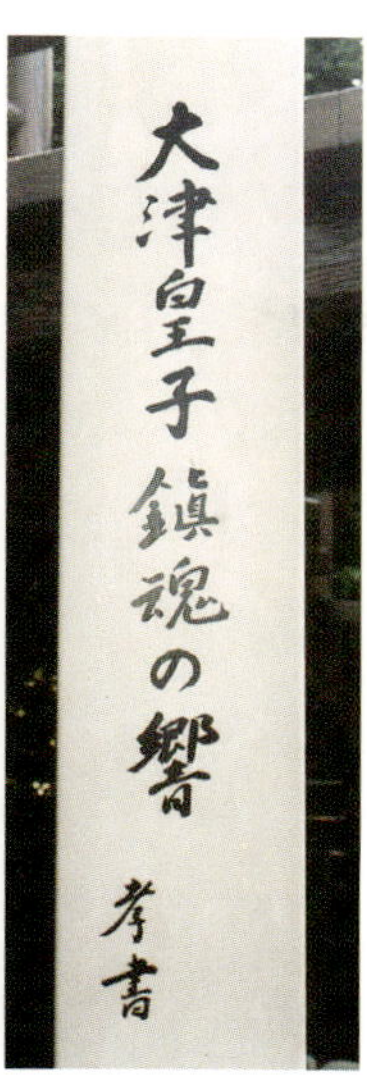

町議会議長を初め町民約四十名が出席した。犬養先生は、「万葉歌のふるさとに住む町民の皆さんも、大津皇子を偲んで、一度は二上山に登ってください。」と挨拶した。午後一時から文化センターホールにて、「萬葉の心—大津皇子をめぐって—」と題する犬養先生の講演があり、会場は超満員となった。

除幕式後半年ほど経って、歌碑の左横にボタンを押すと、犬養先生の朗唱が流れるステンレス製の機器が設置されたが、すぐに壊されてしまった。

なお、歌碑の北一キロメートル、新在家の「二上山ふるさと公園」の「国見の丘」には、犬養先生が「大津皇子鎮魂の響」と命名した銅鐸形の鐘が設置されている。鐘を支える三本柱のうち、一番長い柱に「大津皇子鎮魂の響　孝書」（M9）と書かれている。この公園は平成五年七月十日に開園し、これを記念したものである。

犬養先生は開園式にも除幕式にも出席されていない。また、生前御覧になったこともない。

巨勢山万葉歌碑

こせやままんようかひ

28

巨勢山《こせやま》の　つらつら椿《つばき》　つらつらに　見《み》つつ偲《しの》はな　巨勢《こせ》の春野《はるの》を

（巻一―五四）坂門人足《さかとのひとたり》

巨勢山の連なっているツバキをじっくり見ながら偲ぼうよ、巨勢の春野を。

古瀬区

碑面

坂門人足
巨勢山之
列列椿
都良都良尓
見乍思奈
許湍乃春野乎

孝書

裏面

揮毫　犬養　孝先生
一九八三年五月建立
発起人
実行委員

位　置　御所市古瀬　阿吽寺
除幕式　昭和五十八（一九八三）年五月二十一日
建立者　古瀬区
寸　法　七六×一三〇

解説

万葉歌碑はかつて阿吽寺を預かって管理していた田中了司氏が発案し、古瀬区の地域の人々によって建立された。除幕式は午前十時から始まり、写真家の入江泰吉氏や歌人の前登志夫氏ら二百余名が出席した。

平成四年には古瀬区長であった西尾小太朗氏が、寺の背後の阿吽寺山を古瀬区に寄贈した。これによって自然景観が保全されることになった。山門入り口には、西尾氏の顕彰碑が立っている。しかし阿吽寺山に続く南の山塊は土砂の掘削が続けられており、痛ましいほどに地肌がえぐられている。

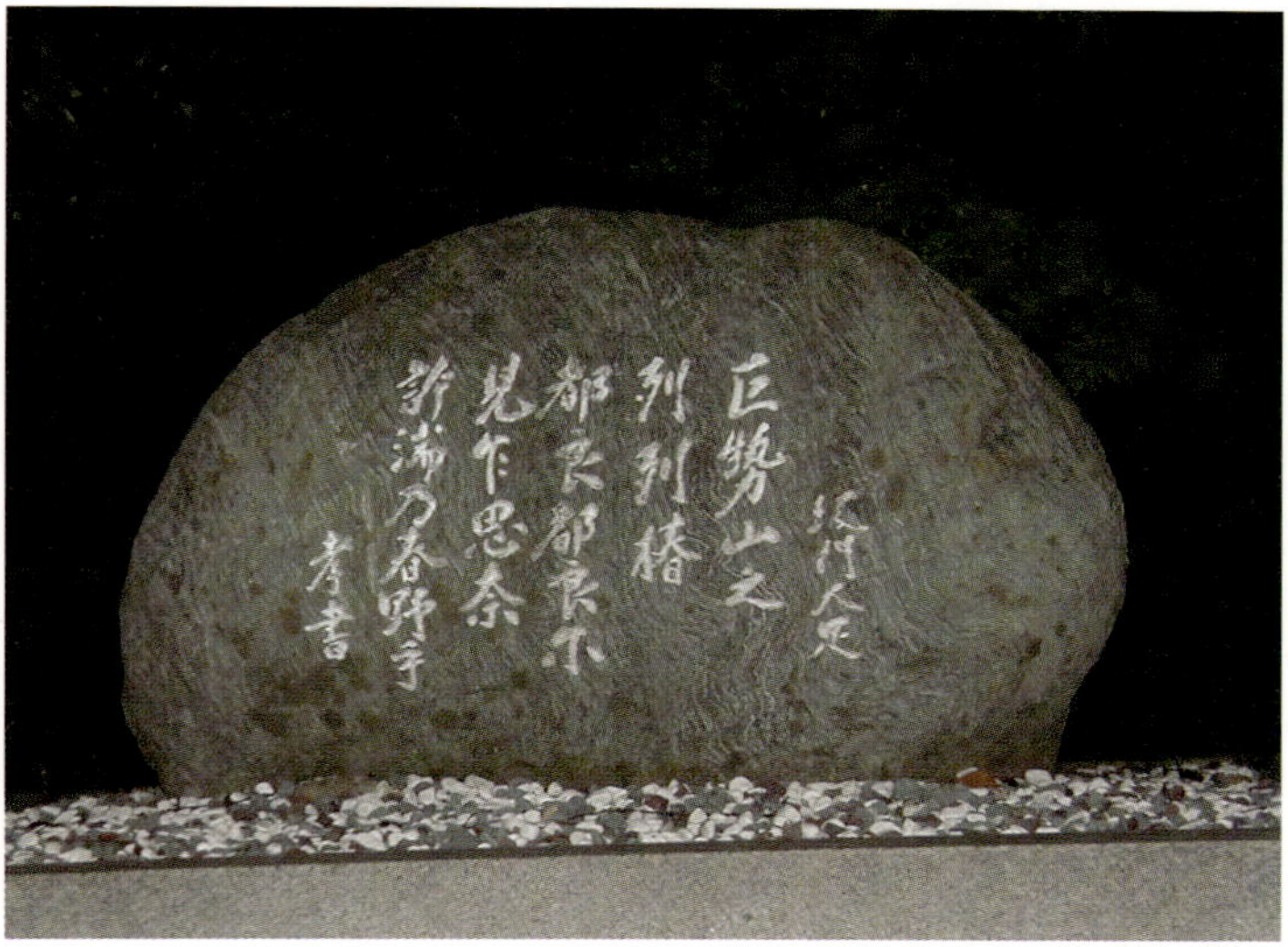

大淀万葉歌碑

おおよどまんようかひ

86

今《いま》しくは　見《み》めやと思《おも》ひし　み吉野《よしの》の　大川淀《おほかはよど》を　今日見《けふみ》つるかも

（巻七―一一〇三）作者未詳

当分は見ることができないと思っていた、吉野の大きな川淀を今日わたしは見たことだ。

碑面

今敷者見目屋跡念之
三芳野之大川余杼乎
今日見鶴鴨　　孝書

副碑

今しくは
　見めやと思ひし
　　み吉野の
大川淀を
　今日見つるかも
　万葉集（巻七―一一〇三）

当分の間見る事ができないだろうと思っていたみ吉野の大きな川淀の景色を今日見ることができて嬉しい

揮毫　文学博士
文化功労者　犬養孝

〔大淀町の町名は、この万葉集より選定されたと言われている〕

建設者　CN三十周年記念
吉野ライオンズクラブ

建設月日　平成五年十一月二十七日
下西石材店製作
位置　奈良県吉野郡大淀町下渕　鈴ヶ森行者堂前広場
除幕式　平成五（一九九三）年十一月二十七日
建立者　吉野ライオンズクラブ
寸法　一五〇×一〇〇　黒御影石嵌込み

吉野万葉歌碑

よしのまんようかひ

85

淑《よ》き人《ひと》の よしとよく見《み》て よしと言《い》ひし 吉野《よしの》よく見《み》よ 良《よ》き人《ひと》よく見《み》

（巻一―二七）天武天皇《てんむてんのう》

昔の淑き人が良い所だとよく見て良いと言った、この吉野をよく見なさい。今の良き人よ、よく見なさい。

碑面

天武天皇

淑人乃
良跡吉見而
好常言師
芳野吉見與
良人四来三

考書

位置 奈良県吉野郡吉野町
近鉄吉野駅前広場

除幕式 平成五（一九九三）年
十一月二十七日

建立者 吉野ライオンズクラブ

寸法 一八〇×二四〇

解説

吉野ライオンズクラブは創設三十年を記念して、万葉歌碑を二基（85・86）同時に建てた。除幕式は午前十時から吉野町の

近鉄吉野駅前広場でまずおこない、続いて場所を大淀町に移し、十一時前から鈴ヶ森行者堂前広場でおこなった。

　大淀町の歌碑の右傍らには副碑が設置され、建立の経緯などが刻されている。しかし、吉野町の歌碑には副碑はなく、歌碑の裏面には何も刻されていない。建立当初には歌碑の左側に木製の立て札が立てられ、それには大淀町の副碑と同様に、読み下し文と現代語訳、揮毫者に続いて、「CN三十周年記念　吉野ライオンズクラブ　平成五年十一月二十七日　伊藤石材工業謹製」と墨書してあった。これによって二つの歌碑の石材店が異なることが判る。案内板は時とともに朽ちてしまった。

　大淀町の町名は歌碑の万葉歌に因んで命名されたが、大淀は普通名詞であり、この付近の歌とするには疑問が残る。

吉野万葉歌碑

よしのまんようかひ

11

滝《たき》の上《うへ》の　三船《みふね》の山《やま》ゆ　秋津辺《あきづへ》に　来鳴《きな》き渡《わた》るは　誰呼子鳥《たれよぶこどり》

（巻九―一七一三）作者未詳

激湍のほとりの三船山から、秋津野の辺りに来て鳴き渡るのは、いったい誰を呼ぶ呼子鳥であろうか。

碑面

瀧上乃三船山従
秋津邊来鳴度者
誰喚児鳥　孝書

裏面

昭和五十二年十月

大阪大学名誉教授　犬養孝　撰
吉野町長　北岡茂　建

位置　奈良県吉野郡吉野町楢井　老人福祉センター中荘温泉

除幕式　昭和五十二（一九七七）年十月三十一日

建立者　吉野町

寸法　一二七×一〇〇

解説

吉野町は昭和五十二年五月に老人福祉センターが完成したの

で、これを記念して万葉歌碑の建立を計画した。秋津野は宮滝から御園にかけての地であり、中荘温泉は宮滝から約一・五キロ下流に位置している。

　除幕式は午前十一時に始まり、午後一時から老人福祉センターで、「吉野宮滝」と題する犬養先生の講演があった。出席者には「吉野町内所在歌碑・句碑一覧」が配られた。講演終了後、温泉に浸かって紅葉にはまだ早い万葉吉野を味わう人も多かった。

第二章　近畿

万葉人の足跡残す「神代の渡り場」

大和から紀州へは、今も昔も、紀和国境の待乳山《まつちやま》を越えるものであった。ＪＲ和歌山線は、五条から待乳山の南をめぐって隅田《すだ》駅（和歌山県）に出ているし、国道二四号線は、五条市上野《こうづけ》から待乳山を越えて、国境の川落合川の両国橋を渡り、橋本市真土《まつち》を通っている。万葉の頃の旧道は、今の国道の南側で山を越え、両国橋の南二〇〇メートルほどのところで落合川（堺川とも真土川ともいう）の細流を、岩と岩との間をまたいで越えていた。昭和三十年代のはじめ、上野の古老井上小四郎氏の案内で、この旧道を通ってみた。落合川は金剛山に発して待乳山の南で紀ノ川（吉野川）に注ぐ延長七キロの細流であるが、お天気つづきの時はほとんど枯川で、雨が降ると激流になり、深い谷あいを形成している。

昭和三十年初めごろまでは、その渡り場のところには、紀州側の橋本市小平《こだいら》の田圃に水を吸いあげるための動力小屋があった。井上小四郎翁は、「そこは神代の昔からの道だときいている」といい、「神代の渡り場」といわれていた。そこは紀和国境の谷あいで、大きな岩石が両岸から寄り合い、ちょうどまたげる程で、岩の表面は、永い間の人馬の往来で、すっかり平らにすり減っていた。村の人は今も田や山の用事には、往来している山道である。車の往来しきりの両国橋の下二〇〇メートルに、ひっそりとのこる古代の谷間である。紀和国境古代交通路の、今日のこる生きた〝証人〟みたいなものである。

万葉には、

　あさもよし　紀人ともしも　亦打山《まつちやま》　行き来《く》と見らむ　紀人ともしも　（巻一―五五）
　白妙に　にほふまつちの　山川《やまがは》に　あが馬なづむ　家恋ふらしも　（巻七―一一九二）

をはじめ、全部で八首の歌が集まっている。万葉の時代には、斉明女帝の四（六五八）年、持統女帝の四（六九〇）年、文武天皇の大宝元（七〇一）年の紀ノ湯（白浜湯崎温泉）行幸の折、ここを通っている。六五八年十月、有間皇子も、また聖武天皇の神亀元（七二四）年の和歌山玉津島行幸の折も、一行はみなここを通っている。

古代紀和交通路の生きた証拠であり、国宝以上に大切なところである。岩石は現在も谷間に厳然とのこり、たまに訪ねる人がある程度である。

わたくしは、こんな大事な古代の谷間があるだろうかと思う。

この「神代の渡り場」の上手に、南海の土地の会社によって、住宅地が開発されつつある。そのために、この谿谷をひろげる必要があって、「渡り場」も潰滅寸前にあるようである。わたくしは、川幅をひろげるならば、これより東側をけずるかして、この「渡り場」は、公園か何かにしてでも、残すべきだと考えている。南海の会社にも、日本のために、古代交通路の生きたあかしは残さねばならぬと願っている。二度とかえらない故地は貴重といわねばならない。この岩石の表面には、古代の人々の心と声が刻まれているのだ。国道二四号線、両国橋の下流の、〝古代の谷間、神代の渡り場〃は、日本の文化のために、絶対に消滅させてはならない。古代の人々の、苦難な生きた声々が、今あらたにきかれるのだから。

（『芸術新潮』三八巻六号　新潮社、一九八七年六月）

住吉の粉浜

わたくしは今、西宮に住んでいるが、その前は、昭和二十三年四月から四十八年九月まで、まる二十五年間、大阪の南の住吉区粉浜《こはま》という所に住んでいた。そこは、戦争で大方焼けた大阪の中で、焼け残った区域で、当時、粉浜市場の名は、大阪で聞こえた市場街の賑やかさであった。わたくしの家は南海本線粉浜駅前の東側、線路の傍の、電車の音は凄いけれど、案外、静かな処であった。わたくしは線路のきわにハマユウを植えて、数百本の群落をなしていた。白花の咲く頃は、遠くからもそれとわかった。わたくしは、初めて万葉の故地「すみのえのこはま」に住めると、喜んだ。でもさすがに学生をつれての〝万葉旅行〃は行なったことはなかった。踏切りや市場の片隅で、マイクを持って説明などしているところを、思い描くだけで、ゾッとしてしまう。けれど、ここが万葉の故地であることにはちがいない。

万葉、巻六に、

住吉《すみのえ》の　粉浜《こはま》のしじみ　開《あ》けも見ず　隠《こも》りてのみや　恋ひわたりなむ

（巻六―九九七）

とあって、聖武天皇の天平六年三月十日に奈良出発、十七日難波出発の、難波宮行幸の時の歌六首の中の一首である。恐らく大宮人の作であろうが、作者は未詳である。当時、粉浜は、帝塚山台地の西側の海浜地であったようだ。恐らく砂浜の綺麗な明麗な浜であったのであろう。わたくしの家のハマユウで、掘っても掘っても砂地であったことを思い出す。この海に注ぐ小川の口もとなどにあったシジミが蓋をあけても見ないように、相手の気持をたしかめもしないで、心の中だけで恋しく思いつづけてゆくことであろうかの歌ごころであろう。粉浜の菓子舗末廣の名物に、かつて帝塚山に多かったサツマイモに因んで薩摩焼と、粉浜のシジミに因んで、最中のシジミ貝を竹籠に入れて売っていて、「こんにち、わたしの家だけしか昔のものは残っていません」と、店の人がいっていたのを思い出す。

わたくしの妻は、昭和四十七年五月に粉浜の家で亡くなったが、妻にとっては、粉浜市場は朝夕に通った思い出の地である。今もたまに粉浜の方を歩いてみると、知った人に会うし、ふと人にまぎれて妻の顔がちらちらするような気がする。

昭和五十九年七月七日、町会内の東粉浜社会福祉協議会によって、粉浜駅東の町角に、この歌の万葉歌碑が建った。町会の人の申出によって、町内文化の発展と、先生のかつて住まった思い出の地のために、建てたいから揮毫を頼むと懇願されて、建ったものである。花屋の前のチョットした広場に、わりと大きな歌碑がある。わたくしは、そこに立ってみると、そのかみのことが、つぎつぎと思い出されてくる。妻はもちろんこの世にいないけれども、だまって碑の傍に立っていると、妻に似たような人が、買物籠をさげて、ふと碑の方をふりむいて、そそくさと歩いてゆかないでもない気持がしてくる。たまには碑の傍に立って眺めているのであろうか。わたくしがここの住人でなかったら、マイクを持ってここに立って歌の解説などしているかも知れないと、恥ずかしい空想をするよりも、わたくし個人にとっては、朝晩に粉浜の町中に立って、誰にも知られずに、「天飛《あま》ぶや　軽《かる》の道は　吾妹子《わぎもこ》が　里にしあれば……」と、毎日、妻を思っていることにもなるナと、建碑に対して、町会に感謝する気持ちでもある。

（『短歌現代』一二巻二号　短歌新聞社、一九八八年二月）

横野の春

大阪市生野区巽大地町《たつみおおじ》にある横野神社は、神名帳にある横野神社で格式の高い古来からのお宮である。

そのお宮のある辺りが万葉の頃の横野といわれていた、東西に広い野であったのだろう。これを記念して平成四年三月に横野の万葉歌碑が建てられ、町民の方々の横野万葉会が設立された。それから早や三年が経過した、今日までの万葉会の歩みを記録して会報誌を発行する運びとなった。

毎年六月に講演会を催し、爾来、横野の万葉歌碑を中心に町民の親睦を堅め、佳き市民づくりの確立をもつくって下さるようになった。まことに時宜を得た主旨である。横野万葉会の佳き発展を祈らないではいられない。

紫草《むらさき》の　根ばふ横野の　春野には　君をかけつつ　鶯《うぐひす》鳴くも　（巻十―一八二五）

紫草が根をはびこらせている横野は春景色となって、あなたを心にかけているような声で鶯が鳴いているよ、今は大阪の町なかだが春景色となった横野に鶯までも人を心にかけて鳴きとよむという。春の伸びゆく豊さではないか、横野万葉会が伸びゆかないではいられないのだ。

（『横野万葉会会報』創刊号　横野万葉会、一九九五年四月）

万葉の里――蒲生野

天智天皇の近江大津宮の七年目（六六八年）五月五日に、近江の蒲生野で薬狩が行なわれた。薬狩というのは、大陸伝来の行事で、宮廷における一種の年中行事で、宮廷をあげての派手な遊楽的なものであったらしい。男は鹿の袋角（新たに生え変わった角）を不老長生の薬とし、女は薬草を採る行事である。

ＪＲ近江八幡駅から近江鉄道で二つ目の「平田」で降りれば、ほぼ蒲生野のただ中である。もと蒲生野だが、いまの新行政区画でいえば、武佐・南野（近江八幡市）、蒲生野・野口・市辺（八日市市（現、東近江市））、内野（蒲生郡安土町）一帯にわたる広野であろう。東北方向に箕作山（太郎坊山）、北方に老蘇の森を経て観音寺山を望み、もと桑畑の多かったのを、現在すっかり開墾して地下ポンプでの配水もゆきとどいた青田である。

とりとめのない田園ながら「蒲生野遊猟の日の夢」も見渡す青田の中にたたまれている。

この地は近江大津宮から、陸路四〇キロ、水路から来たと思われるが、陸路かも知れない。

額田王《ぬかたのおおきみ》はすでに大海人皇子《おおあまのみこ》（＝のちの天武天皇）の妻となって十市皇女《とおちのひめみこ》を産んでいる。この当時、額田王は大海人皇子の実兄の天智天皇の後宮の一人となっていた。大海人皇子は、着飾ったもとの妻の額田王をみとめて、敬愛の情から袖を振った。そこで額田王は、

茜《あかね》さす　紫野行き　標野《しめの》行き　野守は見ずや　君が袖振る　（巻一―二〇）

と、見ていたいけれど、人目に立つことを恐れて、こううたったのだ。

それに対して、大海人皇子は、男らしくずばりと、紫のように美しいあなたを、憎いと思うならば、あなたは天智天皇の人妻だもの、何で恋こがれようかとうたった。

初夏新緑の野を舞台に絢爛と、しかもそれとなく愛の歌を贈答しているのだ。

これはあまりに私事にわたることだから、薬狩の夜の直会《なおらい》の時、当事者が酒を飲んでの酔いの場面のざれ歌ではないかとする説がある。その真偽はわからないが、景情の上からは、初夏新緑の中の微妙なやりとりの場面である。『万葉集』を読んだものが、巻一の始まりのところで、何よりも驚きと心ひかれる場面である。

それだけに、蒲生野の実景は忘れえないところだ。歌もすばらしいし、心情の表出も溌剌《はつらつ》と生きている。しかも時は物皆、輝く新緑の好季である。万葉を読む者が何よりも心ひかれる場面ではな

いか。

蒲生野はＪＲ安土駅から行く道もある。安土駅から東に一キロほどで老蘇の森（奥石神社の森）にゆく道がある。古来有名な森で、古色蒼然、昔の森の深さも思われるようなところだ。ここから南へ下れば、一帯の野が蒲生野にあたる。閑静な広野である。

最近、近江鉄道を「市の辺」で降りた阿賀神社の裏山の丘陵地、船岡山の一帯は、蒲生野の跡を残すべく丘陵上に『元暦校本万葉集』のこの歌のところを大きな歌碑に刻んで、蒲生野の展望台とし、遊園地のような施設をほどこして故地を訪れる者のやすらぎの場をつくってくれた。来る者は、一帯の野の村々を歩いて、この丘上から四方を望むなら、故地・遊楽の、楽しいひと時を持つことができる。

天智七年五月五日、薬狩の場面も彷彿とうかび、ゆたかに想像を生きて深めることもできる。『万葉集』はおろか『日本書紀』の場面もゆたかに残り、よみがえらせることのできる、たぐい稀な地となってきた。これは国宝以上に大切な書紀の実地ということができる。

すぐ近くの八日市市の市神神社境内には、わたくしの揮毫した額田王の歌、

君待つと　あが恋ひをれば　わが屋戸《やど》の　すだれ動かし　秋の風吹く　（巻四―四八八）

の万葉歌碑もある。短時間で万葉の古歌を実地に味わうことができる。これは現代に生きた古典の、再現可能の地だ。

しかるに、土地の範囲ははっきりわからないが、この「蒲生野」を滋賀県の空港用地にしようとする計画があるという。住民は所有の森林に所有者の名を書いて反対しているという。空港は当然、他の土地に求めるべきではないか。

（『滋賀民報』一二三八号　滋賀民報社、一九九五年一月一日）

真土山万葉歌碑

まつちやままんようかひ

20

あさもよし　紀人《きひととも》羨しも　亦打山《まつちやま》　行《ゆ》き来《く》と見《み》らむ　紀人《きひととも》羨しも

（巻一―五五）調首淡海《つきのおびとおうみ》

（あさもよし）紀伊《きい》の人は羨《うらや》ましい。真土山を行き来に見るだろうから。紀伊の人は羨ましい。

碑面

朝毛吉
木人乏母
亦打山
行来跡見良武
樹人友師母
　孝書

副碑（部分）

国際ロータリー創立七十五周年橋本ロータリークラブ創立二十五周年の記念事業として萬葉歌碑の揮毫を大阪大学名誉教授文学博士犬養孝先生に依嘱し郷土のためにこれを建つ
昭和五十五年十一月九日
橋本ロータリークラブ

位置　橋本市隅田町真土　国道二四号線沿い

除幕式　昭和五十五（一九八〇）

年十一月九日

建立者　橋本ロータリークラブ

寸　法　一一四×三五〇

解説

この歌碑は、国際ロータリークラブ創立七十五周年と橋本ロータリークラブ創立二十五周年を記念して建立された。建立経過は『橋本ロータリークラブ週報』二五巻二〇号（一）（昭和五十五年十一月五日）に詳しい。これによれば、昭和五十四年十一月に記念事業委員会が発足し、この下に設置された記念事業部会が担当した。部会員は、橋本市はもとより五條市や十津川《とつかわ》村まで碑石を捜しに出かけたが適当なものが見つからず、昭和五十五年五月十四日、阪口造園の助言によって四国の青石に決定した。七月二十二日に歌碑の型紙を作製し、九月五日に揮毫が出来上がった。地鎮祭は同月二十五日に、人物画像鏡で有名な隅田八幡宮の寺本宮司によっておこなわれた。工事は十月十一日着工、二十九日に竣工した。副碑は歌碑の左横に設置された。

除幕式は十一月九日午前十時から始まり、国道の両端には約百名の参加者が立ちならんだ。通行車の騒音で神官の祝詞《のりと》は聞こえにくかったが、無事に式が終わって一同安堵した。午後一時半からは、「紀の川の萬葉」と題して、犬養先生の記念講演が橋本市民会館大ホールで催された。当日の記録は『私たちの歩み』（橋本ロータリークラブ、昭和五十六年五月一日）にまとめられている。

真土山万葉歌碑

まつちやままんようかひ

白栲《しろたへ》に　にほふ信土《まつち》の　山川《やまがは》に　あが馬《うま》なづむ　家恋《いへこ》ふらしも

（巻七—一一九二）作者未詳

白い栲《こうぞ》のように照り輝いている真土山の川で、わたしが乗っている馬が行き悩んでいる。家人がわたしのことを恋しく思っているのだろう。

碑面

紀ノ川の万葉

犬養　孝

こんにちは、草ぼうぼうになった古い小道をくだると、土地の古老らが、〃神代の渡り場〃と称している、落合川（真土川）の渡り場に出る。ふだんは水の少ない涸川だから、大きな石の上をまたいで渡るようになっている。ここがおそらく古代の渡り場であったろう。

副碑

白栲《しろたへ》に　にほふ信土《まつち》の　山《やま》川《がは》に　わが馬なづむ　家恋ふらしも

—作者未詳—

（万葉集　巻七—一一九二）

橋本の万葉歌碑

歌の意味

信土山の川（落合川）で私の乗る馬が難渋している。家人が私を心配しているらしい。第八回橋本万葉まつりと併せてJR和歌山線の全線の開通百周年を記念し

大阪大学名誉教授 甲南女子大学名誉教授 文化功労者 文学博士 故犬養孝先生著書「紀ノ川の万葉」よりその遺墨を刻し 郷土のためにこれを建つ

二〇〇〇年十一月

第八回 橋本万葉まつり実行委員会

位　置　橋本市隅田町古佐田 JR・南海電鉄橋本駅前

除幕式　平成十二（二〇〇〇）年十一月二十三日

建立者　橋本万葉まつり実行委員会

寸　法　一四三×一二〇

真土山万葉歌碑

まつちやままんようかひ

あさもよし　紀《き》へゆく君《きみ》が　信土山《まつちやま》　越《こ》ゆらむ今日《けふ》そ　雨《あめ》な降《ふ》りそね

（巻九—一六八〇）作者未詳

128

（あさもよし）紀の国へ行くあなたが、真土山を越えているであろう今日あたり、どうか雨よ降らないでほしい。

碑面

紀ノ川の万葉

犬養　孝

こんにちは、国道二四号線が山の北側を通り、鉄道が南側の山裾の川べりを通っているが、古代は川べりを避けて、現、国道より南の低い、川ぞいの丘辺を越えていた。峠の上は、東方は五條一帯の吉野川の広い流域を望み、一方西方には紀ノ川（和歌山県にはいると吉野川は紀ノ川と呼ばれる）の明るい河谷を望む。紀路にあこがれる旅人のエキゾチシズムを刺戟するのは当然のことであろう。

あさもよし　紀へゆく君が
信土山《まつち》　越ゆらむ今日そ

雨な降りそね

作者未詳（巻九—一六八〇）

副碑

真土の万葉歌碑
第八回橋本万葉まつりを記念し、又永く橋本の万葉が受け継がれる事を祈り大阪大学名誉教授　甲南女子大学名誉教授　文化功労者　文学博士　故犬養孝先生の著書「紀ノ川の万葉」よりその遺墨を刻しここ万葉のふるさとにこれを建つ
二〇〇〇年十一月二十三日
橋本万葉の会

位置　橋本市隅田町真土　浄水場入り口
除幕式　平成十二（二〇〇〇）年十一月二十三日
建立者　橋本万葉の会
寸法　六八×一八〇

真土山万葉歌碑

まつちやままんようかひ

129

石上《いそのかみ》　布留《ふる》の尊《みこと》は　たわやめの　まとひによりて　馬《うま》じもの　縄取《なはと》りつけ　ししじもの
弓矢《ゆみや》かくみて　大君《おほきみ》の　みことかしこみ　天《あま》ざかる　夷《ひな》へに退《まか》る　古衣《ふるころも》　又打山《まつちのやま》ゆ　還《かへ》り
来《こ》ぬかも

（巻六―一〇一九）作者未詳

石上布留の君は手弱女《たわやめ》の迷いのために、馬のように縄を取り付け、鹿のように弓矢で囲まれて、大君の仰によって（天ざかる）遠くの国に流罪とされる。（古衣）真土山から帰ってこないものかなあ。

碑面

紀ノ川の万葉

犬養　孝

まつちの山越え　大和の万葉びとが紀伊国にはいる最初の峠は、紀和国境のまつち山である。そこは五条《ママ》市の西方、和歌山県橋本市（旧伊都郡）隅田眞土とのあいだの山で、昔は山が国境であったが、現在は、山の西方、落合川（境川・眞土川）が県境となって、その間に両国橋が架けられている。

石上乙麻呂卿配二土左国一之時歌

石上《いそのかみ》　布留《ふる》の尊《みこと》は　たわ
やめの　まとひによりて
馬じもの　縄取りつけ　し
しじもの　弓矢かくみて
大君の　みことかしこみ
天ざかる　夷《ひな》へに退《まか》る　古《ふる》
衣《ころも》　又打山《まつちのやま》ゆ　還り来《こ》ぬ
かも

（巻六―一〇一九）

副碑（碑文は128と同じ）

位　置　橋本市隅田町真土　古道沿い
除幕式　平成十二（二〇〇〇）年十一月二十三日
建立者　橋本万葉の会
寸　法　一四九×八一二

解説

平成十二年四月、「橋本万葉まつり実行委員会」の奥村浩章氏より、次のような提案があった。「橋本市内には七基の万葉歌碑が建っているが、犬養先生の揮毫で残りの歌の碑を三基建てて完成させたい。先生の揮毫墨書がないので、『和歌山市の万葉』（和歌山市経済部観光課、一九七七）の草稿（万年筆書き）があれば、それを用いて歌碑を作りたい。」

この本の完成原稿はすべて先生が手元に残しており、和歌山市にはコピーを手渡していた。原稿用紙が散逸する心配があったので、私はその時すぐに製本に出した。完成原稿とは言え、挿入や削除など推敲の箇所が、原稿用紙一枚ごとに何十箇所もあり、石材店はそれに従って文字の配列を整理した。万年筆書きで解説付きの歌碑は、他に例がないので出来上がりが心配だった。出来上がってみると、先生の日常における文筆活動がさりげなくにじみでた歌碑（文

学碑）となった。

当日午前十時にＪＲ橋本駅前広場で第八回万葉まつりの開会が宣言され、まず駅前の歌碑の除幕式となった。歌碑と右横のやや小さい副碑は黒御影石、碑の背後には十二本の錆び石が立ち並んでいる。碑の前には二十五個のサヌカイトを半円形に配し、その外側に紀ノ川の河原石を野づら積みしている。この河原石は橋本駅の職員が協力して設置した。

当初の計画では、駅前広場には、浄水場の下の市有地に建てられた歌碑（128）を建てる予定だった。ところが駅前の自治会より、この歌碑と副碑が大きいので通行の妨げになるとの苦情が寄せられたため、建てる場所を入れ替えた。また、歌碑の位置も広場の真ん中ではなく、後方に移した。

副碑の解説にある犬養孝先生の著書『紀ノ川の万葉』（橋本ロータリークラブ、平成七年十一月二十三日）は、『和歌山市の万葉』の抜粋本であり、第三回橋本万葉まつりの折に刊行された。

午前十一時から岡本三千代さんと万葉うたがたり会のコンサート、引き続いて吉本興業のMr.ボールド・コッコさんの手品、松鶴家祐二氏の漫談、女優の松原美穂さんの歌謡曲披露などのアトラクションがあった。駅前広場には二百名近くの人が集まった。

後日、歌碑の写真をつぶさに見ていると、「ここがおそらく古代の渡り場であったろう。」の「ここ」の字が脱漏していることに、私は気が付いた。奥村浩章氏に連絡して追刻してもらった。

万葉まつり参加者は、午後に真土地区に移動し、二基の歌碑の除幕式に参加した。浄水場下の歌碑は、国道二四号線をはさんで犬養先生の「あさもよし」の歌碑（20）の北側に位置する。青御影石の歌碑と副碑の周囲を、赤御影石の列柱が取り囲んでいる。当日、真土地区の方々が歌碑の裏手にテントをはって、柿とぜんざいで、ご馳走して下さった。

三番目の歌碑は飛び越え石に向かう細道沿いに建てられ、参加者全員が長い紐を引いて除幕した。三基の中では最も小さいが、雑木林を背景に自然の中に溶け込んでいる。歌碑は赤御影石で、向かって左に歌碑、右に副碑が設置され、犬養先生が本を開いているイメージになっている。この土地は慈眼寺の檀家の所有地である。副碑の文面は、浄水場下の歌碑（128）と同じである。

大我野万葉歌碑

おおがのまんようかひ

大和《やまと》には　聞《き》こえも行《ゆ》くか　大我野《おほがの》の　竹葉刈《たかはか》り敷《し》き　廬《いほ》りせりとは

（巻九―一六七七）作者未詳

大和には風の便りに聞こえて行ってくれないものか。大我野《おおがの》の竹の葉を刈り敷いて仮寝をしていると。

碑面

山跡庭
　聞往歟
大我野之
竹葉苅敷
廬為有跡者
　　考書

副碑（部分）

橋本市東家しんし会創立二十五周年の記念事業として万葉歌碑の揮毫を大阪大学名誉教授、甲南女子大学名誉教授、文化功労者、文学博士　犬養　孝先生に依嘱し郷土のためにこれを建つ
平成四年三月十五日
しんし会

位　置　橋本市市脇五丁目　橋本市立橋本中学校
除幕式　平成四（一九九二）年

三月十五日

建立者　東家しんし会

寸　法　一四二×二八〇

解説

橋本市の「東家《とうげ》しんし会」の創立二十五周年記念事業実行委員会は、記念事業として万葉歌碑建立を計画し、海南市在住の洋画家雑賀紀光氏に相談したところ、雑賀氏から犬養先生を紹介された。歌碑の石は十津川産の砂岩に決まった。

平成四年三月十五日午前九時からまず東家ウォークラリーがおこなわれ、午後二時半から橋本中学校体育館で記念式典、続いて三時十分から歌碑の除幕式、四時には餅撒《もちま》き、四時半から市民会館ギャラリーで記念パーティーと諸行事が続いた。小雨にもかかわらず、除幕式には約百五十名が参列した。犬養先生は歌碑の歌を二回朗唱し、「万葉の世が生き生きと再現され、町づくりの上で大きな意義がある」と述べた。式には中学校の吹奏楽部の演奏や、木の実コーラスによる打垣内《うちがいと》正《しょう》氏（元和歌山大学教授）作曲の歌碑の歌、「大和には」の合唱が花を添えた。当日の記念品として、アクリル樹脂の透明球の文鎮《ぶんちん》が製られた。球の中には、縮小した犬養先生の揮毫文字と歌碑の石のかけらが封入されている。

妹山・背山万葉歌碑
いもやま・せやままんようかひ

112

背《せ》の山《やま》に　直《ただ》に向《む》かへる　妹《いも》の山《やま》　事許《ことゆる》せやも　打橋渡《うちはしわた》す

（巻七—一一九三）作者未詳

背の山にまっすぐ向かい合っている妹の山は、相手の申し出を承諾したのか、打橋を渡している。

碑面

勢能山爾
直向
妹之山
事聴屋毛
打橋渡
孝書

副碑（部分）

国際ロータリークラブ第二六四〇地区　地区大会記念事業として万葉歌碑の揮毫を大阪大学名誉教授甲南女子大学名誉教授文化功労者文学博士犬養孝先生に依嘱し郷土のためにこれを建つ
平成七年十一月二十三日
橋本ロータリークラブ

位置　和歌山県伊都郡かつらぎ町島　船岡山厳島神社前

除幕式　平成七（一九九五）年十一月二十三日
建立者　橋本ロータリークラブ
寸　法　九二×一四三

解説

この歌碑は平成七年十一月二十三日、第三回橋本万葉まつりを記念して除幕された。当日参加者は、午前十時に橋本駅に集合し、観光バスで真土山へ行って「万葉古道《こどう》飛び越え石ウォーク」をしたあと、再び、バスに乗り大我野を経由して、午後二時から除幕式に加わった。バスの定員は五百名であったが、直接現地に行く人もあり、船岡山は人で埋まった。

当日、犬養先生の揮毫歌を縮小印刷して、縦五センチ、横六センチメートルのミニチュア額に入れたものが記念品として配られた。また、奥村浩章氏は限定品として平城京朱雀門《すざくもん》の復元に用いたヒノキ材の木っ端《こぱ》を使用して、揮毫歌を記した置き物を製作した。さらに後日、揮毫歌を蓋に記したヒノキの小箱も製作した。

なお、笠田郵便局では、平成九年二月三日から、この万葉歌碑をデザインした風景入り日付印を使用している。

玉津島万葉歌碑

（二基）たまつしままんようかひ

102
103

やすみしし　わご大王《おほきみ》の　常宮《とこみや》と
仕《つか》へまつれる　雑賀野《さひかの》ゆ
背向《そがひ》に見《み》ゆる　奥《おき》つ島《しま》　清《きよ》き渚《なぎさ》に
風吹《かぜふ》けば　白波騒《しらなみさわ》き　潮干《しほふ》れば
玉藻刈《たまもか》りつつ　神代《かみよ》より　然《しか》そ貴《たふと》き
玉津島山《たまつしまやま》

（巻六―九一七）山辺赤人《やまべのあかひと》

（やすみしし）わが大君の永遠に栄える宮として、お仕えする雑賀野《さいかの》から振りかえって、遠くに見える沖の島の清い渚に、風が吹くと白波が騒ぎ、潮が引くと海人《あま》が玉藻を刈っている。神代以来、こんなにも貴い玉津島山は。

奥《おき》つ島《しま》　荒磯《ありそ》の玉藻《たまも》　潮干満《しほひみ》ち　い隠《かく》りゆかば　思《おも》ほえむかも

（巻六—九一八）

若《わか》の浦《うら》に　潮満《しほみ》ち来《く》れば　潟《かた》を無《な》み　葦辺《あしへ》をさして　鶴鳴《たづな》き渡《わた》る

（巻六—九一九）山辺赤人《やまべのあかひと》

沖の島の荒磯の玉藻が、潮が満ちてきて海の中に隠れてしまったならば、玉藻はどうなったのだろうかと思い出されることだろう。

若の浦に潮が満ちてくると干潟《ひがた》がなくなってくるので、葦辺に向かってツルが鳴きながら飛んでくる。

碑面 102

神亀元年甲子冬十二月五
日幸于紀伊國時
山部宿祢赤人作歌一首并
短歌
安見知之　和期大王之　常
宮等　仕奉流　左日鹿野由
背匕尓所見　奥嶋　清波
瀲尓　風吹者　白浪左和伎
潮干者　玉藻苅管
神代従　然曽尊吉　玉津嶋
夜麻
孝書

碑面 103

反歌二首
奥嶋　荒磯之玉藻
潮干満伊隠去者
所念武香聞
若浦尓潮満来者
滷乎無美葦邊乎指天
多頭鳴渡
孝書

位　置　和歌山市和歌浦中三丁目　玉津島神社
除幕式　平成六（一九九四）年十一月十九日
建立者　玉津島神社万葉歌碑建立実行委員会
寸　法　一八〇×二五〇
　　　　一二四×一七〇

解説

「若（和歌）の浦」は和歌山県・和歌山市のシンボルともいうべき地名である。犬養先生はもしも和歌の浦が埋め立てられて消滅することがあれば、和歌山県は日本開発県と改名せよと、強い調子で述べ続けてきた。

ところが和歌の浦の片男波《かたおなみ》海岸への道路整備のため、不老《ふろう》橋のすぐ東側に新不老橋（あしべ橋）が建設されることになり、平成元年十二月、和歌の浦景観保全住民訴訟が起きた。犬養先生も原告側の証人として、平成三年六月五日に和歌山地方裁判所の法廷に立った。赤人の歌を犬養節で朗唱し、干潟を渡るツルの鳴き声も披露した。判決は平成六年十一月三十日に言い渡された。原告の請求は棄却。歴

史的景観保全の意義を認めつつも、景観に対する評価には、個々人の主観的判断が入るとして、あしべ橋建設工事を適法とした。しかし和歌の浦を文化的歴史的環境として認め、自治体が政策を立案・決定・施行する折に、これを考慮する必要性があると述べたので、原告団は敢えて控訴しなかった。

万葉歌碑の建立はこのような状況の中で、地元の和歌浦病院理事長の篠田博之・めぐみ夫妻が中心となって広く市民に呼びかけられた。和歌の浦が開発によって変貌していくことを残念に思う気持ちから、建碑が計画されたのである。歌碑は本殿の

左手の敷地に、長歌と反歌それぞれ別々に揮毫されて、二基並んで立っている。ジュラルミン製の解説板も傍らに作られた。

なお、和歌山市は片男波海岸南端に建立予定の歌碑の揮毫を、犬養先生に求めたが、先生は筋を通して拒否した。この一連の事件の結果、和歌山市役所職員二名が、西宮市の犬養邸を訪問し、以後犬養先生とは協力関係を続けることは出来ないという絶交宣言をした。和歌山市はあしべ橋建設にあたり、デザインを変更して景観に配慮を示した。

山清水万葉歌碑

やましみずまんようかひ

113

山吹《やまぶき》の　立《た》ちよそひたる　山清水《やましみづ》　汲《く》みに行《ゆ》かめど　道《みち》の知《し》らなく

（巻二―一五八）高市皇子《たけちのみこ》

山吹きが咲いている山の清水を汲みに行きたいが、そこへ行く道がわからない。

碑面

山振之
立儀足
山清水
酌尓雖行
道之白鳴
孝書

裏面

萬葉集　巻二・一五八
揮毫　犬養孝先生
平成七年秋　小林千代美建之

位　置　和歌山市今福二丁目
市営今福共同墓地一二
○五号土井家墓域

建立日　平成七（一九九五）年
十二月二十二日

建立者　小林千代美

解説

歌碑のような墓碑、見た目は

やはり歌碑。犬養先生揮毫の万葉歌碑に数えるか、それとも関連碑とみなすか議論もあったが、ここでは歌碑として数える。

和歌山市営今福共同墓地の南東域に、土井家の墓所がある。この一画にはギリシア正教徒の墓が立ち並んでいる。土井家のご先祖にもギリシア正教の信者がいた。十字架を刻した墓の近くに、青御影石の万葉墓碑（歌碑）がある。碑の手前の小さな石を動かせば、納骨できる。

建立者の小林千代美氏は、犬養先生の万葉講座を受講し、夫妻共々、犬養万葉のファンとなった。土井家は小林氏の実家である。墓碑に万葉歌を刻することを、小林氏が犬養先生にお願いしたところ、先生は快諾し、この歌を選んだ。

死後の世界を黄泉《こうせん》という。黄色い山吹と山清水で、黄泉を意味している。亡き人を捜し求めても、それはかなわぬこと。あの世へ行く道筋は、この世の人には誰にもわからない。

今福墓地の万葉墓碑の歌は、そこに眠るすべての人々の挽歌のようでもある。陽光が薄青緑色に碑面を輝かすと、万葉仮名はより陰影を増してくる。

名高の浦万葉歌碑

なたかのうらまんようかひ

111

紫《むらさき》の　名高《なたか》の浦《うら》の　靡《なび》き藻《も》の　情《こころ》は妹《いも》に　因《よ》りにしものを

（巻十一―二七八〇）作者未詳

（紫の）名高の浦の靡き藻のように、わたしの心はあの娘《こ》に寄ってしまった。

碑面

紫之
名高乃浦之
　靡藻之
情者妹尓
因西鬼乎
　孝書

副碑（部分）

揮毫者　大阪大学名誉教授
甲南女子大学名誉
教授
文化功労者
文学博士　犬養孝

平成七年十一月吉日
創立二十周年記念事業として
建立する
海南東ロータリークラブ

位置　海南市名高　ＪＲ海南
駅前広場

紫之
名高乃浦之
靡藻之
情者妹尓
因西鬼乎
孝書

除幕式　平成七（一九九五）年
　　　　十一月十一日
建立者　海南東ロータリークラ
　　　　ブ
寸　法　二三〇×九二

解説

JR紀勢《きせい》本線海南駅の正面西側の広場の一画に、モダンなデザインの歌碑がある。碑石を削った斜め線と、白い三つの支え石が印象的である。歌碑と副碑は近接して並び、二十三本の石柱が三方を取り囲んでいる。歩道側からは歌碑の存在に気がつきにくい。

歌碑は海南東ロータリークラブが創立二十周年を記念して建てた。除幕式は晴天下、ロータリークラブ関係者や万葉ファンが五十名ほど集まっておこなわれた。

名高の浦万葉歌碑

なたかのうらまんようかひ

32

紫《むらさき》の 名高《なたか》の浦《うら》の なのりその 磯《いそ》になびかむ 時待《ときま》つ我《われ》を

（巻七―一三九六）作者未詳

（紫の）名高の浦のナノリソが磯になびくように、あの娘《こ》が思いを寄せてくる時を、わたしは待っている。

碑面

紫之名高浦乃
名告藻之於礒
將靡時待吾乎
孝書

裏面

海南ロータリークラブ
昭和五十九年三月吉日
創立三十周年記念

位置 海南市日方《ひかた》 海南市役所

除幕式 昭和五十九(一九八四)年三月十八日

建立者 海南ロータリークラブ

寸法 二〇五×一三〇

解説

海南市役所の北側入り口そばの植え込みの中に、歌碑は立っ

ている。歌碑の前は駐車場になっているので、自動車が邪魔になって写真は撮りにくい。歌碑の右横には、海南ロータリークラブが立てた案内板がある。それには、「市制施行五十周年を記念して歌碑の揮毫を文学博士犬養孝先生に委嘱して萬葉の海なりし当地に建立す」とある。

除幕式には海南市長をはじめ、市の職員やロータリークラブ関係者約七十名が出席した。海南市に建てられた最初の犬養先生揮毫による歌碑である。「変貌著しい万葉故地を偲ぶ一助となり、海南の文化の発展に寄与することを願っている。」と、先生は挨拶した。

黒牛潟万葉歌碑

（二基）くろうしがたまんようかひ

96
101

黒牛潟《くろうしがた》　潮干《しほひ》の浦《うら》を　紅《くれなゐ》の　玉裳《たまも》裾《すそ》引《び》き　行《ゆ》くは誰《た》が妻《つま》
（巻九―一六七二）作者未詳

家《いへ》にあれば　笥《け》に盛《も》る飯《いひ》を　草枕《くさまくら》　旅《たび》にしあれば　椎《しひ》の葉《は》に盛《も》る
（巻二―一四二）有間皇子《ありまのみこ》

藤白《ふぢしろ》の　み坂《さか》を越《こ》ゆと　白《しろ》たへの　我《わ》が衣手《ころもて》は　濡《ぬ》れにけるかも
（巻九―一六七五）作者未詳

紫《むらさき》の　名高《なたか》の浦《うら》の　砂地《まなごつち》　袖《そで》のみ触《ふ》れて　寝《ね》ずかなりなむ
（巻七―一三九二）作者未詳

紫《むらさき》の　名高《なたか》の浦《うら》の　なのりその　磯《いそ》になびかむ　時待《ときま》つ我《われ》を
（巻七―一三九六）作者未詳

紀伊《き》の海《うみ》の　名高《なたか》の浦《うら》に　寄《よ》する波《なみ》　音高《おとだか》きかも　逢《あ》はぬ児《こ》故《ゆゑ》に

（巻十一—二七三〇）作者未詳

紫《むらさき》の　名高《なたか》の浦《うら》の　靡《なび》き藻《も》の　情《こころ》は妹《いも》に　因《よ》りにしものを

（巻十一—二七八〇）作者未詳

黒牛《くろうし》の海《うみ》　紅《くれなゐ》にほふ　ももしきの　大宮人《おほみやひと》し　あさりすらしも

（巻七—一二一八）作者未詳

古《いにしへ》に　妹《いも》と我《わ》が見《み》し　ぬばたまの　黒牛潟《くろうしがた》を　見《み》ればさぶしも

（巻九—一七九八）柿本人麻呂《かきのもとのひとまろ》歌集

黒牛潟の潮が引いた浦を、紅の裳の裾を引いて行くのは誰の妻であろうか。

家にいると器《うつわ》に盛る飯を、（草枕）旅先であるので椎《しい》の葉に盛る。

藤白《ふじしろ》の坂を越えると、有間皇子の悲劇を思い出して、（白たえの）わたしの衣の袖は涙で濡れてしまった。

（紫の）名高の浦の砂浜に袖だけ触れて、あの娘《こ》とは共寝をせずじまいになってしまうのだろうか。

（紫の）名高の浦のナノリソが磯になびくように、あの娘が思いを寄せてくる時を、わたしは待っている。

紀伊《きい》の海の名高の浦に寄せる波音が高いように、世間の噂《うわさ》が高いことだ。逢いもしていないあの娘のことで。

（紫の）名高の浦の靡き藻のように、わたしの心はあの娘に寄ってしまった。

黒牛の海が紅に輝いている。（ももしきの）大宮人《おおみやびと》が漁をしているらしい。

その昔妻と一緒にわたしが見た、（ぬばたまの）黒牛潟を今一人で見ると心寂しい。

碑面　96

黒牛方
塩干乃浦乎
紅
玉裙須蘇延
往者誰妻
　孝書

裏面（部分）

揮毫者　大阪大学名誉教授
　甲南女子大学名誉
　教授
　文化功労者
　犬養孝先生

平成甲戌歳午月吉日

位　置　海南市黒江　名手酒造
除幕式　平成六（一九九四）年
　六月十五日
建立者　名手酒造
寸　法　一一一×一二〇

碑面　101

海南の万葉歌

家有者
笥尓盛飯乎
草枕
旅尓之有者
椎之葉尓盛

藤白之
三坂乎越跡
白栲之
我衣手者
所沾香裳

柴之
名高浦之

愛子地
袖耳觸而
不寝香將成
紫之
名高浦乃
名告藻之
於磯將靡
時待吾乎
名高之浦尓
依浪
木海之
音高皃
不相子故尓
紫之
名高乃浦之
靡藻之
情者妹尓
因西鬼乎

黒牛乃海
紅丹穂經
百磯城乃
大宮人四
朝入為良霜
黒牛方
塩干乃浦乎
紅
玉裙須蘇延
往者誰妻
古家丹
妹等吾見
黒玉之
久漏牛方乎
見佐府下
孝書

位　置　海南市黒江　名手酒造

建立日　平成六（一九九四）年
十一月上旬
建立者　名手酒造
寸　法　六〇×三〇
（左端一枚のみ六〇×
三五）

解説

黒江で酒造業を営む名手《なで》久雄氏は、地元の文学や歴史に造詣深く、黒江ゆかりの万葉歌碑建立を思い立った。酒蔵の一つが建っている場所に、「黒牛」の地名の起源と言われる、黒牛に似た大石が埋まっているという伝承がある。当初、黒牛が詠まれた歌をひとまとめにして歌碑にしようと計画したが、犬養先

生にそのような形態の歌碑はありえないと反対されてしまい、一首だけを刻することになった。

　歌碑（96）は当初、駐車場の北東の一画の築山《つきやま》に建てられた。歌碑の後ろには、名手氏の別邸にあった松の木が移植された。この木はかつて黒江湾の小島にあったという由緒あるものだった。ところが松は枯れてしまい、名手氏は大変残念がった。そこで縁起直しとして、黒江湾にかかわる九首の万葉歌を、犬養先生に墨書してもらった。これを一枚ずつ黒御影石に刻し、駐車場東のブロック塀に貼りつけて並べた（101）。犬養先生揮毫の白文《はくぶん》（万葉仮名）の下には、地元の書家である井上木州《ぼくしゅう》氏による読み下し文が刻されている。「海南の万葉歌」の揮毫も井上氏である。これにあわせて歌碑（96）は駐車場の北東隅に移されて、築山も拡大されたが、歌碑の裏面は樹木のために、読めなくなった。かつて歌碑（96）が立っていた場所は売店となったため、駐車場は少し狭くなった。

　（96）の歌碑は名手酒造の社員や万葉愛好家らが参列して除幕式がおこなわれたが、黒御影石九枚の歌碑（101）の除幕式はおこなわれなかった。除幕式の記念品は揮毫歌を紺地に染めた暖簾《のれん》であった。

糸我万葉歌碑

いとがまんようかひ

6

足代《あて》過《す》ぎて　糸鹿《いとが》の山《やま》の　桜花《さくらばな》　散《ち》らずあらなむ　帰《かへ》り来《く》るまで

（巻七―一二一二）作者未詳

足代を過ぎて糸鹿の山にさしかかった。山のサクラ花よ、どうか散らずにいてほしい。わたしが帰りに再び通るまで。

碑面

足代過而
絲鹿乃山之　桜花
不散在南
　還來萬代
孝書

位置　有田市糸我町　得生寺

除幕式　昭和四十七（一九七二）年五月十四日

建立者　絲鹿山万葉歌碑建設委員会

寸法　一五〇×二三〇　黒御影石嵌込み

解説

昭和四十六（一九七一）年六月、「絲鹿山《いとがやま》万葉歌碑建設委員会」が発足し、熊野《くまの》街道沿いの得生寺《とくしょう》境内に歌碑が建立されることになった。郷土史家で和歌山県有田《ありだ》市文化財保護審議員

足代過而
絲鹿乃山之　桜花
不散在南
還来萬代
孝書

の谷口庄之右衛門《たにぐちしょうえもん》（号、糸我宗《いとがそう》圓《えん》）氏の長年の念願がここに実現したのである。

除幕式は昭和四十七年五月十四日午後一時よりおこなわれた。ちょうどこの日は得生寺の中将姫《ちゅうじょうひめ》の会式に当たり、約七十名が参列した。犬養先生は所用のため、代わりに境田四郎《さかいだしろう》氏（大阪女子大学名誉教授）が除幕した。碑石は有田公園東、糸我山麓《さんろく》の自然石で、犬養先生が選んだ。碑陰の副碑には、「有田市万葉歌碑建設委員会」として九名の委員名が記されているが、「有田市」は「絲鹿山」の誤りである。碑文の説明板はケヤキの一枚板で、得生寺住職伊藤光応《こうおう》師が墨書《ぼくしょ》したが、朽《く》ちてしまい撤去された。

また、歌碑建立を記念して、百五十二ページからなる『絲鹿』（絲鹿山万葉歌碑建設委員会、一九七二）が刊行された。

除幕の翌年から、毎年三月の最終日曜日に、犬養先生は学生たちと得生寺の歌碑を訪れ、糸我峠を越えて栖原《すはら》まで歩くことを恒例とした。

岩代万葉歌碑

いわしろまんようかひ

130

君《きみ》が代《よ》も　我《わ》が代《よ》も知《し》るや　岩代《いはしろ》の　岡《をか》の草根を　いざ結《むす》びてな

（巻一—一〇）中皇命《なかつすめらみこと》

あなたの命もわたしの命も支配する、岩代の岡の草を、さあ結びましょう。

碑面

君之歯母
吾代毛所知哉
磐代乃
岡之草根乎
去来結手名
孝書

位置　和歌山県日高郡みなべ町西岩代　光照寺北西
除幕式　平成十七（二〇〇五）年二月二十五日
建立者　みなべ町
寸法　九九×一九〇　黒花崗岩嵌込み

解説

昭和三十九年六月二十八日、西岩代の国道二四号線沿いでドライヴ＝インを経営していた堀本幸次郎・光三郎・計次郎の三兄弟が、澤瀉久孝氏揮毫の万葉歌碑、「磐白乃　浜松之枝乎

引結　真幸有者　亦還見武」（巻二―一四一）を建立除幕した。その後国道を挾んで少し北側に移転したが、国道がカーヴしており、見学するのには危険であった。歌碑所有者の堀本邦清氏が南部町に寄贈の意志を示されたこともあり、歌碑の移転が本決まりとなった。山本賢氏の御教示によれば、平成十五年秋頃から話が具体化し、この年の十一月五日に光照寺裏の西岩代区有地に移転することに決定した。翌年一月七日、西岩代区総会で区民の同意を得たが、予定地は町道から少し離れすぎているので、光照寺の北西隣接地に変更された。

澤瀉先生の歌碑移転計画に加えて、犬養孝先生の万葉歌碑建設も話題となった。これについては当面敷地を確保しておくことに留め、広く建立費用を募る予定であった。ところが教育委員会の骨折りによって、六月の定例議会で犬養万葉歌碑の建立費用も含めて予算が可決された。

光照寺では昭和三十四年十一月に一年遅れではあったが、「有間皇子千三百年祭」が催されている。犬養先生の「万葉の旅取材ノート」によれば、先生は翌年の昭和三十五年八月十九日に西岩代を訪れ、「光照寺(浄土宗)昭和34年11月13：00法要」と記している（『犬養孝と万葉を歩く（別冊太陽）』講談社、二〇〇一、三八―四〇頁）。

歌碑の移転・建立地は小字岡なので、犬養万葉歌碑は「岩代の岡の草根」がうたわれている「中皇命、紀の温泉に往く時の御歌」（巻一―一〇）に決定した。

犬養先生は昭和五十一年十二月、御坊文化財研究会の招きで講演をおこなった後、結松の謂れを記す解説板の内容について助言した。後日、先生は山本賢氏へ万葉歌を揮毫した色紙五枚を贈った。歌碑の文字はこの時の色紙が用いられた。

歌碑の銘板石は南アフリカの黒花崗岩（インパラ＝ブラック）、それを嵌込んでいる碑石と石垣は三重県南牟婁郡紀和町和気の白花崗岩（那智石）、歌碑の前に撒かれている砂は中華人民共和国山東省の白川砂（花崗岩）である。五坪の土地購入費を含めて総費用は、約四百五十万円かかったという。光照寺は無償で土地を提供した。

二基の歌碑はL字型に位置して、紀の国の陽射しを浴びている。犬養先生の歌碑には、建立者や設置年月日、先生の氏名も刻されてはいない。因みに建立者はみなべ町、石材店による設置完了は平成十六年十一月二十七日、町の建設課による竣工検査は十二月七日におこなわれた。

万葉歌碑の移転と設置は、南部町と南部川村の合併によるみなべ町発足の何よりの記念になったと、山本氏は言う。

除幕式は平成十七年二月二十五日午後一時からおこなわれ、約四十名が出席した。記念品として、山本氏手作り冊子『みなべ町の万葉歌』が関係者に配布された。

孔島万葉歌碑

くしままんようかひ

8

み熊野《くまの》の　浦《うら》の浜木綿《はまゆふ》　百重《ももへ》なす　心《こころ》は思《おも》へど　直《ただ》に逢《あ》はぬかも

（巻四—四九六）柿本人麻呂《かきのもとのひとまろ》

み熊野の浦のハマユウの葉が幾重にも重なりあっているように、幾重にも心の中で恋人のことを思うが、直接に逢うことができないよ。

碑面

柿本人麻呂
三熊野之
浦乃濱木綿
　百重成
心者雖念
直不相鴨

孝書
昭和四十九年六月
三輪崎老人クラブ建之
（横書き）

位　置　新宮市三輪崎　孔島
除幕式　昭和四十九（一九七四）年九月二十九日

建立者　三輪崎老人クラブ
寸　法　八〇×一四〇　黒御影石嵌込み

解説

孔島のハマユウ大群落は、海の汚染や築港計画などで壊滅が

危惧され、昭和四十年代に入って地元の三輪崎老人クラブが環境保全運動を始めた。歌碑建立は昭和四十五年ごろから話にのぼり、四十七年五月十日、老人クラブの定期総会において満場一致で決定された。石探しを引き受けた福島翼《つばさ》氏は、この年の十月から五カ月もかけてようやく熊野川《くまのがわ》町田長《たなご》の谷で四トンの石を発見し、トラックで三輪崎の海岸まで運搬した。昭和四十八年八月、築港工事中の作業員が起重機船で石を吊り上げ、孔島に運ぼうとしたが、船が大きすぎて着岸できなかった。翌年二月二十五日、羽山孝《はやまたかし》氏の尽力により、孔島の波打ち際にやっと据えられた。

　除幕式は九月二十九日午前十時より、百余名が参列しておこなわれた。好天に恵まれ、老人クラブの方々の喜びもひとしおであった。会長の浜中増彦氏は、「すばらしい環境の中に育つハマユウを、現在の倍以上にも増殖して、紀南唯一の名所とし、我々老人はもとより新宮《しんぐう》市民一般の憩《いこ》いの場所にし、この歌碑とともに永く保存することを念願する」と、祝辞を述べた。

　除幕式当日の午後七時より、新宮農協ホールにおいて、「萬葉の熊野」と題した犬養先生の記念講演会が催された。

　犬養先生の大阪市の粉浜《こはま》の旧宅の裏庭には、南海電鉄の線路の際《きわ》まで、孔島のハマユウの種で育てた群落があったが、昭和四十八年九月、線路の高架工事にともなう転居で消滅してしまった。

高師の浜万葉歌碑

たかしのはままんようかひ

71

大伴《おほとも》の　高師《たかし》の浜《はま》の　松《まつ》が根《ね》を　枕《まくら》き寝《ぬ》れど　家《いへ》し偲《しの》はゆ

（巻一―六六）置始東人《おきそめのあずまと》

大伴《おおとも》の高師の浜の松の根を枕にして寝ていても、家のことが偲ばれる。

碑面

置始東人
大伴乃
高師能濱乃
松之根乎
枕宿杼
家之所偲由

考書

位　置　堺市南区泉田中　泉北
藤井病院

除幕式　平成四（一九九二）年
四月十二日

建立者　医療法人和仁会成徳記
念病院・成徳病院

移転者　医療法人良秀会

寸　法　九七×二四〇　白御影
石嵌込み

解説

大阪府高師（高石）の浜は、

堺《さかい》市浜寺《はまでら》公園から高石《たかいし》市の高師の浜にかけての海浜である。

昭和三十五年ごろから臨海コンビナートの埋め立て工事が始まり、白砂の海岸線は姿を消した。

かつてこの万葉歌碑は高石市綾園《あやぞの》一丁目十四番の成徳記念病院の正面玄関前にあった。

歌碑の背後には松の木が植えられ、右横に副碑があった。それには読み下し文に続いて、次のような建立のいわれが刻されていた。

「医療法人和仁会、成徳記念病院　成徳病院が、萬葉集の研究・愛好家により設立されたので、それを記念して歌碑を建立した。

医学博士　中谷　一　福徳銀行専務取締役　扇野聖史　揮毫

大阪大学名誉教授　文学博士

文化功労者　犬養　孝」

中谷一氏は当時和仁会理事長であり、成徳記念病院長を兼任されていた。中谷氏は犬養先生の旧制大阪高等学校時代の教え子であり、大阪大学万葉旅行会主催の泊まりがけの旅にはいつも参加された「万葉ドクター」であった。扇野聖史《おうぎのきよひと》氏は大阪大学時代の教え子で、『万葉の道（全四巻）』（福武書店）の著者である。

除幕式は午前十一時からおこなわれ、引き続いて十一時半から犬養先生の「萬葉のこころ―たましひ―」と題する建碑記念講演会が、同病院で催された。

現在の歌碑

当日の記念品は、揮毫歌を紺地に白く染めた布であった。

　医療法人和仁会成徳記念病院は平成十三年一月一日に、医療法人良秀会高石藤井病院に受け継がれ、さらに病院そのものが建て替えられてしまった。歌碑は平成十五年十月、良秀会の系列の泉北藤井病院に移転されたが、副碑や解説板はない。歌碑は高師の浜から泉北丘陵に移されたのである。

磐姫皇后万葉歌碑

(四基) いわのひめこうごうまんようかひ

107
132
133
134

在《あ》りつつも 君《きみ》をば待《ま》たむ うちなびく わが黒髪《くろかみ》に 霜《しも》のおくまでに

(巻二―八七) 磐姫皇后《いわのひめこうごう》

このままあなたを待ちましょう。垂《た》らしたままのわたしの黒髪が白髪になるまでも。

かくばかり 恋《こ》つつあらずは 高山《たかやま》の 岩根《いはね》しまきて 死《し》なましものを

(巻二―八六) 磐姫皇后

これほどまでに恋こがれるのだったら、高山の大きな磐を枕にして死んでしまうほうがましだ。

秋《あき》の田《た》の 穂《ほ》の上《うへ》に霧《き》らふ 朝霞《あさがすみ》 いつへの方《かた》に 我《あ》が恋《こひ》やまむ

(巻二―八八) 磐姫皇后

秋の田の稲穂の上にかかっている朝霞のように、いつどちらに私の恋ははれるのだろうか。

居明《ゐあ》かして 君《きみ》をば待《ま》たむ ぬばたまの 我《わ》が黒髪《くろかみ》に 霜《しも》は降《ふ》るとも

(巻二―八九) 磐姫皇后

夜を明かしてあなたを待ちましょう。(ぬばたまの) 私の黒髪に霜が降ろうとも。

碑面 107

磐姫皇后

在管裳
君乎者将待
打靡
吾黒髪尓
霜乃置萬代日

孝書

位置 堺市堺区大仙《だいせん》町 大仙（仁徳天皇陵）古墳西側遊歩道

除幕式 平成七（一九九五）年五月二十五日

建立者 わが町堺の万葉歌碑の会

寸法 九五×一五八

解説

犬養先生は昭和二十七年、堺市成人学校が開校された当初より昭和六十三年まで、万葉鑑賞講座の講師を担当してきた。その功績によって昭和五十七年に、先生は堺市功労者表彰を受けた。万葉歌碑は受講者ならびに有志によって、堺市の文化振興を願い、あわせて先生への感謝の気持ちを込めて大仙公園の中に建立された。

歌碑の右横には、歌碑の由来を記したヒノキの解説板が立っている。

除幕式は、午前十時から約三十分間おこなわれ、二百名ほどが参加した。堺市長の幡谷《はたや》豪男氏が祝辞を述べた。記念品は揮毫歌を染め抜いた手拭《てぬぐ》いで、白生地に紺字と、紺生地に白字の二種類が作られた。十一時から約一時間、堺市博物館において、「磐姫」と題する犬養先生の記念講演があった。この講演内容は『フォーラム堺学』第三集（財団法人堺都市政策研究所、一九九七）に所収されている。

碑面 132〜134

如此許
　恋乍不有者
高山之
　磐根四巻手
　　死奈麻死物乎
　　　孝書

秋田乃
　穂上尓霧相
朝霞
　何時邊乃方二
　　我恋将息
　　　孝書

居明而
　君乎者将待
奴婆珠乃
　吾黒髪尓
　　霜者零騰文
　　　孝書

裏面（各歌読み下し文のあと、各碑共通）

わが町　堺を市民の自由と自治の精神で真に魅力あるまちへ

と再生することをめざし、あわせて仁徳天皇陵（大仙）古墳をはじめとする百舌古墳群の世界文化遺産となることを願って、ここに文化功労者　大阪大学・甲南女子大学名誉教授　犬養孝博士揮毫の万葉歌碑を建立する。

　平成十九年六月三日

　　堺万葉歌碑の会

位　置　堺市堺区大仙町　大仙（仁徳天皇陵）古墳西側遊歩道

除幕式　平成十九（二〇〇七）年六月三日

建立者　堺万葉歌碑の会

寸　法　七〇×三三×三三　セラミック嵌込み

解説

　その後、平成十六年五月二十二日には、万葉歌碑建立十周年記念として、万葉植物六種の記念植樹が歌碑の周囲でおこなわれた。午後は会場を堺市博物館に移して、記念講話・万葉歌朗唱・万葉うたがたりなど多様な催しがあり、約百五十名が参加した。

　さらに平成十八年八月、「堺万葉歌碑の会」（名称変更）は、磐姫皇后の万葉歌碑四基の建立を堺市に働きかけ、実現の運びとなった。三基の歌碑の文字は犬養先生揮毫の色紙を用いたが、「君が行き　日長くなりぬ……」（巻二―八五）の色紙が見つからなかったため、この歌の揮毫は犬養悦子氏（犬養孝先生実弟、犬養廉氏の夫人）がした。

　除幕式は平成十九年六月三日午前十時からおこなわれた。四基の歌碑は（107）の歌碑の左右に二基ずつ建てられている。すべて立柱型で上面に二十五センチメートル四方のセラミックを嵌込み、そこに歌が記されている。

　当時十二時半から引き続いて祝賀会がリーガロイヤルホテル堺で催された。

葛城山万葉歌碑

かつらぎやままんようかひ

春楊《はるやなぎ》　葛城山《かづらきやま》に　立《た》つ雲《くも》の　立《た》ちても居《ゐ》ても　妹《いも》をしそ思《おも》ふ

（巻十一—二四五三）柿本人麻呂《かきのもとのひとまろ》歌集

21

葛城《かつらぎ》山に雲が立っている。その「立つ」のように居ても立っても、いつもあの娘《こ》のことが思われる。

碑面

春楊
葛山
発雲
立坐
妹念
考書

裏面

本郷二郎
悦子
孝子
雅子

位置　堺市南区三原台四丁

本郷二郎邸玄関右脇

除幕式　昭和五十六（一九八一）年二月十五日

建立者　本郷二郎

寸法　一一〇×八五

解説

建立者の本郷《ほんごう》二郎氏は、多忙な医療に携《たずさ》わる毎日ながら、大阪大学万葉旅行によく参加された万葉ドクターの一人である。昭和五十六年に「大阪大学万葉旅行の会」は創立三十周年を迎えた。そこで本郷氏は「犬養孝先生の健康と万葉旅行の発展を祈り」（除幕式案内）、歌碑建立を計画した。碑の揮毫は、犬養先生が色紙に書いた歌を拡大したものである。ところが犬養先生は急いでいたため、「立座」を「立坐」と誤記してしまい、そのまま石に彫られてしまった。除幕式後に判明したが、追刻はされなかった。歌碑は前年の十一月五日、本郷邸にすでに設置されていたが、除幕式は「万葉旅行の会」三十周年と万葉歌にふさわしい季節まで待っておこなわれた。

除幕式後、犬養先生が好んだ正調《せいちょう》木曾節《きそぶし》が流れるなか、四十三名の出席者は直会《なおらい》のひとときを過ごした。この日の記念品は四枚組の栞《しおり》であった。この栞は、第二十二回藤白《ふじしろ》大崎《おおさき》万葉旅行（昭和二十九年十月十日）で参加者が延べ三千名を超えたため、それを記念して次の第二十三回巨勢《こせ》真土山《まつちやま》万葉旅行（昭和二十九年十一月二十一日）において配布されたものの復刻である。本郷氏が描いた墨絵に、犬養先生が万葉歌を添えている。

粉浜万葉歌碑

こはままんようかひ

33

住吉《すみのえ》の 粉浜《こはま》のしじみ 開《あ》けも見《み》ず 隠《こも》りてのみや 恋《こ》ひ渡《わた》りなむ

(巻六―九九七) 作者未詳

住吉の粉浜のシジミがしっかりと蓋《ふた》を閉じているように、胸の思いを打ち明けもしないで、心の奥に込めたまま恋続けることであろうか。

碑面

住吉乃
粉濱之四時美
開藻不見
隱耳哉
戀度南
孝書

裏面

昭和五十九年七月七日
東粉浜社会福祉協議会建立

位置 大阪市住吉区東粉浜三丁目 南海電鉄粉浜駅東側花壇

除幕式 昭和五十九(一九八四)年七月七日

建立者 東粉浜社会福祉協議会

寸法 一三八×一六七

解説

犬養先生は昭和二十一年三月

一日、台湾から和歌山県の紀伊《きい》田辺《たなべ》港に引き揚げ、昭和二十三年四月から大阪市住吉《すみよし》区粉浜《こはま》東之町《ひがしのちょう》三丁目（現、東粉浜二丁目）に住んでいた。南海電鉄本線粉浜駅のすぐ近くに、二軒連接した長屋が二棟、細い路地に東面して建っていた。犬養先生の家は南から二軒目だった。

　昭和四十八年九月、南海本線の高架工事のため立ち退きとなり、犬養先生は当時の勤務先であった甲南《こうなん》女子大学に近い西宮《にしのみや》市に転居した。粉浜東之町は昭和五十六年に東粉浜と改称され、犬養邸の跡は駐車場の一部となり、ハマユウの白花が咲いていた線路際は道路となった。

「東粉浜社会福祉協議会」は、犬養先生が粉浜に住んでいた縁で、歌碑の揮毫を依頼した。粉浜駅の改札口を出て階段を降り、店の間を通り抜けると、粉浜本《ほん》通《どおり》商店街に通じる東西の道に出る。右折するとすぐに歌碑がある。歌碑の右横の解説板には、「粉浜の美しい風土と人びとの奥ゆかしい心がうたわれたもので、粉浜の歴史を知り、郷土の誇りを永遠に伝えるため」に建碑したとある。除幕式は地元の人だけでささやかにおこなわれた。

横野万葉歌碑

よこのまんようかひ

70

紫草《むらさき》の　根《ね》ばふ横野《よこの》の　春野《はるの》には　君《きみ》をかけつつ　うぐひす鳴《な》くも

（巻十―一八二五）作者未詳

紫草が根を張る横野では、あなたを心にかけて思ってウグイスが鳴いていますよ。

碑面

紫之根延横野之春野庭
君乎懸管鶯名雲　孝書

裏面

紫草の根ばふ横野の春野には
君をかけつつうぐひす鳴くも

読み人知らず
万葉集巻の十・一八二五
揮毫　大阪大学名誉教授
犬養孝先生
協賛　郷土誌いくの刊行会
巽社会福祉協議会
大阪生野ライオンズクラブ

巽神社氏子総代会
伊賀ヶ西子供太鼓会
平成四年三月吉日建之

位置　大阪市生野区巽西三丁目　横野神社跡
除幕式　平成四（一九九二）年

三月三十一日

建立者　郷土誌いくの刊行会・巽社会福祉協議会・大阪生野ライオンズクラブ・巽太鼓保存会・巽神社氏子総代会・伊賀ヶ西子供太鼓会

寸　法　一三八×一六七

解説

昭和五十七年に発足した「郷土誌いくの刊行会」は、機関誌を昭和六十三年まで通巻十二号刊行した。平成三年、解散にあたり、清算残金で万葉歌碑の建立を計画した。地元の諸団体が協賛して、大阪府の能勢《のせ》産の黒御影石の歌碑が横野神社跡地に建立された。既存の「式内横野神社舊跡」碑とのバランスもよくとれている。

除幕式は当日午前十時半から、巽神社の神官によって執りおこなわれ、約百名の人々が列席した。式後、十一時二十分から巽神社参集所で犬養先生の歌碑の歌についての講話があった。当日記念品として、「生野区の万葉歌碑」(郷土誌いくの刊行会)のリーフレットと、和手拭いが配布された。白地の手拭いには犬養先生の万葉仮名の揮毫歌ではなく、万葉歌の読み下し文が茶色に染められていた。

巽地域の人々は、歌碑建立で終わりとせず、その後も今日に至るまで文化活動を継続している。平成四年十月一日、巽会館老人憩いの家において「横野万葉会」が結成され、以来毎年文化講演会、史跡探訪会、さらに万葉講座などをおこなっている。「横野万葉会」発足に際しては、当時「巽社会福祉協議会」の副会長であった松浦忠信氏が、歌碑の歌のウグイスにちなんで、神社跡の右に紅梅、左に白梅一対を記念植樹した。また、十一月一日には同地の周囲にフェンスを張り廻らし、正面にアルミ門扉を設置した。また、翌年、九月十六日にフェンス南面に横野神社の由緒を記した説明板が設置された。平成七年四月一日には、『横野万葉会会報』創刊号も刊行された。

河内の明日香川万葉歌碑

かわちのあすかがわまんようかひ

105

明日香川《あすかがは》　黄葉《もみちば》流《なが》る　葛城《かづらき》の　山《やま》の木《こ》の葉《は》は　今《いま》し散《ち》るらし

（巻十―二二一〇）作者未詳

明日香川にもみじ葉が流れている。葛城《かつらぎ》山の木の葉は、今、散っているにちがいない。

碑面

明日香河　黄葉流
葛木　山之木葉者
今之落疑
孝書

裏面（横書き）

この万葉歌碑は大和銀行の協力により製作しました。

位　置　南河内《みなみかわち》郡太子町大字山田　太子町役場ふたかみの庭
除幕式　平成七（一九九五）年二月十日
建立者　太子町
寸　法　一七〇×二七八　黒御影石嵌込み

解説

万葉歌碑は「王陵の門」と名

付けられたシンボル・モニュメントとともに、太子町新庁舎、万葉ホール、体育館の合同竣工式の日に除幕された。歌碑は庁舎棟の東に位置する「ふたかみの庭」の中にあり、二上山のイメージで、副碑が寄り添うようにして立っている。

除幕式には町民を中心に約二百名が出席した。町長は貴重な緑と歴史文化遺産を、いついつまでも守り続ける決意を述べた。庁舎は斬新《ざんしん》なデザインながら、風土景観に配慮して建築された。歌碑の背後には二上山を望み、晩秋には飛鳥川を流れる黄葉《もみぢ》に思いを馳せることができる。

当日の出席者には万葉歌碑のリーフレットが配られ、一カ月後に町長公室企画調査課による、手作りの記念写真集が犬養邸に届けられた。

さわらび万葉歌碑

さわらびまんようかひ

72

石《いは》ばしる　垂水《たるみ》の上《うへ》の　さわらびの　萌《も》え出《い》づる春《はる》に　なりにけるかも

（巻八―一四一八）志貴皇子《しきのみこ》

岩にぶつかってしぶきをあげて流れる滝のほとりの、ワラビが芽を出す春になったことだ。

碑面

志貴皇子懽御歌
石　激
垂　見　之　上　乃
左　和　良　妣　乃
毛　要　出　春　尓
成　来　鴨

孝　書

裏面（横書き）

寄　贈
普通科25期生有志一同
平成4年5月吉日

位　置　枚方市香里ヶ丘　税務大学校大阪研修所
除幕式　平成四（一九九二）年五月二十九日
建立者　税務大学校普通科二十五期生有志
寸　法　九三×一二一

解説

犬養先生は昭和三十四年から平成九年まで、税務大学校大阪研修所にて文学（万葉集）の講義を担当してきた。このため平成十年六月三十日に、同校より先生に感謝状が贈られた。

税務大学校普通科二十五期生有志は、卒業二十五周年記念として、入学して最初に感銘を受けた志貴皇子の歌の歌碑を建立した。歌碑は旧庁舎の正面の植え込みの中に位置している。左横には歌の解説文を記した銅板を嵌込んだ副碑もある。犬養先生の歌碑の解説文としては、もっとも長文であり、学生たちに対する教育的配慮がうかがえる。

除幕式に先立って、午後四時に所長室で記念品（歌碑）目録の贈呈式がおこなわれた。四時十分からの除幕式には研修所の教職員や研修生が出席し、続いて四時半から第八教室にて記念品の贈呈披露式、五時から懇談会となった。

額田王万葉歌碑

ぬかたのおおきみまんようかひ

36

君待《きみま》つと　あが恋《こ》ひ居《を》れば　わがやどの　簾動《うご》かし　秋《あき》の風《かぜ》吹《ふ》く

（巻四―四八八）額田王《ぬかたのおおきみ》

あなたが来られるのを待って、わたしが恋しく思っていると、わたしの家の簾を動かして秋の風が吹く。

碑面

額田王

君待登

吾戀居者

我屋戸之

簾動之

秋風吹

考書

裏面

発起人

（四十一人の氏名を二段に列記

省略）

謹書　塚本正次

位置　東近江市本町　市神神社

建立日　昭和六十（一九八五）年四月二十九日

建立者　額田王歌碑建立委員会

寸法　一八七×一八〇

額田王
君待登
吾戀居者
我屋戸之
簾動之
秋風吹
孝書

副碑裏

奉　祝

天皇陛下御在位六十年記念

建立

万葉集巻第四

額田王近江天皇を思ひて作る歌一首

書

文学博士　犬養　孝先生

奉納

額田王歌碑建立

発起人一同

碑石奉納

五個荘町

三輪國男

宮司　中嶋高名

石工　松宮久夫

解説

万葉歌碑は市神神社社務所の南側の庭園にあり、枯れ山水の庭石の一つに見立てられている。歌碑の右横の小さな庭石の裏には、歌碑の謂《いわれ》を刻した黒御影石を嵌込み、これを副碑に見立てている。

本殿の中には極彩色の額田王の立像も安置されており、本殿前の「額田王立像銘」には、「郷土の誇りを永世に伝え、平和と幸福が満ちあふれることを祈るものである」と記されている。社務所では歌碑や額田王立像などの絵葉書セットを販売している。

除幕式は当日十時からおこなわれたが、九時頃に神社の広報車が近江八幡駅前に来て除幕式の案内放送をしていた。

大伯皇女万葉歌碑

おおくのひめみこまんようかひ

磯《いそ》の上《うへ》に　生《お》ふる馬酔木《あしび》を　手折《たを》らめど　見《み》すべき君《きみ》が　ありといはなくに

（巻二―一六六）大伯皇女《おおくのひめみこ》

磯のほとりに生えているアシビを手折りたいが、お見せするあなたがいるわけではないのに。

碑面

礒之於尓
生流馬酔木乎
手折目杼
令視倍吉君之
在常不言尓

副碑（部分　横書き）

寄贈
名張ライオンズクラブ
創立20周年記念
協賛
大来皇女万葉歌碑建立
実行委員会
平成7年4月吉日建立
位　置　名張市夏見男山　夏見廃寺址
建立日　平成七（一九九五）年四月二十日
建立者　大来皇子万葉歌碑建立

実行委員会

寸法 九〇×八〇

解説

万葉歌碑建立の動きは、平成二年七月二十八日に始まる。この日、名張市立図書館二階ロビーにて、筒井範郎《つついのりお》氏の仲介により、地元の福地龍夫《ふくちたつお》・井上彦・伊藤千栄・石原弘子の各氏と、私、山内英正と六名で会合をもった。しかしこの後、話の進展はなかった。平成五年十月に、第五回郷土資料展「隠《なばり》の万葉と夏見廃寺」（そみの会主催）のアンケート調査がきっかけとなり、歌碑建立の機運が盛り上がった。回答者の七割強が建立を希望したため、平成六年六月十六日に、「大来《おおくの》皇女万葉歌碑建立実行委員会」が発足した。

また、名張ライオンズクラブが創立二十周年記念行事の一環として協賛した。歌碑の石は、比奈知《ひなち》ダムの湖底に沈む遣戸《やりど》橋の上流河川敷から引き揚げられていたものを、米山潔《きよし》氏が寄贈した。歌碑のデザインは植松永次氏、施工は地元の谷松石材店がおこなった。大小二つの石が、あたかも大伯皇女と大津皇子が寄り添うように、人型《ひとがた》にデザインされている。除幕式の三カ月前の一月十七日に起こった兵庫県南部地震で、犬養先生は御自宅が全壊して仮住まいを余儀なくされていたため、すっかり寡黙となり気弱になっておられた。それでも除幕式前日には嬉しそうな弾んだ声で、確認の電話がかかってきた。「午前七時には出発するよ。僕は午前五時半起床だ。」私は六時半に犬養邸に参上し、お伴した。

除幕式は午前十時からおこなわれた。司会は辻本林義氏（ライオンズクラブ理事）・経過報告は菅井照代氏（万葉歌碑建立実行委員会事務局長）、除幕は富永英輔（名張市長）・寺田一郎（ライオンズクラブ二十周年記念行事理事）・石原弘子（万葉歌碑建立実行委員会会長）の三氏。挨拶は森永孝尚（ライオ

ンズクラブ会長）・井上彦（発起人代表）の二氏がおこない、犬養先生が朗唱、名張市長が答礼して式は終わった。『古代ロマンへのいざない―大来皇女万葉歌碑―』と『名張と万葉―古記・文献・資料集―』の二冊が刊行され、記念品となった。

また、除幕式当日午後一時半から、名張市青少年センターに於いて、犬養先生の講演「万葉・大津皇子」が催され、会場は名張市民で満席となった。歌碑建立から十年目の平成十七年四月には、揮毫文字に墨入れがなされた。さらに七月には、歌碑の右横に、名張市教育委員会がステンレス製の解説板を設置した。

第三章　東国

あらたま

　こんにちの浜松市の北東に浜北市〔現、浜松市浜北区〕がある。現在、庭園用植物の栽培で聞えたところだ。その浜北市宮口付近一帯は古昔の麁玉地区で、のち、引佐郡、浜名郡、磐田郡に編入され、今、概ね、浜北市内に編入されている。その宮口の村の道路から北にはいった一本道の突当たりの付近は、竹林と杉林にかこまれた幽邃の一角で、そこにしょんぼりと、小さなお宮があって、その昔、遠州出身の防人、麁玉郡の主帳丁若倭部身麻呂《わかやまとべのむまろ》を祭る若倭部神社と伝えている。若倭部身麻呂もそこに現われ出るかと思われる古代的な香を思わせる一角である。若倭部身麻呂は、

　　吾が妻は　いたく恋ひらし　飲む水に　影《かご》さへ見えて　世に忘られず　（巻二十―四三二二）

とうたったが、旅の途上のどこかで水にうつる影に、ふと郷里麁玉の妻の姿を思いやっているのだ。身麻呂の家庭は、この竹林と杉林の一角などにあったのであろうか。

　麁玉地区では、昭和六十三年三月三十日に、浜北市によって、麁玉公民館が開設された。その同じ日、公民館の門のわきに庭園がしつらえられ、「璞《あらたま》の　寸戸《きへ》が竹垣《たかがき》　編目《あみめ》ゆも　妹《いも》し見えなばわれ恋ひめやも」（巻十一―二五三〇）の万葉歌碑の除幕式が行なわれた。わたくしは、教育委員会に乞われるままに、この歌を揮毫した。公民館があしらって竹垣を碑の傍に設け、理解の助けとした。

これは寄物陳思であるが、『万葉集』では正述心緒歌に分類されている。

「麁玉」と東歌に「あらたまの　伎倍《きへ》の林に　汝《な》を立てて　行きかつましじ　寝《い》を先立たね」（巻十四―三三五三）、「伎倍びとの　斑衾《まだらぶすま》に　綿さはだ　入りなましもの　妹が小床《をどこ》に」（巻十四―三三五四）とある。その伎倍は地名と考えられている。伎倍の人は、斑模様の独特のかけぶとんを作っていたのであろうか。むつかしい歌で、伎倍びとは、大陸渡来の機織の工人の類ではなかったかともいわれる。伎倍は、「蝦夷の備においた柵戸《きへ》」かともいわれるが、この説は武田博士の『全註釈』で注意しているように、柵戸のキは乙類、寸、伎のキは甲類で、仮名遣の上から乙・甲を異にしていて当らない。何等かの違和感をおぼえる人々であったのかも知れない。

人々は、麁玉公民館の歌碑の前に立って、伎倍人をいろいろに考えることであろうか。碑の傍の竹垣は、何等かの暗示を与えることであろうか。

あらたまは古くからの地名で、その位置は今日とほぼ変わらない。宮口に麁玉郡若倭部身麻呂の古色蒼然たる故地もあるのだ。浜北市がこの古地名を復活し、古代「あらたま」を偲ぼうとするのは、すばらしい試みだ。

市民が、あらたまの古地名を自覚し、麁玉公民館の発展と市民の御多幸に通じるところのあることを祈らないではいられない。若倭部神社の竹林と杉の故地も忘れられないし、忘れ去られようとしている「あらたま」の名の、「麁玉公民館」としての復活を心から祝わないではいられない。

天竜川の氾濫は、この付近一帯の丘陵地、低地部を圧して、かつてはほしいままに、奔騰したであろう。わたくしたちは、天竜川の頸部、納涼亭なる川魚店の絶景の部屋で直会のうなぎをいただいて歓談時を過した。失なわれかかっていた地名が、明確に公民館として発足したことを、何よりの喜びとしたい。

（『短歌現代』一二巻六号　短歌新聞社、一九八八年六月）

さわらびの春

伊勢山皇大神宮の宮地に、神中の教え子の根本満君らが奔走して「石《いは》ばしる垂水《たるみ》の上《うへ》のさわらび」の歌碑を先年建ててくれた。私が昭和六十二年に「文化功労者」にさせていただいたのを記念しての建立である。それ以来、春四月、桜花の咲き乱れる頃、皇大神宮で毎年「万葉歌碑奉告祭」をして下さっている。伊勢山に歌碑建立ができるようになったのは、氏子総代の故小此木彦三郎君や川本譲次君はじめ、多くの方々のご協力が大であったと聞く。毎年奉告祭の日には昔の教え子が集まって、祝って下さり、しみじみありがたいことと感謝の念でいっぱいである。

碑を建てていただいた位置も、神殿の前の階段のわきで、桜吹雪の時など絶好この上もない。ありがたきことである。「石ばしる」の歌をえらんだのは、横浜に万葉の歌はなく、わたくしが神中でお世話になっていたころ、毎始業式の時、歌を黒板に書いてから始業をしたので、その思い出に、スタートの精神をつねに思い出すようにと思って、これを選んだのだ。「さわらび」の萌え出す春の時ではあり、物事にとりかかる新しい初い初いしい心にみちているから、最適だろうと思ってのことだ。

桜吹雪が歌碑の石に散りかかる頃など、まことによい歌を選んだものだと思う。初い初いしさは、伊勢山皇大神宮のきざはしに、いつもただよっている。あの碑の前に立つと、いつも凛乎と清新の風が吹く。いつも新たでなけではならぬと思うのだ。

伊勢山皇大神宮の階段のわきには、いつも新鮮な水が流れているのだ。いい歌碑を建ててもらったと思っている。人はいつ、あの碑の前に立っても、スタートの初い初いしさを覚えるであろう。

石ばしる　垂水の上の　さわらびの　萌え出《い》づる春に　なりにけるかも　（巻八―一四一八）

―平成七年十月二十五日しるす―

（『伊勢山』三号　伊勢山皇大神宮社務所、一九九五年十一月）

入間道の大家が原

入間道《いりまぢ》の　大家《おほや》が原の　いはゐ蔓《づら》　引かばぬるぬる　吾《わ》にな絶えそね　（巻十四―三三七八）

「いはゐ蔓」は「い這ひ蔓」の訛であろうか。「埼玉県入間郡の大家が原のいはゐ蔓が、ずるずるとゆるんで抜けるように、私との仲が、きれてしまわないようにしてください」の意であろうが、「引かばぬるぬる」とは、何とうそいつわりのない自然の声であろうか。ほかは忘れても「引かばぬるぬる」だけは、誰も忘れはしない。

その「大家が原」はどこか。普通、『和名抄』にいう「武蔵国入間郡大家　於保也介」かといわれる。今日の入間郡でも諸説があって、郡内に碑があちこちに建てられている。入間部日高町〔現、日高市〕の役場では、入間街道、大谷沢に地を選んで、ここに万葉歌碑を建ててほしいと、揮毫を依頼された。大谷の、街道のほとりに、この碑があってもおかしくはないだろう。村の人も喜ばれた。村の人も千三百年前に、この村の人たちが「引かばぬるぬる」とよんだことを、なつかしく思い出すだろう。

除幕式の日は、快晴だった。思いがけない人も、聞き伝えてか、道の傍に集まって下さった。百数十名、たのしく除幕された。関西の教え子たちも、にぎにぎしく集まってくれた。

「引かばぬるぬる」の碑が、平成元年十一月二十五日にこの世に出現した。通りすがりの人は、碑を見て頭をひねるだろう。「引かばぬるぬる」にあまりにも近い近代を感ずるだろうか。

（『ウォーク万葉』二三号　クリエイト大阪、一九九〇年七月）

明日香風万葉歌碑

あすかかぜまんようかひ

釆女《うねめ》の　袖《そで》吹《ふ》き返《かへ》す　明日香風《あすかかぜ》　都《みやこ》を遠《とほ》み　いたづらに吹《ふ》く

（巻一―五一）志貴皇子《しきのみこ》

釆女の袖を吹き返した明日香風は、都が遠くなったので、ただ空《むな》しく吹いている。

碑面

婇女乃
袖吹反
明日香風
京都乎遠見
無用尓布久
考書

位置	北名古屋市西春町大字九之坪上吉田　住川誠一邸庭
除幕式	平成十（一九九八）年四月一日
建立者	住川誠一
寸法	四五×六〇

解説

住川誠一氏は犬養先生の色紙の字を拡大して、平成七年六月初めに黒御影石の万葉歌碑を作った。風雨に曝《さら》すには耐えがたく、部屋の中に安置し続けていた。しかしその状態では「歌碑」

とは言いがたく、これまでに製作された犬養先生の万葉歌碑目録にも、巻末に関連碑として紹介されるにとどまっていた。

　歌碑製作から約三年経った平成十年四月一日に、自宅の庭に設置して除幕式を挙行した。この日は犬養先生の誕生日であった。式は近くの日吉神社の三輪《みわ》隆裕《たかひろ》宮司《ぐうじ》の先導のもと、近隣の方々十名が列席した。ここに犬養先生の百二十三基目の歌碑が誕生した。歌碑は庭に設置されて、より味わい深く趣《おもむき》あるものになったと、住川氏は述べている。

信濃路万葉歌碑

しなのじまんようかひ

99

信濃路《しなぬち》は　今《いま》の墾《は》り道《みち》　刈《か》りばねに　足踏《あしふ》ましむな　沓《くつ》はけ我《わ》が背《せ》

（巻十四―三三九九）東歌《あずまうた》

信濃道《しなのじ》は今切り開いたばかりの道です。切り株で足をけがしてはいけません。沓をはいていらしてください、あなた。

碑面

信濃道者伊麻能波里美知可
里婆祢尓
安思布麻之牟奈久都波氣和
我世
孝書

副碑（部分）

揮毫者　大阪大学名誉教授
印《ママ》南女子大学名誉教授
文化功労者・文学博士
犬養孝
建立者　阿智村
建立　平成六年十一月吉日

位置　長野県下伊那郡阿智村
園原　神坂神社
除幕式　平成六（一九九四）年
十一月二日
建立者　阿智村
寸法　一一〇×九〇

解説

長野県下伊那《しもいな》郡阿智《あち》村は平成四年度から三年計画で、史跡「園原《そのはら》の里」の整備事業をすすめてきた。この事業は平成六年度に、犬養先生揮毫の万葉歌碑をはじめ、漢詩碑や歌碑を計五基建立して完了した。原隆夫（編）『園原の里　文学碑めぐり』（阿智村公民館）には、以前からある文学碑を含めて、簡潔な解説が記されている。

犬養先生揮毫歌碑は神坂神社の入り口にある。傍《かたわ》らの副碑の銅板には、先生の肩書きのひとつである「甲南女子大学名誉教授」が、誤って「印南女子大学名誉教授」と刻されている。冬になれば、歌碑は雪の帽子を戴《いただ》き、歌碑の台座は雪に埋まってしまう。雪の帽子は、犬養先生が愛用したベレー帽に似ている。

除幕式は当日午後三時から、二十余名が出席しておこなわれた。除幕の引き手は、犬養先生・村長・村議会議長・文化財委員長の四人であった。先生は阿智村の文化行政を称え、建碑の喜びを語って歌を朗唱した。歌碑の近くの車道から、若き日に登った南アルプスが遠望できることも、先生にとって感慨深いものがあった。

千曲川万葉歌碑

ちくまがわまんようかひ

35

中麻奈《なかまな》に　浮《う》き居《を》る舟《ふね》の　漕《こ》ぎ出《で》なば　逢《あ》ふこと難《かた》し　今日《けふ》にしあらずは

（巻十四―三四〇一）東歌《あずまうた》

川の中洲《なかす》に浮いている船が漕ぎ出して行ったなら、もう二度と逢えなくなるだろう。今日という日に逢わなければ。

碑面

中麻奈尓
宇伎乎流布祢能
許藝弖奈婆
安布許等可多思
家布尓思安良受波
　　　　孝書

位　置　千曲市上山田　千曲川萬葉公園
除幕式　昭和六十（一九八五）年四月十四日
建立者　上山田町

解説

千曲《ちくま》川にかかる万葉橋を渡ったところに、「萬葉公園」の石柱が立っている。千曲川と寺沢《てらさわ》川の合流点から、寺沢川沿いの土手に公園が造られ、歌碑や詩碑が所狭しと並んでいる。犬養先生の歌碑は西面し、川を挟ん

で、背後に五里《ごり》ヶ峰《みね》の山塊《さんかい》が見える。温泉につかった後、散策するのによい場所である。

　長野県上山田町（現、千曲市）は町おこしのために、文学碑を数多く建てた。千曲川萬葉公園は、昭和五十九年度に整備拡充事業がおこなわれ、昭和六十年春に完了した。四月十四日午前十時、花火の合図によって公園の竣工式が始まり、町長の山崎《やまさき》尚夫《たかお》氏と教育委員長の飛田《ひだ》恒夫《つねお》氏が祝辞を述べた。続いて犬養先生の歌碑が除幕された。約百三十名が出席し、公園は人で溢《あふ》れた。午後二時からは上山田文化会館にて、「萬葉の心」と題する犬養先生の講演がおこなわれ、後日、長野県内のみNHKテレビにて放映された。

　万葉歌碑の左横には、副碑と解説板が設置されている。副碑には、「千曲川と中麻奈歌碑」と題した、犬養先生の直筆の原稿を、原稿用紙の枡目《ますめ》ごと、銅板に刻して嵌込んでいる。四百字詰め原稿用紙一枚分の量である。それには、ルビ付きの万葉仮名のあとに、次のように記されている。

「『万葉集』巻十四の東歌。「中麻奈」は、古来、不明の語。「ナカマナ」とよんで、川の中洲の意とも、また、地名かともいう。「チグマナ」とよんで、千曲川の事とする説もある。かりに「中洲」とすれば、「川の中洲に浮いている船が漕ぎ出したら、もうあなたに逢うことは、むずかしいだろう。今日という日を除いては」というような意となる。この歌の左注に「信濃国歌」とあり、前に千曲川の歌があるから、千曲川の畔《ほとり》、当万葉公園内に、この歌碑を建て、後人がここに佇《たたず》んで、あれこれ思いをめぐらすよすがともなるならば、幸である。信濃の風土に根ざした千三百年前の生きた心は、末永く、よみがえり来るにちがいない。」

千曲川万葉歌碑

（二基）ちくまがわまんようかひ

40
41

信濃《しなぬ》なる　千曲《ちぐま》の川《かは》の　細石《さざれし》も　君《きみ》し踏《ふ》みてば　玉《たま》と拾《ひろ》はむ

（巻十四―三四〇〇）東歌《あずまうた》

信濃《しなの》の千曲《ちくま》川の小石だって、愛《いと》しいあなたが踏んだなら、玉と思って拾いましょう。

碑面

信濃奈流
知具麻能河泊能
左射禮思母
伎弥之布美氏婆
多麻等比呂波牟
孝書

裏面

佐久屋万葉歌碑の記
昭和六十年四月上山田温泉の新名所千曲川万葉公園竣工式が行われた　その折来賓として来町された大阪大学名誉教授文学博士　犬養孝先生が当佐久屋に宿泊されこの碑の万葉歌の書をした、められた　佐久屋ではこの書を石に刻み当温泉を訪れる文人墨客の旅情を慰めようと計画し犬養先生をお迎えしてこの碑を建立し

たものである
昭和六十一年九月二十八日
上山田町長山崎　尚夫書
㈱佐久屋旅館　小林茂一

位　置　千曲市上山田温泉二丁目　佐久屋旅館駐車場
除幕式　昭和六十一（一九八六）年九月二十八日
建立者　小林茂一
寸　法　二〇〇×三五〇

解説

犬養先生が揮毫した万葉歌碑は、佐久屋《さくや》旅館玄関前の駐車場の一角にある。歌碑の裏面の解説にあるように、先生は佐久屋に宿泊して、昭和六十年四月十

四日におこなわれた、萬葉公園の竣工式と歌碑の除幕式に出席した。この折、佐久屋のために、万葉歌を揮毫した。これをもとに歌碑建立の運びとなった。歌碑の石は翌年七月二十八日に、千曲川の支流から採取したが、石材店がトラックで運搬中、石があまりにも重くて積載トン数を超えてしまい、警察の注意を受けたという。

　除幕式には約百名が参列して、午前十時半より始まり、佐久屋のお嬢さん、小林公子《きみこ》さん、貴《たか》子《こ》さん姉妹が除幕した。この後、ホテルの一階ロビーにて、犬養先生が、千曲川の万葉歌について記念講演をした。佐久屋はこの時の講演要旨と建碑の経緯を記したリーフレットを作成した。

　なお、佐久屋の女風呂の壁面には、駐車場の歌碑とまったく同じ揮毫歌を刻した、石材が嵌め込まれている。ただし、「孝書」の文字はない。駐車場の歌碑の試し彫りである。これも独立した歌碑と言えなくはない。

　この東歌は、「信濃」の文字以外はすべて、一字一音の万葉仮名で表記され、「さざれしも」のモは「母」、「きみしふみてば」のバは「婆」の漢字が当てられている。「母」も「婆」も女であるから、歌碑の試し彫りは、男風呂ではなく女風呂に設置されたという。風呂はいつも湯気で霞んでいるため、試し彫りの歌碑の存在は、平成十一年一月下旬まで一般には知られていなかった。

春苑桃花の万葉歌碑

しゅんえんとうかのまんようかひ

62

春《はる》の苑《その》 紅《くれなゐ》にほふ 桃《もも》の花《はな》 下照《したて》る道《みち》に 出《い》で立《た》つをとめ

（巻十九―四一三九）大伴家持《おおとものやかもち》

春の園に紅色に照り映《は》えて咲いているモモの花。その木の下まで輝いている道に、立っている乙女よ。

碑面

春苑
紅尓保布
桃花
下照道尓
出立嬬嬬
孝書

位置 千曲市上山田温泉四丁目 住吉公園
建立日 平成二（一九九〇）年十一月十四日
建立者 上山田町
寸法 一五〇×一四九

解説

上山田町（現、千曲市）の住吉地区の土地区画整理事業は、昭和五十七年度から始まり、九年の歳月をかけて、平成二年度に完成した。こうして誕生した住吉公園の北西隅に、三基の碑

が建てられた。

　中央の「住吉の里」碑は、長野県知事の吉村午良《ごろう》氏が揮毫した。それに向かって右横には、犬養先生が揮毫した万葉歌碑、向かって左横には、上山田《かみやまだ》町長の山崎尚夫《たかお》氏が揮毫した万葉歌碑（巻十―二二四四）が建っている。

　平成二年十一月十四日に、「住吉の里」碑の除幕式がおこなわれたが、この日、犬養先生は出席できなかった。このため歌碑の除幕式はなかった。先生は翌年四月五日に歌碑を初めて訪ねた。

73　一つ松万葉歌碑

ひとつまつまんようかひ

一《ひと》つ松《まつ》　幾代《いくよ》か経《へ》ぬる　吹《ふ》く風《かぜ》の　声《こゑ》の清《きよ》きは　年深《としふか》みかも

（巻六―一〇四二）市原王《いちはらのおおきみ》

一本松よ、お前はどのくらいの年を経ているのか。吹く風音が清らかなのは、たいそう年を経たからなのか。

碑面

一松
幾代可歴流
吹風乃
聲之清者
年深香聞
孝書

裏面

昭和五十九年四月一日
喜寿記念
犬養　孝

位置　千曲市上山田町大字新山漆原　山崎尚夫邸

建立日　平成四（一九九二）年七月十八日

建立者　山崎尚夫

解説

上山田《かみやまだ》町の町長であった山崎尚夫《たかお》氏は、千曲《ちくま》川萬葉公園(35)

と住吉《すみよし》公園の万葉歌碑(62)建立に尽力した。平成三年四月四日、犬養先生は佐久屋《さくや》旅館で講演をした日に、山崎邸を訪問した。その日のうちに、山崎邸の庭に歌碑を建立する話が具体化し、犬養先生も賛同した。

　犬養先生口述のカセットテープ集『万葉の心』(テイチク)は、書籍や色紙を加えてセットになり、『万葉の心をたずねて』と題して東京書芸館より販売されていた。これを購入した山崎氏は、犬養先生の揮毫を複製した色紙の一枚を、歌碑の刻字に用いた。色紙の裏書きも、歌碑の裏面にそのまま刻した。そのため歌碑は平成四年七月十八日に建立されたが、歌碑の裏面は「昭和五十九年四月一日　喜寿記念」となっている。四月一日は、先生の誕生日である。歌碑の解説板も設置されている。除幕式はおこなわれなかった。

　関西に住む私たちは、長い間、歌碑が作られたことを知らなかった。平成七年二月に、山崎氏から犬養万葉顕彰会会長の尾《お》木《ぎ》俊一郎《しゅんいちろう》氏宛てに手紙があり、初めて建碑の事実が判明した。

乎那の峯万葉歌碑

おなのおまんようかひ

4

花散《はなち》らふ　この向《むか》つ峯《を》の　乎那《をな》の峯《を》の　洲《ひじ》につくまで　君《きみ》が齢《よ》もがも

（巻十四―三四四八）東歌《あずまうた》

花が散るこの真向かいの峰が時が経って低くなり、湖の洲につかるようになるまで、あなたの寿命が続いてほしい。

碑面

波奈治良布己能年
可都乎乃乎那能乎
能比自尓都久麻提
伎美我與母賀母
孝書

右面

昭和四十五年十月十日
三ケ日町教育委員会

位　置　浜松市北区三ケ日町下尾奈鵺代　浅間山山頂

除幕式　昭和四十五（一九七〇）年十月十日

建立者　河西凛衛

解説

河西凛衛《かわにしりんべい》氏が万葉歌碑の建立を思い立ったのは、昭和四十年十二月三十一日に、犬養先生の著書『万葉の旅（中）』（現代教養文庫）の「乎郡の峯」を読んだことに始まる。犬養先生はこの書の中で、『乎郡の峯』は下《しも》尾奈《おな》西北、上尾奈北方の板築山（二百二十二メートル）の山系をさすものであろう」と述べている。乎那の峯については、この説以外に、板築山南方の最高峰説、板築山より三つめの小峰である浅間山説などがある。浅間山は河西氏の持ち山であり、当時、山頂付近は赤松林の未開墾地で、山腹までしか小道は通っていなかった。

　河西氏は歌碑建立のために昭和四十一年六月、三ケ日町へ第一回目の陳情をおこなった。昭和四十二年七月二十五日には、上代《じょうだい》文学の研究団体である「美夫君志《みぶくし》会」が現地見学を計画し、会員百余名が同地を訪れた。夏目隆文氏が「乎那の峯考」（『美夫君志』第一一号　一九六七・十二、のち『萬葉集の歴史地理的研究』法蔵館、一九七七）を発表すると、マスコミも河西氏の建碑計画に注目するようになってきた。そして昭和四十五年三月に第二回目の陳情をおこなうと、ようやく町より建碑の承認がなされ、若干の補助金も出ることが決定した。

　除幕式は昭和四十五年十月十日午後一時より、中京大学教授の松田好夫氏や、三ケ日の町長・教育長・文化財委員ら約八十名が出席して催された。河西氏はこの時の喜びを次のようにうたっている。

萩《はぎ》の花　咲き亂《みだ》れたる　乎那の峯に　今ぞ歌碑立つ　思ふことなし

犬養博士　書きたまひたる筆の跡　根府川石《ねぶかはいし》に　青《あを》く浮き立つ

　河西氏は独力で、麓《ふもと》から山頂まで幅二メートルの遊歩道を三本（延長三百メートル）つけ、さらに六十種類の万葉植物を移植し、自生の約四十種類とあわせて、万葉植物園をつくっ

た。浅間山を開発の手から守り、後世に伝えていくためである。この万葉植物園は昭和四十五年十一月二十五日に、三ケ日町の史跡名勝として町文化財に指定された。また、同年二月、歌碑建立のため下草刈りをしていた時に、マンサク群落を発見した。マンサクは早春に黄花を咲かせる。浅間山が自生地としては日本の南限であることが判明したため、昭和四十六年八月三日、静岡県の天然記念物に指定された。

当初、歌碑の左横に解説板があったが、やがて朽《く》ちていった。このため建碑十周年を記念して、昭和五十六年五月、歌の読み下し文を刻した副碑が建立された。

河西氏は浅間山の保全に半生を尽くした。この功労によって平成五年度には、総務庁よりエージレス＝ライフ章が贈られた。平成九年十月、ご子息の河西克《かつ》典《のり》氏から送られてきた父、凛衛氏の五十日祭の忌明《きあけ》の書簡には、次のような凛衛氏の歌が添えられていた。

乎郡の峯に　植ゑし新種の
三ケ日桜　花見するまで　我
は生き度《た》し

麁玉万葉歌碑

あらたままんようかひ

47

あらたまの　伎倍《きへ》の林《はやし》に　汝《な》を立《た》てて　行《ゆ》きかつましじ　眠《い》を先立《さきだ》たね

（巻十四—三三五三）東歌《あずまうた》

麁玉《あらたま》の伎倍の林にお前を立たせたままで、行けそうにもない。先に寝てください。

碑面

阿良多麻能
伎倍乃波也之尓
奈乎多弖天
由吉可都麻思自
移乎佐伎太多尼
孝書

裏面

万葉集には、天皇・貴族・宮廷歌人などの歌ばかりでなく、東歌や防人歌のように、地方の農漁村の庶民たちの歌も数多く採録されています。

この歌（巻十四・三五《マ》三《マ》）は、その東歌の一つで、「麁玉の伎倍の林にお前を立たせて（待たせながら）、今夜は行けそうもありません。先に寝てください。」という意味で、率直でひた

むきな男女の愛を歌ったものです。

千二百余年も以前の、わが祖先たちの素朴な人間性、その心情の輝きを見る思いがします。

昭和六十三年十月建立
浜北市・浜北市教育委員会
万葉歌揮毫者
大阪大学名誉教授　犬養　孝

位　置　浜松市浜北区貴布祢《きふね》
　　　　浜北文化センター
除幕式　昭和六十三(一九八八)年十月二十七日
建立者　浜北市・浜北市教育委員会
寸　法　八四×六〇　黒御影石
　　　　嵌込み

解説

静岡県の遠州《えんしゅう》鉄道西鹿島《にしかしま》線浜北《はまきた》駅から北西へ徒歩十分、ひときわ目立つ巨大な建物が浜北市文化センターである。正面右手、建物に沿って行くと第一駐車場がある。その西端に根府《ねぶ》川石《かわいし》（輝石安山岩《きせきあんざんがん》）の万葉歌碑が立っている。犬養先生揮毫による浜北区内四基の歌碑のうち、これのみ万葉仮名を主碑に直接刻しているが、他の三基は長方形の黒御影石に万葉仮名を刻して主碑の石に嵌込んでいる。

歌は麁玉の伎倍の林を詠んだ

東歌《あずまうた》である。「伎倍」は麁玉の小地名であるが、所在未詳。歌の解釈にも諸説がある。犬養先生は主碑の裏の解説文のように、「麁玉の伎倍の林にお前を立たせて、今夜は行けそうもありません。先に寝てください」と解釈する。ところが伊藤博《いとうはく》氏の『萬葉集釋注』のように、この歌を歌垣《うたがき》の場の発想を借りて詠んだ歌と解釈して、「麁玉の伎倍の林にお前を立たせたままで行ってしまうことは、とてもできそうにない。先《ま》ず一緒に寝よう」と解釈しているものもある。

除幕式は午前十時から三十分間おこなわれた。除幕は、犬養先生・足立誠一《あだちせいいち》浜北市長・三宅《みやけ》敏男《としお》市議会議長・池谷豊《いけたにゆたか》教育長の四人の手でなされ、市長・教育長・先生の三人が挨拶をした。約四十名の出席者には、揮毫歌の色紙とリーフレット「萬葉歌碑　伎倍の林を詠んだ歌」が記念に配られた。除幕式前日の十月二十六日には午後六時半から八時まで、文化センター大ホールにおいて、「萬葉のこころ」と題した犬養先生の記念講演が催された。参加者は約八百名であった。

歌碑建立当時は歌碑の周囲に竹垣が作られていたが、万葉植物がしだいに成長し、「伎倍の竹垣」ならぬ「伎倍の林」の風情になってきた。歌碑の裏と副碑の揮毫は、当時、浜北市文化協会副会長であった大城《おおしろ》正氏による。残念ながら主碑の裏の解説文は、歌番号三三五三を誤って三五三三と刻したままになっている。

浜北市は平成十七年七月一日から浜松市の一部となった。

麁玉万葉歌碑

あらたままんようかひ

64

伎《き》倍《へ》人《ひと》の　斑衾《まだらぶすま》に　綿《わた》さはだ　入《い》りなましもの　妹《いも》が小床《をどこ》に

（巻十四―三三五四）東歌《あずまうた》

伎倍人の斑模様に染めた蒲団《ふとん》に、たっぷり入った真綿《まわた》のように、あの児《こ》の床《とこ》にたっぷり入って共寝をしてくれればよかったのに。

碑面

伎倍比等乃
萬太良夫須麻尓
和多佐波太
伊利奈麻之母乃
伊毛我乎杼許尓
孝書

裏面

伎倍人《きへひと》の斑衾《まだらぶすま》に綿さはだ
入りなましもの妹《いも》が小床《をどこ》に
作者不詳（巻十四―三三五四）

万葉集の巻十四には「東《あずま》歌《うた》」と呼ばれる民謡風の歌が収録されている。東歌が詠まれたのは、遠江国以東で、東北地方まで広範囲におよんでいる。この歌は、遠江国の歌で、「伎倍《きへ》」とは麁玉郡《あらたまのこおり》（ほぼ現在の浜北市域）内の特別な地域の名である。

伎倍比等乃
萬太良夫須麻尓
和多佐波太
伊利奈麻之母乃
伊毛我手枕許尓
孝書

「伎倍《きへ》人《ひと》の　斑《まだら》に染められた夜具に綿がたくさん入っているように、自分も入ればよかったのに、妹の寝床に。」という意である。

平成三年三月建立

浜北市・浜北市教育委員会
揮毫　文化功労者　大阪大学
名誉教授　犬養孝

位　置　浜松市浜北区平口　万葉の森公園
除幕式　平成三（一九九一）年四月十七日
建立者　浜北市・浜北市教育委員会
寸　法　九〇×七二

解説

万葉の森公園は昭和六十三年に基本構想が策定され、平成四年四月に開園した。敷地面積は一万八千百二十五平方メートル。三百種五千本の万葉植物が植えられている。入り口は平城《へいじょう》宮の門を模し、築地塀《ついじべい》も造られている。園内には万葉歌碑が三基設置され、犬養先生の歌碑は曲《きょく》水《すい》池を見下ろす築山《つきやま》に立っている。歌碑の周りにはハギとサギソウが植えられ、すぐそばに法《ほう》隆《りゅう》寺の夢殿《ゆめどの》を模した曲水亭がある。曲水池は昭和六十年、平城京三条二坊で発見された宮跡庭園の曲水池を、これまた模したもので、毎年十月、「浜北万葉まつり」が催される。

歌碑は平成三年三月五日に建立されたが、除幕式は四月十七日におこなわれた。市長・市議会議長・教育長など関係者が列席し、浜北市が計画していた最後の歌碑の完成を祝した。

麁玉万葉歌碑

あらたままんようかひ

43

あらたまの　伎倍《きへ》が竹垣《たかがき》　編目《あみめ》ゆも　妹《いも》し見《み》えなば　あれ恋《こ》ひめやも

（巻十一―二五三〇）作者未詳

麁玉《あらたま》の伎倍の竹垣の網目から、あなたが見えさえしたなら、わたしは恋をしたりはしない。

碑面

璞之
寸戸我竹垣
編目従毛
妹志所見者
吾恋目八方
孝書

裏面

万葉集は奈良時代までの歌を集めた日本最古の歌集で、四千五百首余首の歌があり、そのうち浜北市に関係する歌は四首あります。

この歌は万葉集巻十一にある歌で、「麁玉の伎倍の家のあの竹垣の編み目（ほんのわずかな隙間）からでもいとしいあの娘の姿が見えさえしたら、なんで私がこんなに恋になやみましょうか。」という意味で、古代万葉人の豊かな心情を歌いあげたものです。
　当市では、浜北に住んでいた古代万葉人たちの姿を永遠に伝えるために、この地に歌碑を建立いたしました。
　昭和六十三年三月建立
　浜北市・浜北市教育委員会
　万葉歌揮毫者
　大阪大学名誉教授　犬養孝

位　置　浜松市浜北区宮口
　麁玉公民館
除幕式　昭和六十三(一九八八)年三月三十日
建立者　浜北市・浜北市教育委員会
寸　法　一八〇×一八六　黒御影石嵌込み

解説

浜北《はまきた》市は昭和六十三年に市制二十五周年を迎えた。これを記念して犬養先生揮毫の万葉歌碑を四基建立する計画を立てた。第一基は麁玉公民館の落成式の日にあわせて、同地で除幕された。

「麁玉」は『和名抄《わみょうしょう》』には遠《とうと》江国(静岡県西部)の郡名とあり、防人《さきもり》の若倭部身麻呂《わかやまとべのむまろ》の出身地であった(巻二十—四三二二左注《さちゅう》)。しかし、昭和三十一年に一町四村が合併して麁玉村がなくなり、歴史的に由緒ある地名は消滅した。麁玉公民館の名称は「麁玉」の復権を意図して名付けられ、歌碑の建立はそのモニュメントとされた。歌碑は公民館の入り口に位置し、主碑は天竜産の青石に黒御影石が嵌込まれ、副碑は根府川石《ねぶかわいし》である。裏碑の裏と副碑は鈴木徳雄氏が揮毫した。

除幕式は公民館の落成式に引き続いて、十一時二十分からおこなわれた。除幕は犬養先生と、足立誠一《あだちせいいち》浜北市長・三宅敏男《みやけとしお》市議会議長・池谷豊《いけたにゆたか》教育長の三氏の手によった。除幕後、公民館二階へ移動し、そこで市長の挨拶、教育長の経過報告がなされた。これによると、近辺の歌碑を視察したところ、河西凛衛《かわにしりんべい》氏が建てた引佐郡三ケ日町《みっかび》（現、浜松市北区）の乎那《おな》の峯《お》万葉歌碑（4）がいちばん良かった。そこで河西氏を通じて犬養先生に依頼したという。十一時四十五分から三十分間、犬養先生の「あらたま」と題する講演もあった。また当日、歌碑の概要と先生のプロフィールを記した「浜北の万葉歌碑と万葉歌」（浜北市教育委員会）のリーフレットが配布された。

この年の十月には、『麁玉公民館　万葉歌碑園　万葉植物歌解説』と『静岡県内萬葉歌碑一覧』の小冊子が、浜北市教育委員会によって作成された。

防人万葉歌碑《さきもりまんようかひ》

56

わが妻《つま》は　いたく恋《こ》ひらし　飲《の》む水《みづ》に　影《かご》さへ見《み》えて　世《よ》に忘《わす》られず

（巻二十―四三二二）若倭部身麻呂《わかやまとべのむまろ》

わたしの妻は、わたしをたいへん恋い慕っているらしい。飲む水に妻の姿形まで見えて、とても忘れることができない。

碑面

和我都麻波
伊多久古非良之
乃牟美豆尓
加其佐倍美曳弖
余尓和須良礼受

麁玉郡若倭部身麻呂

裏面

考書

万葉集の巻二十には、大伴家持《おおとものやかもち》が難波津《なにわづ》に集結した東国の防人《さきもり》から集めた歌が収録されている。この中に麁玉郡《あらたまのこおり》の若倭部身麻呂《わかやまとべのむまろ》の歌がある。

「私の妻は、ひどく私を恋い慕っているらしい。飲む水に妻の面影さえ映ってきて、どうしても忘れることができない。」との大意で

あり、今から千二百余年前、この地に住んでいた身麻呂が兵士として九州へおもむく折の、ひたすら妻を思う歌である。

平成二年八月建立
浜北市・浜北市教育委員会
万葉歌揮毫者
大阪大学名誉教授　犬養　孝

位　置　浜松市浜北区宮口　八幡神社
除幕式　平成二（一九九〇）年八月三十日
建立者　浜北市・浜北市教育委員会
寸　法　一五〇×二三〇　黒御影石嵌込み

解説

作者の若倭部身麻呂は伝未詳であるが、夏目隆文氏は『万葉集の歴史地理的研究』（法蔵館）において、遠江国の若倭部は浜《はま》北《きた》区宮口《みやぐち》の若倭《わかやまと》神社を氏神《うじがみ》とする一族と考察された。若倭神社は今日、八幡神社と称している。

歌碑のすぐそばに、浜北市教育委員会が昭和五十四年七月に立てた「若倭部身麿遺跡」の案内板があった。犬養先生の他の三基の歌碑が、今様のあまりにも明るい場所に立っているのと好対照である。碑の裏と副碑は太田保一氏の揮毫による。

除幕式は午前十時からおこなわれた。出席者にはリーフレット「防人の歌—兵士の悲哀と苦悶—」が配布された。

防人万葉歌碑

（二基）さきもりまんようかひ

119

恐《かしこ》きや　命被《みことかがふ》り　明日《あす》ゆりや　草《かえ》がむた寝《ね》む　妹《いむ》なしにして

（巻二十―四三二一）物部秋持《もののべのあきもち》

恐《おそ》れ多い大君《おおきみ》の勅命《ちよくめい》を受けて、明日からカヤと一緒に寝ることになるのか、妻もいなくて。

120

我《わ》が妻《つま》も　絵《ゑ》に描《か》き取《と》らむ　暇《いつま》もが　旅行《たびゆ》く我《あれ》は　見《み》つつ偲《しの》はむ

（巻二十―四三二七）物部古麻呂《もののべのこまろ》

わたしの妻を絵に描き写せる暇《ひま》があればいいのになあ。そしたら旅行くわたしは、それを見つつ妻を偲ぶのに。

碑面　119

國造丁長下郡物部秋持

可之古伎夜
美許等加我布理
阿須由利也
加曳我牟多祢牟
伊牟奈之尓志弖

孝書

碑面　120

長下郡物部古麻呂

和我都麻母
畫尓可伎等良無
伊豆麻母加
多妣由久阿禮波
美都ゝ志努波牟

孝書

裏面（二基とも同じ）

世話人代表　内田智康
建立者　遠州国学セミナー
遠州万葉の会
遠州学士会
後援　浜松市
浜松市教育委員会
浜松市文化協会
揮毫者　犬養孝大阪大学名誉教授
建立日　平成八年十一月三十日
施工　村松石材

位　置　浜松市南区下江町　南陽公民館
除幕式　平成八（一九九六）年十一月三十日
建立者　遠州国学セミナー・遠州万葉の会・遠州学士

会

寸法　一一〇×一五五（119）
一二五×一三〇（120）

解説

南陽《なんよう》公民館の敷地の二基の万葉歌碑は、「遠州国学セミナー」「遠州万葉の会」「遠州学士会」の団体が広く市民に呼びかけ、「遠州万葉文化人」が結集して建立したものである。なかでも「遠州国学セミナー」の講師を務める山下智之氏は、実行委員長となって奔走された。万葉の心を現代に復活させ、あわせて賀茂真淵生誕三百年の記念としたのである。

歌碑は南陽図書館の前に、副碑を挟んで左右に並んでいる。歌碑は神奈川県の根府川《ねぶかわ》産の自然石を用い、三方原《みかたはら》台地と磐田《いわた》原《はら》台地を上から見たように、末広がりの形になっており、中央に天竜川《てんりゅう》の砂利《じゃり》、周囲に赤石《あかいし》山脈の白玉石を敷いて、万葉人の清き心を表現したという。向かって右が物部秋持、左が物部古麻呂の歌である。二基が並んで立っている例は珍しい。副碑は黒御影石である。

除幕式は九時から催され、約六十名が参列した。犬養先生・山下智之氏・河合九平浜松市教育長ら七人が除幕後、歌碑は浜松市に寄贈された。十時半からはアクトシティ浜松研修交流センターにおいて、犬養先生の「万葉の心」と題した講演がおこなわれ、約二百五十名が出席した。当日の記録は『万葉の心記念集』（万葉歌碑建立事務局　遠州国学セミナー、一九九六）として、冊子にまとめられている。

浅葉野万葉歌碑

あさはのまんようかひ

66

くれなゐの　浅葉《あさは》の野良《のら》に　刈《か》る草《かや》の　束《つか》の間《あひだ》も　吾《あ》を忘《わす》らすな

（巻十一―二七六三）作者未詳

紅《くれない》の浅葉の野良で刈るカヤの一束《ひとつか》のツカではないが、束の間もわたしのことを忘れないでください。

碑面

紅之
浅葉乃野良尓
苅草乃
束之間毛
吾忘渚菜

孝書

裏面

紅の浅葉の野良に刈る草の
束の間も吾を忘らすな
作者不詳（巻十一―二七六三）

万葉集は、今から千三百年ほど前の日本最古の歌集で全二十巻四千五百余首から成り作者は天皇から無名の民衆まで幅広い階層の人たちです。

この歌は「浅羽の野良で草を刈る、その束の間もわたしのことを忘れないで……。」という相聞歌で若者の純情一途な思いがそのまま伝わってくる青春の歌です。

平成四年三月　建立
浅羽町・浅羽町文化協会
揮毫　文化功労者・文学博士
大阪大学名誉教授　犬養孝

位　置　袋井市浅名　浅羽図書館
除幕式　平成四（一九九二）年三月三日
建立者　浅羽町・浅羽町文化協会
寸　法　一五五×二五〇

解説

静岡県浅羽《あさば》町（現、袋井市）は平成三年十月一日、町制施行三十五周年を迎えた。これと浅羽町文化協会創立十周年を記念して、万葉歌碑の建立を計画した。浅葉野《あさはの》は正確に言えば所在地未詳であり、この歌と巻十二—二八六三番の歌が、浅羽町で詠まれたという確証はない。

除幕式は町役場向かいの図書館の玄関前で、午前十一時からおこなわれた。浅羽庄司《しょうじ》町長が式辞を述べ、犬養先生・町長・牧野辰雄町議会議長・井原一誠文化協会会長の四氏が除幕した。歌碑は神奈川県の根府川《ねぶかわ》石であるが、歌碑の左右と後を取り囲むようにして立っている柱状の六方石（玄武岩《げんぶがん》）は、伊豆《いず》産である。

午後一時からは町民文化大ホールで、犬養先生の「万葉のこころ」と題する記念講演が催された。約五百名が参加。町が主催し、静岡新聞社と静岡放送が後援した。

117 浅葉野万葉歌碑

あさはのまんようかひ

浅葉野《あさはの》に　立《た》ち神《かむ》さぶる　菅《すが》の根《ね》の　ねもころ誰《た》が故《ゆゑ》　我《あ》が恋《こ》ひなくに

（巻十二—二八六三）柿本人麻呂《かきのもとのひとまろ》歌集

浅葉野に年月を経て神々《こうごう》しく立っているスゲの根のネではないが、ねんごろにあなた以外の誰故に、わたしは恋をするというのでしょうか。あなた故にこれほど恋をするのです。

碑面

浅葉野
立神古
菅根
惻隠誰故
吾不恋
右柿本朝臣人麻呂之歌集出

裏面

浅葉野　立神古　菅根
惻隠誰故　吾不恋
右、柿本朝臣人麻呂之歌
集出（万葉集、巻十二—

二八六三）

考書

読み下し文
浅羽野に立ち神さぶる菅の根の　ねもころ誰ゆゑ　あが恋ひなくに
原文は、西本願寺本万葉集に拠る　万葉集は、いま

から千三百年も前に編集されたわが国最古の歌集です。全二十巻、四千五百余首。それは、天皇や貴族、役人から農民にいたる幅広い階層の人たちが詠んだもので、この中に浅羽の歌があるのです。「……わたしはいま、浅羽野に枯れさびて立っている菅の根のように、かくれてせつなくあなたへの思いでいっぱい……」と、浅羽野に立つ若者の素朴で一途な生の声が迫ってくるようなこの歌です。

平成八年十月　建立
揮毫者　文化功労者・文学博士　大阪大学名誉教授　甲南女子大学名誉教授　犬養　孝
浅羽町・浅羽町教育委員会・浅羽町文化協会

位　置　袋井市梅山　八幡神社
除幕式　平成八（一九九六）年十月二十四日
建立者　浅羽町・浅羽町教育委員会・浅羽町文化協会
寸　法　一四〇×一四〇

解説

梅山八幡神社の森は四千六百平方メートル、四十種の樹木が成長し、天然記念物ならびに町の指定文化財となっている。

除幕式は午前十時より始まり、町長の挨拶の後、犬養先生・町長・教育長ら五人が除幕した。歌碑は根府川石、道路から入った参道の突き当たりに位置している。当日の記念品は歌碑の歌の横長色紙であった。他に式次第と八十一名の参列者名簿が配られた。

山上憶良万葉歌碑

やまのうえのおくらまんようかひ

銀《しろかね》も　金《くがね》も玉《たま》も　何《なに》せむに　勝《まさ》れる宝《たから》　子《こ》に及《し》かめやも

（巻五―八〇三）山上憶良《やまのうえのおくら》

銀も金も珠玉《しゅぎょく》もどうして優《すぐ》れた宝といえようか。子に勝るだろうか。

80

富士の嶺万葉歌碑

ふじのねまんようかひ

富士《ふじ》の嶺《ね》を　高《たか》み恐《かしこ》み　天雲《あまくも》も　い行《ゆ》きはばかり　たなびくものを

（巻三―三二一）高橋虫麻呂《たかはしのむしまろ》

富士の嶺が高く畏《おそ》れ多いので、空の雲でさえも流れ行くのをためらって、たなびいているではないか。

81

碑面　80

山上憶良

銀母
金母玉母
奈尓世武尓
麻佐礼留多可良
古尓斯迦米夜母

考書

裏面

平成五年七月吉日
文化功労者　文学博士犬養孝先生の撰文揮毫を戴き増穂町最勝寺出身株式会社ブティック社社長志村司郎氏は郷土増穂町の文化教育の発展に寄与することを希い増穂町まほら文化公園及び町立増穂小学校に犬養孝万葉歌碑を建て増穂町に寄贈された
増穂町長　田中隼人識

位　置　山梨県南巨摩郡増穂町最勝寺　増穂町立増穂小学校
除幕式　平成五（一九九三）年七月二十二日
建立者　志村司郎
寸　法　一六〇×二七八

碑面　81

高橋連蟲麻呂歌中

布士能嶺乎
高見恐見
天雲毛
伊去羽計
田菜引物緒

考書

裏面

80と同じ

位　置　山梨県南巨摩郡増穂町天神中条《てんじんなかじょう》　まほら文化公園
除幕式　平成五（一九九三）年七月二十二日
建立者　志村司郎
寸　法　一七六×三〇〇

解説

ブティック社社長志村司郎《しむらしろう》氏は、山梨県南《みなみ》巨摩《こま》郡増穂《ますほ》町最《さい》

勝《しょう》寺《じ》の出身である。町長の田中隼人《はやと》氏の要望を受けて、増穂小学校（80）とまほら文化公園（81）に、計二基の万葉歌碑を建立寄贈した。平成五年四月二十八日、犬養先生は志村氏と増

穂町を訪れ、田中町長と名執《なとり》美己男町議会議長の案内で、歌と碑の設置場所を選定し、碑石を戸《と》川で確認した。歌碑は二基とも緑泥岩《りよくでいがん》に、歌を刻した黒御影石を嵌込んでいる。

除幕式は最初に増穂小学校で、当日午後一時からおこなわれた。児童が除幕し、犬養先生が歌を朗唱して解説した。さらに、志《し》貴皇子《きのみこ》の万葉歌に黛敏郎《まゆずみとしろう》氏が作曲した、「いわばしる」を一同で歌った。歌碑のそばには「万葉歌碑解説」の副碑も設置されている。解説文には、「子を思う親の愛情を飾らず素直に歌い上げた憶良の真情は、この歌碑の前に立つ人の心に隔《へだ》て無くし

み透るにちがいない。…（中略）…さらにこの歌碑が増穂小学校の庭に建てられ、日々子どもたちの目にとまり幼い純真な心に残り、舌頭《ぜつとう》に親しまれることの教育的意義は、実に大きいものがあろう」と記されている。これからも歌碑は、児童を見守っていくことであろう。

続いて、午後二時から増穂町文化会館が建っている、まほら文化公園で、除幕式がおこなわれた。この日は文化会館が開館して一周年に当たり、神式による除幕式は記念行事の一つでもあった。犬養先生・志村氏・田中町長らによって除幕の紐《ひも》が引かれ、玉串奉奠《たまぐしほうてん》がなされた。記

念品は二基の歌碑のパンフレット、「まほら文化公園　町立増穂小学校　犬養孝万葉歌碑」であった。

副碑の「万葉歌碑解説」には、三一九の長歌と、三二〇の第一反歌の原文も記されており、懇切丁寧である。歌碑の左横には、「犬養孝万葉歌碑」と記した石柱も立っている。

二時半からは約二時間、文化会館において、「万葉のこころ―たましひ―」と題して、犬養先生の記念講演があった。入場者は約五百名。講演のレジュメとともに、「萬葉歌碑のうた（志貴皇子のうたによる）」と「いわばしる」の楽譜も配られた。

山梨万葉歌碑

やまなしまんようかひ

物思《ものおも》はず　道行《みちゆ》く行《ゆ》くも　青山《あをやま》を　振《ふ》り放《さ》け見《み》れば　つつじ花《はな》　にほえ娘子《をとめ》
桜花《さくらばな》　栄《さか》え娘子《をとめ》　汝《なれ》をそも　我《われ》に寄《よ》すといふ　我《われ》をもそ　汝《なれ》に寄《よ》すといふ
荒山《あらやま》も　人《ひと》し寄《よ》すれば　寄《よ》そるとぞいふ　汝《な》が心《こころ》ゆめ

（巻十三—三三〇五）作者未詳

何の物思いもせずに道を行きながら青山を仰いで見ると、目に見えたツツジ花のように輝くばかりの乙女よ、サクラの花のように美しく今は盛りとなった乙女よ。そのようなお前がわたしに思いを寄せていると、世間の人は噂しているという。わたしもお前に思いを寄せていると、世間の人は噂しているという。荒山でさえ、人が思いを寄せれば、寄せられると言うよ。お前はきっとわたしの思いに引き寄せられるだろうよ、ゆめゆめ油断をしてはいけないよ。

碑面

作者未詳
物不念道行去毛
青山乎振放見者
茵花香未通女
桜花盛未通女
汝乎曽母吾丹依云
吾叫毛曽汝丹依云
荒山毛入師依者
余所留跡序云汝心勤
孝書

裏面

文化功労者　文学博士　犬養孝先生の撰文揮毫をいただき、山梨市に御厚情を賜わり、数多くの御寄付をいただいております本県増穂町出身の株式会社ブティック社　社長志村司郎氏から、本市の文化教育の発展に寄与することを願い、山梨市万力公園万葉の森に、犬養孝萬葉歌碑一式を建てて寄贈されました。

平成六年四月吉日

山梨市

位置　山梨市万力　万力公園万葉の森
除幕式　平成六（一九九四）年四月二十七日
建立者　志村司郎
寸法　二六〇×四五〇　黒御影石嵌込み

解説

山梨《やまなし》市は水害防備林の万力林《まんりき》を、「万力公園　万葉の森」として整備し、広さ十三ヘクタールにも及ぶ市民憩いの場とした。園内には二十七基の万葉歌碑が設置され、春・夏・秋の三つの道に沿って、万葉植物が植えられている。

犬養先生揮毫歌碑は、山中湖畔（74・75）や増穂《ますほ》町（80・81）の歌碑と同様に、志村司郎《しむらしろう》氏が建立し、寄贈したものである。山梨市の市花はツツジなので、先生はそれに因《ちな》む歌を選んだ。

除幕式は当日十二時半から始まり、約二百名が出席した。浅《せん》

間《げん》神社宮司《ぐうじ》が修祓《しゅうふつ》式を執りおこない、犬養先生・志村氏・山梨市長の高田清一氏の三人が除幕した。歌碑の左横には「犬養孝萬葉歌碑」と記した石柱が、右横には「萬葉歌碑解説」と記した副碑が立っている。副碑に接して鳥の巣箱のような木製の音声解説装置もあり、ボタンを押すと、先生の朗唱と説明が流れてくる。

除幕式の後、園内の山梨市民会館において、午後一時半から記念式典、記念講演会、祝賀パーティーが催された。式典の場で、志村氏は揮毫歌の額を山梨市に贈呈した。市長式辞、志村氏挨拶、来賓《らいひん》祝辞などが続いた。犬養先生は約五百名の聴衆を前にして、「萬葉―待つ戀―」と題して講演した。参加者には記念品として、揮毫歌染め抜き手拭いと、歌碑の解説パンフレット「山梨市　万力公園　万葉の森　犬養孝萬葉歌碑」が配られた。

富士の柴山万葉歌碑

ふじのしばやままんようかひ

74

天《あま》の原《はら》　富士《ふじ》の柴山《しばやま》　この暮《くれ》の　時《とき》ゆつりなば　逢《あ》はずかもあらむ

（巻十四—三三五五）東歌《あずまうた》

空いっぱいに聳《そび》えたつ富士の裾野《すその》の雑木《ぞうき》山で、木の下が薄暗くなる此《こ》の日暮れに、約束していた時が過ぎてしまったら、もう逢えないのではないだろうか。

富士の嶺万葉歌碑

ふじのねまんようかひ

75

富士《ふじ》の嶺《ね》の　いや遠長《とほなが》き　山路《やまぢ》をも　妹《いも》がりとへば　けによばず来《き》ぬ

（巻十四—三三五六）東歌《あずまうた》

富士山のやたらに遠い山道でも、あの娘《こ》の許《もと》へ行くと思えば、息も切らずにやって来たよ。

碑面 74

東歌
安麻乃波良
不自能之婆夜麻
己能久礼能
等伎由都利奈波
阿波受可母安良年
孝書

裏面

平成四年八月吉日 文化功労者、文学博士 犬養孝先生の撰文揮毫を戴き株式会社ブティック社社長志村司郎は創立二十周年記念事業として山中湖畔太陽の広場、及び当所と二基の万葉歌碑を建立した

位　置　山梨県南都留《みなみつる》郡山中湖村山中字茶屋の段ブティック社山荘前
除幕式　平成四（一九九二）年八月十六日
建立者　志村司郎
寸　法　一三〇×二四〇　黒御影石嵌込み

碑面 75

東歌

不盡能祢乃
伊夜等保奈我伎
夜麻治乎毛
伊母我理登倍婆
氣尓餘婆受吉奴

孝書

裏面

平成四年八月吉日　文化功労者　文学博士　犬養孝先生の撰文揮毫を戴き山中湖畔に万葉歌碑を建立する
建立　山中湖村
寄贈　志村司郎

位　置　山梨県南都留郡山中湖村旭日丘　太陽の広場公園
除幕式　平成四（一九九二）年八月十六日
建立者　山中湖畔に万葉歌碑を建立する会（代表　志村司郎）
寸　法　一五五×二四〇　黒御影石嵌込み

解説

志村司郎氏は、平成四年八月に、ブティック社創立二十周年記念事業として、二基の万葉歌碑を山梨県山中湖村《やまなかこ》に建立した。犬養先生は、富士山麓《さんろく》でうたわれた駿河《するが》国（静岡県中部）の東《あずま》歌《うた》の相聞《そうもん》歌二首を選んだ。建立場所として、ブティック社の山荘前と、山中湖畔の太陽の広場公園を候補地とした。後者については、歌の詠まれた場所が山中湖畔とは断定できないとして、環境庁からクレームが一時ついたが、諒解を得ることができた。

除幕式は当日午前十一時より、ブティック社山荘前の歌碑(74)から始まった。北口本宮富士浅《せん》

間《げん》神社神官によって修祓《しゅうふつ》式が執りおこなわれ、鈴木美南さんが除幕した。約五十名が集い、玉《たま》串奉奠《ぐしほうてん》のあと、犬養先生からブティック社へ、万葉歌揮毫の額が贈呈された。一同は、先生の歌の解説に耳を傾け、歌を朗唱した。先生は、志村氏の九十二歳のご母堂《ぼどう》が感激に手を震わせながら、玉串奉奠をされる姿に心をうたれた。この除幕式の話をするたびごとに、親孝行の鏡を見せていただいたと、何度も語った。

　山荘内で直会《なおらい》をした後、一同は太陽の広場公園に向かった。こちらの歌碑（75）の除幕式は、午後一時からおこなわれ、約二百名が参列した。修祓式は同じく北口本宮富士浅間神社神官が執りおこない、山中湖村長の孫にあたる羽田美奈さんと羽田重仁君が除幕した。関係者の玉串奉奠の後、先生が万葉歌を朗唱した。

　式後、太陽の広場公園に隣接する中央公民館で、記念式典が催された。山中湖畔に「万葉歌碑を建立する会」代表の志村司郎氏が、建立に至る経過を報告した。先生は「富士の高嶺」と題して、記念講演をした。この場で、犬養先生から山中湖村に贈られた揮毫表装は、中央公民館にかけられている。当日の歌碑関連の記念品は、二種類の万葉歌染め抜き手拭いと、解説リーフレット「富士山中湖畔　犬養孝万葉歌碑」であった。

　平成十年三月三十一日、山中湖村は「山中湖村文学の森」に、太陽の広場公園の万葉歌碑のレプリカ歌碑（S3）を設置した。文字は万葉仮名で犬養先生の字体を模倣しているが、似ているようで似ていない。碑面の末尾には「犬養孝撰文」と刻しているが、先生とは別人の揮毫である。先生は必ず「孝書」と署名した。

　歌碑の右傍らには、『万葉の旅（中）』（現代教養文庫）二〇二頁の文章の抜粋を引用した、解説板が立っている。それには

次のような記述がある。

「実際の句碑《ママ》は、旭日丘の太陽の広場公園にあり、文化功労者・文学博士である犬養孝先生に揮毫・撰文を戴き、山中湖畔に万葉歌碑を建立する会代表の志村司郎氏により建立され、平成四年八月十六日に除幕式がおこなわれた。

　平成十年三月三十一日

　　山中湖村」

さわらび万葉歌碑

さわらびまんようかひ

50

石《いは》ばしる　垂水《たるみ》の上《うへ》の　さわらびの　萌《も》え出《い》づる春《はる》に　なりにけるかも

（巻八―一四一八）志貴皇子《しきのみこ》

岩にぶつかってしぶきをあげて流れる滝のほとりの、ワラビが芽を出す春になったことだ。

碑面

志貴皇子

石激
垂見之上乃
左和良妣乃
毛要出春尓
成来鴨

孝書

副碑（部分）

文化功労者、歌会始召人、文学博士、犬養孝先生は明治四十年東京に生まれ昭和七年東京帝国大学文学部卒業後神奈川県立横浜第一中学校（希望ヶ丘高）に奉職、昭和十七年旧制台北高等学校に栄転されるまでの十年間を横浜に居住し深くこの地を愛された　昭和二十一年より関西に居を移され現

在
大阪大学、甲南女子大学名誉教授である万葉集の風土的研究者として高名であり万葉故地千二百ヵ所をことごとく踏査され昭和二十六年以来学生を連れての大阪大学万葉旅行は二百回以上になり延べ三万六千名を越えている　また多くの著書講演を通じて文化遺跡の保存と古典の普及に多大の寄与をされた　その教え子ならびにゆかりの人びと相寄る横浜の総鎮守伊勢山皇大神宮境内に万葉歌碑を建立する

昭和六十三年十二月三日

位置　横浜市西《にし》区宮崎町《みやざきちょう》　伊勢山皇大神宮

除幕式　昭和六十三(一九八八)年十二月三日

建立者　歌碑建立委員会

寸法　一一六×一五〇　黒御影石嵌込み

解説

犬養先生にとって、横浜は思い出の地である。大学卒業後、昭和七年四月、最初に着任したのが、神奈川県立横浜第一中学校(通称、神中《じんちゅう》。現、希望《きぼう》ヶ丘《おか》高等学校)であった。神中には十年間勤務し、台北《たいほく》高等学校に移った。先生は感受性豊かな生徒に対し、誠実で熱意あふれる授業をおこなった。

昭和六十三（一九八八）年二月十四日、関東地方在住の教え子がホテルオークラにて、「文化功労者犬養孝先生を祝う会」を催した。この時、中心になって準備をおこなったのが、神中三十八回生の富沢《とみざわ》準《じゅん》二郎《じろう》氏や根本《ねもと》満《みつる》氏であった。同年四月二十六日、準備委員会解散の会合で、根本氏が万葉歌碑の建立を提案した。同席者全員が賛同し、神中時代の教え子の一人である黛《まゆずみ》敏郎《としろう》氏は、揮毫歌の作曲を快諾した。七月十九日、準備会が開かれ、建立に関する実務は神中の教え子に委任される

ことになった。九月四日、建立場所は横浜の総鎮守《そうちんじゅ》「伊《い》勢《せ》山皇《やまこう》大神宮《たいじんぐう》」境内と決定した。九月十九日、先生より電話で、歌碑の歌を「志貴皇子の懽《よろこ》びの御《み》歌《うた》」（巻八―一四一八）としたいと連絡があった。横浜には万葉故地ゆかりの歌はなく、先生の念頭には港や海をうたった歌もあったが、新入生にいつも最初に話す志貴皇子の歌を選んだ。学びの出発の初々しい気持ちを忘れないようにとの願いが込められている。島崎藤村《しまざきとうそん》が生涯のモットーとした、「初恋を思ふべし」とともに、先生はこの歌にも青春の息吹を感じていたのだ。

歌碑建立奉告祭《ほうこく》には全国から教え子約二百名がかけつけ、神宮の境内は参列者で賑わった。奉告祭は午前十一時から始まり、黛氏作曲の歌碑の歌「いわばしる」も披露された。碑石は皇大神宮が所有していた赤石であり、それに歌を刻した黒御影石が貼り付けられている。歌碑の左横をせせらぎが流れ、「石ばしる垂水の上の」雰囲気を醸《かも》している。歌碑の右横には副碑も同時に建てられた。この素案は伊東博助・根本満の両氏が作成した。

歌碑建立が契機となって、「萬葉歌碑の会」が結成され、機関紙『さわらび』が発行された。また、平成元年より毎年四月に、万葉歌碑奉告祭が神宮で執りおこなわれてきた。

平成三年四月三日には、歌碑の周囲に玉垣《たまがき》が完成した。右端の玉垣には、犬養先生の直筆を「文化功労者犬養孝」（M８）と刻し、間に十二列の小さな玉垣を挟んで、左端にはこれまた直筆を「萬葉歌碑の會」（M８）と刻している。さらに、平成八年四月十一日、副碑の前に、犬養先生の朗唱と、希望ヶ丘高等学校合唱部による歌碑の歌の混声合唱が流れる装置がつけられ、その除幕式がおこなわれた。ピアノ伴奏は中島陽一氏による。矢印で示すところに手を触れると、装置が作動する。

入間道万葉歌碑

いるまじまんようかひ

54

入間道《いりまぢ》の　大谷《おほや》が原《はら》の　いはゐづら　引《ひ》かばぬるぬる　我《わ》にな絶《た》えそね

（巻十四―三三七八）東歌《あずまうた》

入間道《いるまじ》の大谷《おおや》が原のイワイヅラのように、引き寄せたらほどけてぬるぬると寄ってくるように、あなたもそのまま寄り添ってきて、わたしとの仲を絶やさないでください。

碑面

伊利麻治能
於保屋我波良能
伊波為都良
比可婆奴流奴流
和尓奈多要曽祢
考書

裏面

万葉の歌碑
入間道の　おほやが原の
いはゐつら　引かばぬるぬる
吾にな絶えそね
万葉集巻十四、三三七八

の東歌で、大谷沢の地とのかかわりが語り継がれている。

文学博士犬養孝先生揮毫によりこの歌碑が大谷沢の地に建立できたのは、この地に住む人々の郷土愛の賜

物である。
文化の香り高いまちづくりをめざす人々に万葉の詩心が永く受け継がれるよう祈念してやまない。

平成元年十一月二十五日
日高町教育委員会

位　置　日高市中沢
除幕式　平成元（一九八九）年十一月二十五日
建立者　日高町教育委員会

解説

入間道の大谷が原の歌碑は、埼玉県各地に五基も立っている。犬養先生の歌碑は国道四〇七号線（鎌倉《かまくら》街道）沿い、日高市内循環バスの日高バス停前のすぐ横の空地にある。歌碑右横には解説案内板もある。

除幕式は午前十一時から約百五十名が出席し、除幕は高萩南保育所の園児がおこなった。午後一時半から日高町生涯学習センターで、犬養先生の「萬葉のこころ―たましひ―」と題する記念講演会が催され、約三百名が聴講した。この催しは「第四回国民文化祭さいたま八九」協賛事業であった。

日高町は平成三年十月に市制を敷いた。

防人万葉歌碑

さきもりまんようかひ

122

松《まつ》の木《け》の　並《な》みたる見《み》れば　家人《いはびと》の　我《われ》を見送《みおく》ると　立《た》たりしもころ

（巻二十―四三七五）物部真嶋《もののべのましま》

松の木の並んでいるのを見ると、家族がわたしを見送って立っていたように見える。

碑面

火長物部眞嶋

麻都能氣乃
奈美多流美礼波
伊波妣等乃
和例乎美於久流等
多ゝ理之母己呂

孝書

副碑（部分）

揮毫　大阪大学名誉教授
文化功労者　犬養　孝
文学博士
平成十年春　建立
（一九九八）

献碑　東京都文京区　近藤恭弘
位置　下野市国分寺町　天平の丘公園
除幕式　平成十（一九九八）年三月二十九日
建立者　国分寺町
寸法　二〇〇×一四〇

解説

犬養先生が生前最後に揮毫した万葉歌碑である。除幕式のころ先生は体調を崩し、遠出ができない状況であったので、周囲の者は除幕式のことを黙っていた。約半年後に先生は亡くなり、生前ついにこの歌碑を訪ねることはなかった。この歌碑は、建立順では百二十二番目である。生前この後に建った二基（123・124）の揮毫墨書は、ずっと以前に書かれており、建立まで月日がかかった。

平成十一年各自治体は「地域振興券」を配布した。国分寺町の振興券の宣伝ポスターには、この万葉歌碑の写真が使われた。町長の若林英二《わかばやしえいじ》氏は、『万葉集』や古代史に造詣《ぞうけい》深く、地域の文化活動の活性化に尽力した。

犬養先生の歌碑がある天平《てんぴょう》の丘公園は、昭和六十三年四月に開園された。この公園内の古墳や小丘は、通称「風土記《ふどき》の丘」と呼ばれ、中心には風土記の丘資料館が建てられている。その西には、道鏡《どうきょう》が流された下野《しもつけ》国分寺跡が、東には史跡公園となっている国分尼寺跡がある。

昭和五十年、これら三万平方メートルは山林であったが、町が買収して整備し、その後、町が八万平方メートル、県が三万平方メートル買収して拡張していった。

国分尼寺跡から伝紫式部《むらさきしきぶ》の墓まで、公園の中央を南北に通り抜ける小道を、「防人《さきもり》街道」と呼んでいる。杉並木には、東《あずま》歌《うた》を記した木の札が、所々に掛けられている。園内を流れる小川は明日香《あすか》川と命名され、流れに架かる銀橋の南に、犬養先生の歌碑と副碑、さらに若林町長が「犬養孝先生万葉歌碑」と揮毫した石碑が立っている。歌碑と石碑は根府《ねぶ》川の赤石であり、樹木の緑と色彩が調和している。歌碑の建設費は、国分寺町出身で東京在住の近藤恭弘《やすひろ》氏が負担した。

除幕式は当日午前十一時から始まり、関東一円の万葉ファン約三百名が出席した。除幕は犬養先生の弟の犬養廉《きよし》・悦子《えつこ》夫妻と若林町長・近藤恭弘氏・丸山千代氏・山本静子氏がおこなった。若林氏は挨拶のなかで、公園開設にいたった過程をユーモアたっぷりに説明した。三十団体千名の地元の人々が、平地林を美しくする会を結成して、清掃作業をおこなった。町は清掃にあまり費用をかけないで、開園五年目には、ゴミ捨て禁止の看板を撤去することができたという。

除幕式の記念品は、紺地の風《ふ》呂敷《ろしき》と川俣甚次《かわまたじんじ》氏の絵と文による『わがふる里下野国分寺風景画帳』（国分寺町観光協会、一九九七・三）であった。風呂敷には、万葉歌碑の絵に、犬養先生の代理で犬養悦子氏が歌碑の字を書いた。のちに歌碑のテレフォンカードも作られた。

国分寺町は平成十八年一月、下野市となった。

天の鶴群万葉歌碑

あめのたずむらまんようかひ

114

旅人《たびひと》の　宿《やど》りせむ野《の》に　霜降《しもふ》らば　あが子《こ》はぐくめ　天《あめ》の鶴群《たづむら》

（巻九―一七九一）作者未詳

旅人が宿りする野に霜が降ったならば、我が子をお前の翼で覆《おお》ってやっておくれ。空を飛ぶツルの群れよ。

碑面

天平五年癸酉遣唐使船發
難波入海之時親母贈子歌
客人之
宿將為野尓
霜降者
吾子羽褁

天乃鶴群
孝書

裏面

今日のタンチョウの里の自然景観は、古代の人々が鶴（たづ）を万葉のうたに詠んだ当時の原風景として残されていることから、この地にふさわしい鶴の万葉歌碑を建立し、貴重な鶴の飛来地の自然が永く保存されることを願うものであります。

平成八年三月

揮毫者　大阪大学名誉教授
甲南女子大学名誉教授
文化功労者
文学博士　犬養　孝

建立　阿寒町タンチョウ鶴愛護会

関連碑　M10

タンチョウ
愛護発祥の地

裏面

この愛護発祥の碑は、昭和二十五年の冬からタンチョウに餌を与え続け、今日のタンチョウの一大楽園を築かれた山崎さん一家をはじめ、愛護活動に大きな足跡を残した阿寒中学校ツルクラブや地域の人々を讃え、後世にその業績を永く伝えるために建立するものです。

平成八年三月

揮毫者　文化功労者
文学博士　犬養　孝

建立　阿寒町タンチョウ鶴愛護会

位置　釧路市阿寒町　阿寒タンチョウの里

除幕式　平成八（一九九六）年三月二日

建立者　阿寒町タンチョウ鶴愛護会

寸法　一六七×二一〇

解説

犬養先生は子供のころ、不忍《しのばずの》池《いけ》のすぐそば、東京市下谷《したや》区谷《や》中清水町《なかしみずちょう》（現、東京都台東《たいとう》区池《いけ》之端《のはた》）に住んでいた。上野動物園が近かったので、よく遊びに行った。それでツルの鳴き真似がうまくなったという。講演の折によく披露した。天井に向けて口をあけ、首を思い切り伸ばして、アーハー、アーハーと、空気を出し入れするのである。聴衆全員とこれをおこない、これが万葉歌の「鶴《たづ》さはに鳴く」だと説明した。

先生は晩年、冬になると神経痛が出たので、寒いところへ行くのを躊躇《ちゅうちょ》したが、北海道の釧《くし》路《ろ》湿原だけは別格であった。古代の難波潟《なにわがた》も斯《か》くありなんと、夢中になって話を続け、機会があれば何度でも行きたいと語っていた。結婚式の祝辞でも、夫婦鶴《めおとづる》の仲の良さをよく話題とした。

釧路のタンチョウヅルと繁殖地は、早くも昭和十（一九三五）年に、天然記念物に指定され、「釧路丹頂鶴《たんちょうづる》保護会」が結成された。阿寒《あかん》町では、昭和二十五年から山崎定次郎氏によるツルの人工給餌《きゅうじ》が始まった。昭和四十年十一月には、「阿寒町タンチョウ鶴愛護会」が発足し、町ぐるみの運動へと発展した。

さらに釧路湿原のツルは国際的にも注目されるようになり、平成六年七月に着工された「阿寒国際ツルセンター」は、平成八年四月二十六日に開館した。この建設と愛護会発足三十周年を記念して、前年十一月に、皇太子殿下の歌碑と、犬養先生の揮毫による万葉歌碑と「タンチョウ愛護発祥の地」碑の建立が着手された。そして平成八年三月二日に、犬養先生揮毫の二碑の除幕式を迎えた。

北海道には万葉の故地《こち》はないが、ツルの歌のなかで犬養先生のもっとも好きな歌が選ばれた。天平《てんぴょう》五年四月に、遣唐使《けんとうし》船が難波を出港した。別れに際して、その一行の息子に母親が贈った歌である。親ヅルが子ヅルを慈《いつく》しむように、母は我が子を思い、旅の無事を祈った。この歌碑を中心に、左右に「タンチョウ愛護発祥の地」碑と副碑が建てられた。愛護発祥の地碑は、白御《しろみ》影石《かげいし》を羽に見立てて左右に二基ずつ縦三列にして並べ、親子三羽のタンチョウヅルをイメージした。万葉歌碑は日高産の輝緑《きりょく》凝灰石《ぎょうかいせき》である。

除幕式は当日午前十時から始まり、犬養廉先生御夫妻、釧路万葉の会の方々など、約百名が出席した。除幕は犬養先生や佐々木三男町長ら十名がおこなった。犬養先生らが除幕をしようとしたまさにその時、三羽のタンチョウヅルが風に向かって大きく翼を広げ、しばし歌碑の真上に静止した。

除幕式に続いて、十一時から総合福祉保険センターにおいて祝賀会となった。その席で、釧路宝生会《ほうしょう》（シテ）と阿寒宝生会（地謡《じうたい》）によって、祝言《しゅうげん》仕舞《しまい》「鶴亀」が演ぜられた。出席者には記念品として、二碑の解説と阿寒タンチョウの里の歩みを記した冊子、『犬養孝萬葉歌碑タンチョウ愛護発祥の碑』(阿寒町タンチョウ鶴愛護会）が配られた。

阿寒町は平成十七年十月十一日、釧路市と合併した。

第四章　北陸・山陰

〝歌〟の味真野苑

近ごろ、全国各地の自治体が、万葉に深い関心をもち、いろいろの企画が実現しつつあるのは、うれしいことである。そのなかで、福井県武生市〔現、越前市〕味真野《あじまの》につくられた越前の里・味真野苑は、一つのすぐれた典型といってよい。

味真野は、万葉末期に気を吐く、狭野茅上娘子と中臣宅守との熱烈な恋愛贈答歌六十三首の舞台である。天平十（七三八）年ごろのこと、宅守が流罪になった理由は、はっきりとはわからないが、宅守がそのころ、味真野に流されていたことは事実である。平城の都にいる娘子と歌の贈答の行なわれたことも、諸説はあっても、まず事実であろう。娘子が越前にゆく宅守を思って、

君がゆく　道の長手《ながて》を　くりたたね　焼き亡ぼさむ　天《あめ》の火もがも　（巻十五―三七二四）

の情熱あふれる歌を贈ったことはあまりに世に知られている。娘子の歌は二十三首。宅守は、

塵泥《ちりひぢ》の　数にもあらぬ　われゆゑに　思ひわぶらむ　妹がかなしさ　（巻十五―三七二七）

など、四十首をつくっている。「味真野」の名の出るのは、娘子が宅守を思って贈った、

味真野に　宿れる君が　帰《かへ》り来《こ》む　時の迎へを　いつとか待たむ　（巻十五―三七七〇）

の一首だけだが、味真野の山野に、二人の恋ごころが、定着していることにはまちがいない。

地は、武生市東方、日野山（越前富士）北方にひろがる原野の東南方で、近年は、高速道路もでき、開発の日ごとに進んでいるところである。開発は、西から進んで来て、継体天皇の伝説で知られる味真野神社の境内付近まで迫ってきた。このままにしておくと、将来は、家で埋って、〃味真野〃は消えてしまうだろう。この地方の東北一キロ半、今立郡大滝（旧、岡本村）は、現在なおつづく越前和紙の村（現、越前市）であるし、味真野の原野ののこっているうちに、末永くこのいわれ深い地をのこさねばと思っていたところ、県と市によって、昭和四十七年からは八年がかりで、自然の景観を生かしたみごとな庭園味真野苑をつくってくれた。庭の一隅に娘子と宅守の〃比翼塚〃を南と北につくり、わたくしに歌碑の揮毫をたのまれた。わたくしは、大和に近い方には「君がゆく…」を、奥の方には「塵泥の…」を万葉の文字のままにしたためた。二つの碑の間には「山川を中に隔《へな》りて…」そのままに、山からの渓流を流す心づかいである。資料館・休憩所・展望台・池も森もとゆきとどいて、四季の花々を咲かせる心くばりもゆかしい。

ことし五月六日、さらに二基の大きな歌碑が池畔に建てられた。こんどの歌碑は、鎌倉時代の古写本西本願寺本の字を、南北に六首づつの歌をわたくしが選んで、刻んだ。武生市長の笹原茂氏は、この庭園は、「こんにちだったら十億でもできないでしょう」といわれた。一自治体が、〃心〃の世界、万葉故地を守るために、これだけの企画をはたして、後代にのこすことを実現したのは、特筆されていい見上げたことではなかろうか。それは後代のためだけでなく、結局は、現に市民のたのしい憩い場となり、全国から故地をおとない、万葉の〝心〟をよみがえらす人の、跡を絶たない現況となった。県民・市民の善意は、報いられたといってよい。

この五月の除幕式のときは、山も野も、庭の木立も、新緑に萌えて、風さわやかに、ヒラドは満開、丹精のボタンも盛りだった。わたくしは、越路の山を越えて、市民のこの善意につつまれるのが、こよないたのしみである。

（『短歌現代』七巻七号　短歌新聞社、一九八三年七月）

七尾の海山——家持の旅から

七尾湾は、まん中に、大きな能登島を配した、波静かな湾入である。

天平十八（七四六）年から天平勝宝三（七五一）年まで越中国守として今の富山県高岡に来ていた大伴家持は、天平二十（七四八）年春の出挙《すいこ》（官稲を民間に貸しつけて利子稲をとること）のため管内巡察の時、当時は能登も越中に属していたから、能登半島各地をめぐる旅に出た。七尾湾にも船をすめて、香島《かしま》の津（いまの七尾港）から、熊木をさして出船している。熊木とは、七尾湾の西南の奥で、今の七尾西湾を北から西にかけてかこむ地方である。かつての石川県鹿島郡西岸村《にしぎし》や、熊木・中島・

豊川・笠師保などの村である。いまは、すべて鹿島郡中島町〔現、七尾市〕のうちにはいった。
わたくしも、かつて七尾湾から小船に乗って、和倉の沖を通り、七尾西湾、熊木の地方に向ったことがある。わたくしの船は、機械船だが、家持の船はもちろん手こぎの船である。波一つない、どんよりとした七尾湾の水面には、艪の音ばかりが、ひびけていたことだろう。

香島《かしま》より　熊木をさして　漕ぐ船の　楫《かぢ》取る間なく　京師《みやこ》し思ほゆ　（巻十七—四〇二七）

家持が、絶え間なくひびく艪の音から、望郷の思いをさそわれて、こう歌う気持もわかるではないか。低いが細長く大きく横たわる能登島は、終始、望まれている。今は、春はところどころに菜の花、夏はいちめんのみどり島山だが、古代には、こんもりと原生林におおわれて、海面に濃い山かげを映していたにちがいない。だから、家持は、

鳥総《とぶさ》立て　船木伐るといふ　能登の島山　今日《けふ》見れば　樹立《こだち》しげしも　幾代神《かむ》びそ　（巻十七—四〇二六）

と、かねて聞いていた能登島の神厳さを前にして、驚いているのだ。良い船材を出す島として知られていたのだろう。「鳥総《とぶさ》立て」というのは、木を伐り倒したあとに、木末の一部をさして、山の神に捧げることである。しーんと物音もしないだけに、島は千三百年の昔を、そのままに語り顔で

ある。

七尾西湾の北の口もと、むかしの西岸村《にしぎしむら》瀬嵐《せあらし》の沖には、種が島、その南には、学校の運動場ぐらいの机島が、これまたひっそりと、松林の緑の影を映している。この辺の海は、こんにち、ナマコの漁の盛んなところだ。机島をとりまいて汀の磯には、ぎっしりとシタダミ貝が、とりついている。

シタダミは、いまのコシタカガンガラやイシダタミの類で、馬蹄螺《ばてら》科の、キシャゴのような巻貝である。死語になったはずの〝シタダミ〟を、この辺では〝シタダミ〟としか呼んでいないのも珍しい。いまのように、お菓子の自由にえられないころまでは、瀬嵐あたりでは、子供たちが、この島で貝を採集し、ゆでて針で身を出して、醤油や酢をかけて、おやつ代わりにしていた。秋になると、奥能登方面からも採集に来ていたほどだ。

『万葉集』巻十六に、「能登国歌三首」として、「机の島のしただみ」（巻十六—三八八〇）の歌と、熊木地方の民謡二首（巻十六—三八七八・三八七九）があるのは、熊木地方にやってきた家持の蒐集による以外には考えられない。「机の島」というのは、瀬嵐沖のこの机島であろう。この島には、わたくしは、到底数えきれないほど来ていて、万葉の〝シタダミ〟の歌を、『万葉集』中の珍しい〝わらべうた〟と考えるわたくしにとっては、古代の夢ゆたかな島であるし、島と縁の深かった人たちも、もう不帰の客となられた今は、思い出もつきない島、世にも静謐の小島であるが、この島この歌のことについては、度々、書いているので省略する。

ただ、誰も来ないこの島の一隅、瀬嵐を正面に見渡す松林のなかに、有志の方々によって建てていただいた、〝しただみ〟の歌の、わたくしの万葉歌碑があることだけを記しておこう。春はハマダイコンの盛り、夏はオニユリがいっぱい咲くなかに、歌碑の表面には、松林も、瀬嵐の海も映っていて、たまにひとり、ひょこっと島に上陸してみると、島に来た誰があげたか、お墓のようにお花が、供えてあるのにおどろいたことがある。わたくしは、島や碑にまつわる方々のことを思って、そっとひとり、涙を拭ったことである。

七尾西湾は一帯に浅く、杭をうって牡蠣棚がつくられている。中島町の熊木川・日用川河口付近の海は、ごく浅海で、スクリューが底にあたって水底の泥がかき立てられるようだ。「能登国歌三首」の一つに、

梯立《はしたて》の　熊木のやらに　新羅斧　堕《おと》し入れ　わし　懸けて懸けて　な泣かしそね　浮き出づるやと　見む　わし

(巻十六—三八七八)

とある「熊木のやら」は、この泥海をいうものであろう。「わし」という囃し言葉もあって、古代能登熊木の農庶民のあいだでうたわれた歌であることを語っている。

中島町瀬嵐の村落は、都会的なにおいのいっさいない、素朴な漁村で、じっと淀んだ水面には、小丘を背負った漁家の白壁も屋棚も、そっくり影を映しているようなところだ。〝古代熊木〟が直観的に感じられるようである。付近に「酒屋藪《さかややぶ》」と通称されている海岸の森もあって、

梯立の　熊木酒屋に　真罵《まぬ》らる奴《やつこ》　わし　誘《さす》ひ立て　率《ゐ》て来なましを　真罵らる奴　わし

（巻十六―三八七九）

の歌も、そのままこの静かな景観のなかに定着しそうである。この歌が何に使われた歌かは別として、最下底の被治者間の素朴な愛情の歌であることは確かであろう。治者の立場の家持による地方民謡の採集とすれば、「能登国歌三首」は、『万葉集』中、稀に見る貴重な記録といわなければならない。

わたくしは、能登島へは、瀬嵐から船でわたってみたり、昭和五十七年春にできた能登島大橋をわたって、島にはいってみたりした。島内、曲《まがり》の海岸には、昭和五十七年から水族館もできた。昭和五十七年七月七日、石川県の知事の依頼によって、わたくしが揮毫した歌碑が、水族館の海を見はらす一隅に建てられた。わたくしは、

登夫佐多氏
船木伎流等伊布
能登乃嶋山
今日見者
許太知之氣思物
伊久代神備曽

と原文のままにしたためた。除幕の綱は、中西知事とわたくしとで引いた。中西知事は、「こんな

いい歌の碑を建てたのだもの、木をたくさん植えて茂らせるのだナ」といわれた。

昭和五十八年五月、植樹祭で、天皇陛下の行幸のおり、和倉の加賀屋にお泊まりになって、十階のお部屋から、七尾の海山を観望され、望遠鏡で、机島を望まれて、「万葉歌碑は見えるだろうか」と御下問があったという。陛下は、万葉能登の海山に深い関心を持っておられるのだ。

七尾湾が、古来のままの波静かな湾入をいまもつづけているように、机島も能登島も美しいみどり島山を保ちつづけ、貴重な古代熊木の民謡や、家持の歌ごころが、島の磯辺や、松林の岸辺に、生きつづけることを祈らないではいられない。石川県能登のためにも、日本のためにも。

（『かたかご』四号　甲南女子大学国文学会、一九八三年十二月）

味真野万葉歌碑

（二基）

あじまのまんようかひ

16

君《きみ》がゆく　道《みち》の長手《ながて》を　繰《く》り畳《たた》ね　焼《や》き亡《ほろ》ぼさむ　天《あめ》の火《ひ》もがも

（巻十五―三七二四）狭野茅上娘子《さののちがみのをとめ》

あなたが流されていく長い道のりを、手繰り重ねて焼き滅ぼしてしまう、天の火があればよいのに。

17

塵泥《ちりひぢ》の　数《かず》にもあらぬ　吾《われ》ゆゑに　思《おも》ひわぶらむ　妹《いも》がかなしさ

（巻十五―三七二七）中臣宅守《なかとみのやかもり》

塵や泥土《どろつち》のように数にも入らないわたしのような者のために、あなたが落胆しているであろうと思うと、あなたがいとしくてたまらない。

碑面 16

狭野茅上娘子
君我由久
道乃奈我弖乎
久里多々祢
也伎保呂煩散牟
安米能火毛我母
孝書

碑面 17

中臣宅守
知里比治能可受尓
母安良奴和礼由恵
尓於毛比和夫良牟
伊母我可奈思佐
孝書

位　置　越前市余川町　越前の里味真野苑
除幕式　昭和五十五(一九八〇)年五月二十七日
建立者　武生市
寸　法　16 一六〇×二九〇　黒御影石嵌込み
　　　　17 一二一×八〇　黒御影石嵌込み

解説

味真野苑内に入ると、宅守と茅上娘子が寄り添う姿を模した、長短二本の細長い角のようなシンボル・モニュメントがまず目に飛びこむ。「比翼《ひよく》の丘」と名付けられた小丘の頂に、歌碑が向かい合うように立っている。宅守の歌碑は奈良の方角を、

娘子の歌碑は越前の方角を向き、二つの丘の間を小川が流れている。

味真野苑は昭和四十七年度より八カ年計画で、総額四億六千万円を投じ、昭和五十四年度に完成した。歌碑建立計画は昭和五十四年四月に始まり、除幕式まで約一年二カ月かかった。除幕式には市長の笠原武生《かさはらたけお》氏ら五十余名と、甲南《こうなん》女子大学生二十名が列席した。犬養先生はそれぞれの歌を二回ずつ朗唱し、一同も唱和した。

歌碑建立を記念し、当日午後七時より武生市民ホールにおいて、犬養先生の「万葉のこころ」と題する講演が催され、約百名の市民が出席した。

渓流《けいりゅう》のそばに、西本願寺本『万葉集』による白文《はくぶん》で刻した、万葉歌碑が二基立っている。一基には中臣宅守の歌が六首、他の一基には狭野茅上娘子の歌が六首記されているが、これらの歌は犬養先生が選んだものである。この二基の除幕式は、昭和五十八年五月六日におこなわれた。

平成十七年十一月一日、武生市は越前市となった。

白山風万葉歌碑

しらやまかぜまんようかひ

48

栲衾《たくぶすま》　白山風《しらやまかぜ》の　寝《ね》なへども　児《こ》ろがおそきの　あろこそ良《え》しも

（巻十四—三五〇九）東歌《あずまうた》

（栲衾）白山颪《おろし》の風の寒さで寝れないが、あの娘の襲着《おそき》（上衣）があるのが嬉しい。

机の島万葉歌碑

つくえのしままんようかひ

60

鹿島嶺《かしまね》の　机《つくえ》の島《しま》の　小螺《しただみ》を　い拾《ひり》ひ持《も》ち来《き》て　石以《いしも》ち　つつき破《やぶ》り　早川《はやかは》に　洗《あら》ひ濯《すす》ぎ　辛塩《からしほ》に
こごと揉《も》み　高坏《たかつき》に盛《も》り　机《つくえ》に立《た》てて　母《はは》に奉《あへ》つや　めづ児《こ》の刀自《とじ》　父《ちち》に献《あへ》つや　みめ児《こ》の刀自《とじ》

（巻十六—三八八〇）能登《のと》国歌

香島嶺近くの机の島のシタダミを拾い持ってきて、石でつついて破り、流れの速い川で濯ぎ、辛塩でせっせと揉み、高坏に盛って机に載せて、お母さんにご馳走《ちそう》したか、かわいい娘さん、お父さんにご馳走したか、いとしい娘さん。

能登島万葉歌碑

のとじままんようかひ

61

とぶさ立《た》て　船木《ふなぎ》伐《き》るといふ　能登《のと》の島山《しまやま》　今日《けふ》見《み》れば　木立《こだち》繁《しげ》しも　幾代《いくよ》神《かむ》びそ

（巻十七―四〇二六）大伴家持《おおとものやかもち》

枝葉《しよう》のついた梢《こずえ》を切り株にさして神に祈って、船の材料となる木を伐るという能登の島山を今日見れば、木立が茂っている。いったいどのくらいの年月を経て、このように神々《こうごう》しくなったのだろう。

碑面　48

多久夫須麻
之良夜麻可是能
宿奈敝杼母
古呂賀於曽伎能
安路許曽要志母
孝書

位　置　能美市辰口町緑ヶ丘五丁目旅亭「萬葉」

除幕式　昭和六十三(一九八八)年十一月三日
建立者　島ノ内土地建物株式会社
寸　法　一三一×一一〇

碑面　60

能登国歌
所聞多祢能　机之嶋能
小螺乎　伊拾持来而
石以　都追伎破夫利
早川尓　洗濯
辛塩尓　古胡登毛美
高坏尓盛　机尓立而
母尓奉都也　目豆児乃刀自
父尓獻都也　身女児乃刀自
孝書

碑面　61

大伴家持

登夫佐多氏
　船木伎流等伊布
　　能登乃嶋山
今日見者
　許太知之氣思物
　　伊久代神備曽
　　　　孝書

位　置　能美市辰口町緑ヶ丘五丁目　旅亭「萬葉」
建立日　平成二（一九九〇）年十一月三日
建立者　島ノ内土地建物株式会社
寸　法　60　九三×一六〇
　　　　61　六六×一一四

解説

万葉歌碑が三基ある旅亭「萬葉」の場所には、かつて辰口温泉ファミリーヴィラがあった。白山風歌碑は庭石の中心に位置し、碑石横の松の間から白山が見える。「孝書」の文字下の、「孝」の落款《らっかん》は漆《うるし》入りの朱色になっている。

除幕式は当日十一時半から、約七十名が出席しておこなわれた。来賓として石川県知事の中西陽一《よういち》氏も列席した。記念品は犬養先生の編著『わが人生　阿《あ》蘇《そ》の噴煙《ふんえん》』（大阪市民大学センター、一九八八年八月）と「白山万葉歌碑のしおり」であった。福徳《ふくとく》相互銀行の元会長の松本

理作《りさく》氏は金沢出身であったので、そのゆかりで、近くの辰口町（現、能美市）に、福徳グループの保養所を建設した。建立者の島ノ内土地建物株式会社は福徳相互銀行系列のノンバンクであった。そこで福徳相互銀行取締役で、『万葉集』に造詣《ぞうけい》の深い扇野聖史《おうぎのきよひと》氏を通じて、犬養先生揮毫による、万葉歌碑の建立となった。また、のちにファミリーヴィラの裏庭にも、同時に二基の歌碑（60・61）が建立された。歌碑60は机の島、歌碑61は能登島の歌なので、池の中の二つの築山《つきやま》を島に見立てて、そこに各々歌碑が建った。この二基の除幕式はおこなわれなかった。

　しかし、経済変動の嵐の中で、平成十年十月、福徳銀行（元、福徳相互銀行）はなにわ銀行と合併してなみはや銀行となり、ファミリーヴィラも閉鎖となってしまった。そして、平成十三年十二月十五日、辰口温泉の「たがわ龍泉閣」が旅亭「萬葉」として新たに営業を始めた。三基の万葉歌碑は、そのまま保存された。

能登島万葉歌碑

のとじままんようかひ

31

とぶさ立《た》て　船木《ふなぎ》伐《き》るといふ　能登《のと》の島山《しまやま》　今日《けふ》見《み》れば　木立《こだち》繁《しげ》しも　幾代《いくよ》神《かむ》びそ

（巻十七—四〇二六）大伴家持《おおとものやかもち》

枝葉《しよう》のついた梢《こずえ》を切り株にさして神に祈って、舟の材料となる木を伐るという能登の島山を今日見れば、木立が茂っている。いったいどのくらいの年月を経て、このように神々《こうごう》しくなったのだろう。

碑面

大伴家持
登夫佐多氏
船木伎流等伊布
能登乃嶋山
今日見者
許太知之氣思物
伊久代神備曽
孝書

副碑（部分）

揮毫者　文学博士
大阪大学名誉教授
犬養孝
建立者　石川県

建立日　昭和五十八年七月七日
位置　七尾市能登島町曲《まがり》
のとじま臨海公園水族館
除幕式　昭和五十八（一九八三）年七月七日

建立者　石川県
寸　法　八一×一五四

解説

のとじま水族館正面入り口に向かう三《さん》叉《さ》路《ろ》の松のそばに、万葉歌碑と副碑が並んで立っている。

除幕式は午前十時半から始まり、能登島町長、水族館長をはじめ、石川県の職員約五十余名が参列した。犬養先生は歌の解説と朗唱をおこない、松の木を記念に植樹した。式後、一同は水族館を見学した。

机の島万葉歌碑

つくえのしままんようかひ

9

鹿島嶺《かしまね》の　机《つくえ》の島《しま》の　小螺《しただみ》を　い拾《ひり》ひ持《も》ち来《き》て　石以《いしも》ち　つつき破《やぶ》り　早川《はやかは》
に　洗《あら》ひ濯《すす》ぎ　辛塩《からしほ》に　こごと揉《も》み　高坏《たかつき》に盛《も》り　机《つくえ》に立《た》てて　母《はは》に奉《あへ》つや
めづ児《こ》の刀自《とじ》　父《ちち》に献《あへ》つや　みめ児《ご》の刀自《とじ》

（巻十六―三八八〇）能登《のと》国歌

香島嶺近くの机の島のシタダミを拾い持ってきて、石でつついて破り、流れの速い川で濯ぎ、辛塩でせっせと揉み、高坏に盛って机に載せて、お母さんにご馳走《ちそう》したか、かわいい娘さん、お父さんにご馳走したか、いとしい娘さん。

歌碑

机之嶋歌
所聞多祢能　机之嶋能
小螺乎　伊拾持来而
石以　都追伎破夫利

早川尓　洗濯
辛塩尓　古胡登毛美
高坏尓　盛机尓立而
母尓奉都也　目豆児乃刀自
父尓獻都也　身女児乃刀自
孝書

裏面
昭和五十年十月佳日建之
机之嶋を愛する曾

位　置　七尾市中島町瀬嵐机島
除幕式　昭和五十（一九七五）年十月十二日
建立者　机島万葉歌碑建立委員会
寸　法　九〇×一三五

解説

　昭和四十九年九月、犬養先生は、薬師寺《やくし》管長の高田好胤《たかだこういん》師、作曲家の黛敏郎《まゆずみとしろう》氏とともに石川県鹿島《かしま》部中島《なかじま》町瀬嵐《せあらし》の沖にある机《つくえ》島を訪れた。島に上陸すると、先生は突然号泣した。その前々年に亡くなった奥さんと、五年前に机島に来たときのことを思い出したからである。高田管長は「般若心経《はんにゃしんぎょう》」を唱《とな》えて先生の心を鎮《しず》め、万葉歌碑の建立を提案した。このとき同行した中島町の元教育長の瀬森利彰《せもりとしあき》氏が発起人代表となって、尽力し実現した。建立趣意書（昭和五十年七月）には、「千数百年前の往昔をしのび、郷土の誇りともして、郷土のためにも、日本のためにも、詩の島、歌の島を末長く後代に伝えたい……」と述べられている。

　万葉歌碑は机島の西側に立っている。除幕式は当日午後二時より始まり、瀬森氏の孫の瀬森登記子さん（当時四歳）・一花《いちはな》ふみ代さん（同小学二年生）・一花みち代さん(同小学五年生)の三人によって除幕された。高田・黛両氏ら約百名が出席した。黛敏郎氏作曲の「机島萬葉歌碑の歌」も披露され、歌碑の万葉色紙が記念品として参加者に配られた。この日の午後六時から七尾市の能登ホールにて、「机島万葉歌碑建立記念文化講演会」が催され、犬養先生は「万葉の心」、黛氏は「日本の心」、高田師は「慈悲《じひ》の心」と題する講演をおこなった。

除幕式前日には、能登プロセス社長の沢田博保《ひろやす》氏によって、大判二枚組みの記念絵葉書が製作され、これに犬養先生が万葉歌の解説を、瀬森氏がシタダミの思い出を記している。のちに沢田氏は四枚組みの絵葉書を製作し、これには瀬森氏が「犬養孝先生」、「しただみ」と題する小文を寄せている。

現在、歌碑周辺はあまり手入れがなされていないので、草木が繁茂している。

昭和五十年に中島町立瀬嵐小学校は創立百周年を迎えた。折しも瀬嵐小学校に統廃合問題が起きたため、将来にわたって記念となる碑（M1）の建立が計画された。六月に事業推進委員会が発足し、瀬森利彰氏と沢田博保氏を通じて犬養先生に揮毫が依頼された。

十月十二日、机島万葉歌碑の除幕式に出席した犬養先生は、翌朝加賀屋ホテルにて色紙に「和」を揮毫した。さっそく、沢田氏はこの色紙を持って上京し、ご自分の経営する会社、能登プロセスにて撮影、引き伸ばしをおこなった。除幕式は十月三十日に全校児童の手によって挙行された。刻された文字は、緑色に塗られている。

瀬嵐小学校は平成八年三月三十一日に廃校となり、平成九年七月一日、その場所に宿泊所と研修施設を兼ねる町営の「万葉倶楽部」が開館した。犬養先生の碑のそばには、「瀬嵐小学校閉校記念タイムカプセル」が埋められている。

かたかご万葉歌碑

かたかごまんようかひ

42

もののふの　八十《やそ》をとめらが　くみまがふ　寺井《てらゐ》の上《うへ》の　かたかごの花《はな》

（巻十九―四一四三）大伴家持《おおとものやかもち》

（もののふの）多くの乙女たちが集まって賑やかに水を汲む、寺の井戸のほとりのカタカゴの花よ。

碑面

大伴家持

物部乃
八十嬿嬬等之
挹乱
寺井之於乃
堅香子之花

裏面

考書

越中国守大伴家持卿天平勝
宝二年三月二日攀折堅香子
草花歌一首ヲ作ル因ツテ湧
泉ノ故地ニテ歌ヲ録シテ

コレヲ顕彰セントス
揮　毫　大阪大学名誉教授
　　　　　犬　養　孝
建設者　大伴家持卿顕彰会
会　長　　　橘　康太郎
昭和六十二年十月吉日

位置　高岡市伏木古国府
　　　勝興寺北西裏
除幕式　昭和六十二（一九八七）
　　　年十月六日
建立者　大伴家持卿顕彰会
寸法　一〇〇×一五〇

解説

昭和三十六年四月十六日、犬養先生はカタカゴと寺井の跡を探しに、学生を連れて高岡を訪れた。勝興寺裏の赤坂谷の崖で花咲くカタカゴを見つけ、さらに近藤治七郎邸（当時、伏木町一の宮）の庭で栽培されているカタカゴを目にした。翌年二月十四日に近藤氏を訪ね、カタカゴの栽培法や勝興寺裏手にあっ

た井戸について取材した。
今日、住宅開発が進み、カタカゴの自生地はほとんどなくなったが、昭和五十八年暮れから地元の有志によって、「かたかごの花の一株運動」が始められた。尾竹睦子《おたけむつこ》さんは熱心に郵政省に働きかけ、ついにカタカゴの花をデザインした切手も発行されるにいたった。昭和六十年四月には、勝興寺近くの気多《けた》神社境内に大伴神社が創建された。大伴家持の御魂《みたま》を納める石槨《せっかく》には、カタカゴの花が刻まれており、気多神社境内にはカタカゴの種子も蒔《ま》かれている。
「大伴家持卿顕彰会」は、勝興寺の北西の角地に、常願寺石《じょうがんじいし》の万葉歌碑を建立した。この地は清水《しょうず》と呼ばれ、水が湧いていた。ゴミ棄て場のようになっていた古井戸跡も、御影石《みかげいし》で整備されて、小公園が造られた。除幕式は土山照慎《しょうしん》勝興寺住職を導《どう》師《し》としておこなわれ、同住職の長男の章君（当時五歳）と次男の真弘君（同四歳）が除幕した。
読経《どきょう》が流れるなか、関係者約五十名が焼香《しょうこう》し、犬養先生が歌の解説をして朗唱した。

立山万葉歌碑

たてやままんようかひ

97

天離《あまざか》る　鄙《ひな》に名《な》かかす　越《こし》の中《なか》　国内《くぬち》ことごと　山《やま》はしも　しじにあれども　川《かは》はしも　さはに行《ゆ》けども　皇神《すめかみ》の　領《うしは》きいます　新川《にひかは》の　その立山《たちやま》に　常夏《とこなつ》に　雪降《ゆきふ》り敷《し》きて　帯《お》ばせる　片貝川《かたかひがは》の　清《きよ》き瀬《せ》に　朝夕《あさよひ》ごとに　立《た》つ霧《きり》の　思《おも》ひ過《す》ぎめや　あり通《がよ》ひ　いや年《とし》のはに　よそのみも　振《ふ》り放《さ》け見《み》つつ　万代《よろづよ》の　語《かた》らひぐさと　いまだ見《み》ぬ　人《ひと》にも告《つ》げむ　音《おと》のみも　名《な》のみも聞《き》きて　ともしぶるがね

（巻十七―四〇〇〇）大伴家持《おおとものやかもち》

都から遠く離れた鄙の地で名高い、越中《えっちゅう》国の中《なか》には山は数々あるが、川はたくさん流れているが、この国つ神が鎮座しておられる、新川《にいかわ》郡のその立《たて》山に、夏中ずっと雪は降り積もったままで、その帯として麓《ふもと》を廻り流れている片貝《かたかい》川の清い瀬に、朝夕ごとに立つ霧が消えるように、この山を崇《あが》める気持ちが消え去ることがあろうか。ずっと通い続け、毎年遠くからでも振り仰いで眺め、いついつまでも語り草として、まだ見ていない人にも告げよう。噂だけでも名を聞くだけでも、羨《うらや》ましがるだろう。

碑面

立山賦一首　此山者有新川郡也
安麻射可流　比奈尓名可加
須　古思能奈可　久奴知許
登其等　夜麻波之母　之自
尓安礼登毛　加波〻之母
佐波尓由氣等毛　須売加未
能　宇之波伎伊麻須　尓比
可波能　曽能多知夜麻尓
等許奈都尓　由伎布理之伎
弖　於婆勢流　可多加比河
波能　伎欲吉瀬尓　安佐欲
比其等尓　多都奇利能　於
毛比須疑米夜　安里我欲比
　伊夜登之能播仁　余増能
未母　布利佐氣見都〻　余
呂豆余能　可多良比具佐等
伊末太見奴　比等尓母都
氣牟　於登能未毛　名能未
母伎吉氏　登母之夫流我祢
　四月二十七日
　大伴宿祢家持作之
　孝書

副碑（部分）

建立者　高岡市
建立年月　平成六年十月
揮毫者　犬養孝先生
　大阪大学名誉教授
　甲南女子大学名誉
　教授　高岡市万葉
　歴史館名誉館長
　文化功労者　文学
　博士
位　置　高岡市伏木一宮　高岡
　市万葉歴史館
除幕式　平成六（一九九四）年
　十月九日
建立者　高岡市
寸　法　一二〇×二二八

解説

高岡《たかおか》市は自治体と市民が一体となって、『万葉集』による地域振興、ふるさとづくりに取り組んでいる。平成二年から毎年十月の「高岡万葉まつり」では、三昼夜にわたって『万葉集』全二十巻の朗唱が繰り広げられ、全国各地から出演者が集う。

　高岡市万葉歴史館は平成二年十月二十八日に開館した。

　万葉歴史館の入り口正面には、

「定礎　平成2年6月」（M6）の文字が刻された赤御影石《あかみかげいし》が嵌込まれている。「定礎」の文字のみ、犬養先生の揮毫による。

竣工式は午前十時から始まり、続いて十時四十分から書家の深松海月氏揮毫による「二上山《ふたかみやま》の賦《ふ》」万葉歌碑の除幕が前庭でおこなわれ、五十分に開館テープカットとなった。犬養先生は万葉歴史館の名誉館長に就任し、この日の午後一時半から高岡文化ホールにて、「万葉の心—越中の家持—」と題して記念講演をおこなった。続いて二時半から五時まで、館長の大久間《おおくま》喜一《きいち》郎《ろう》氏の司会で、五人の講師による「万葉集の成り立ち」をテー

マに記念シンポジウムがあった。

四年後の平成六年には、万葉歴史館の屋上自然庭園に、犬養先生の揮毫による「立山《たちやま》の賦」万葉歌碑が建立された。十月九日午前十時から約四十名が見守るなか、犬養先生や大久間氏・高岡市長の佐藤孝志《たかし》氏ら五名によって除幕された。黒御影石の歌碑の右横には読み下し文を刻した副碑がある。屋上自然庭園からは、白雪をいただく立山連峰が一望できる。除幕式出席者には、歌碑の解説リーフレットが記念に配られた。

犬養先生は毎年、高岡万葉まつりに参加して万葉歌を朗唱し、ラジオウォークの講師を務めた。先生が亡くなられた平成十年十月三日は、ちょうど高岡万葉まつりの最中であった。先生の死が告げられるや、万葉時代の古代食が並べられた全国交流会場は、たちまち悲しみに包まれ、すすり泣きも聞こえた。

犬養先生が歩きに歩いた場所は、万葉故地だけではなかった。青年時代には、キュウリとメザシを携帯して、日本アルプスを登攀《とうはん》した健脚家であった。県立西宮病院に入院中も、先生を励ますために、病室の壁には、ずっと立山連峰の写真が飾られていた。

松田江の長浜碑

まつだえのながはまひ

M7

碑面　M7

萬葉故地
麻都太要能
奈我波麻
　孝書

裏面

越中万葉ゆかりの地に住み郷土の万葉研究に格別の関心を有する開兵太郎氏の熱意と知友の協力により万葉故地として知られる松田江の長浜顕彰碑建立が計画されれ　犬養孝先生の御好意を得てこの地に建立されたものである

平成二年十月
氷見市
松田江の長浜の碑を建立する会

位　置　氷見市柳田浜畑《はまばたけ》
除幕式　平成二（一九九〇）年十月二十七日
建立者　氷見市・松田江の長浜の碑を建立する会
寸　法　一七五×一一〇

解説

松田江《まつだえ》は、高岡市の雨晴《あまはらし》海岸から氷見市街にかけた、約六キロメートルの砂浜で、松林が続く。まさに長浜《ながはま》である。

これを顕彰《けんしょう》して後世に伝えるため、開兵太郎《ひらきひょうたろう》氏を代表とする地元の有志によって、「松田江の長浜の碑を建立する会」が結成された。除幕式は、「高岡市万葉歴史館」が開館する前日の、平成二年十月二十七日の午前十一時からおこなわれた。約三十名が参列し、犬養先生・開氏・氷見市長の七尾晶一朗《ななおしょういちろう》氏

の三人が除幕した。伊予石《いよいし》の碑は、氷見市柳田《やなぎだ》の松田江浜を通る県道沿いに建っており、傍《かたわ》らには解説板が設置され、ツママ（タブノキの古名）の木も植えられた。除幕式後、記念碑は氷見市に寄贈された。

平成八年五月十四日、石碑のすぐ西に氷見市海浜植物園が開園した。これにともなって記念碑の周囲も整備され、解説板も新たに作り替えられた。

布勢水海之跡碑

ふせのみずうみのあとひ

M11

碑面　M11

萬葉布勢水海之跡

孝書

副碑

天平十八年（七四六）から天平勝宝三年（七五一）までの五年間・大伴家持は越中国守として国府に居住し僚友とともにたびたび布勢の水海遊覧におとずれ数多くの歌をよんでいる。四季を通じて水海周辺の変化に富んだ景観が都人の心に感動を与えたからであろう。

越中万葉の歌枕布勢の水海を偲ぶよすがとして郷土の万葉愛好家開兵太郎氏の懇念により犬養孝先生に揮毫いただきこの碑が建立されたものである。

平成七年十二月吉日

氷見市

布勢水海跡の碑を建立する会

位　置　氷見市十二町潟水郷公園

除幕式　平成八（一九九六）年五月八日

建立者　氷見市・布勢水海跡の碑を建立する会

寸　法　二二五×七四

解説

布勢の水海《みずうみ》の面影をとどめている十二《じゅうに》町潟《ちょうがた》は潟湖《せきこ》で、長さ二キロメートル、幅二〇〇メートルにすぎないが、十二町潟水《すい》郷《ごう》公園として整備され、市民の憩いの場所となっている。

開兵太郎氏は、布勢の水海跡

にも記念碑を建てることを思い立ち、個人の篤志《とくし》によって実現させた。

碑面の文字は、犬養先生が和紙に揮毫したものを拡大している。開氏は嬉しさのあまり、墨書を自転車の前籠に入れて知人に見せにいこうとした。ところが途中で強風に吹かれ、前籠から舞い上がり飛んでいってしまった。そのまま行方不明になったので、再度犬養先生に揮毫を頼んだ。

除幕式後、この石碑と副碑(共に小矢部《おやべ》産)は、氷見市に寄贈された。除幕式は午前十一時から始まり、約二十名が参列した。除幕は犬養先生・開氏・市長の三人がおこなった。犬養先生は、開氏の万葉と郷土に寄せる情熱をたたえた。開氏は農業の傍《かたわ》ら『万葉集』を学び続け、この除幕式から三年後の十二月十七日、九十四歳で天寿を全うした。

因幡万葉歌碑

いなばまんようかひ

100

新《あら》しき　年《とし》の始《はじ》めの　初春《はつはる》の　今日《けふ》降る雪《ゆき》の　いや重《し》け吉事《よごと》

（巻二十―四五一六）大伴家持《おおとものやかもち》

新しい年の初めの初春の、今日降っている雪が積もるように、今年も良いことが積もれ積もれ。

考書

碑面

守大伴宿祢家持

新
年乃始乃
波都波流能
家布敷流由伎能
伊夜之家餘其騰

裏面

万葉歌碑

天平宝字三年春正月一日因
幡国庁に於て饗を国郡司等
に賜へる宴の歌一首

新《あら》しき　年の始めの　初春の
今日降る雪の　いやしけ吉事《よごと》
右一首は　守大伴宿禰家持
作れり

建立年月日平成六年十一月
六日
建立者　国府町

揮毫者　大阪大学名誉教授
　　　　甲南女子大学名誉
　　　　教授　文化功労者
　　　　犬養　孝

位　置　鳥取市国府町町屋
　　　　因幡万葉歴史館

除幕式　平成六（一九九四）年
　　　　十一月六日

建立者　国府町

寸　法　一三〇×一七〇

解説

近年、国府町《こくふ》は鳥取市のベッドタウンとして開発が進み、平成十六年十一月一日に鳥取市と合併した。「時の塔」と名付けられた高さ三十メートルの展望台に登ると、今木山《いまき》・面影山《おもかげ》・甑山《こしき》の因幡三山はもちろん、因幡国庁跡や国分寺《こくぶん》・国分尼寺《こくぶんに》跡の位置関係を一望できる。

犬養先生は『万葉の旅　下』（現代教養文庫）の掉尾を飾る「因幡の雪」の写真撮影のため、昭和三十七年一月二十四日早朝、国庁跡に立った。宇倍神社の金田泰雄宮司の「オオユキ　ダイジョウブ」の電報を受けて、伊藤銀造氏と夜行列車に飛び乗って来た。因幡は先生にとって思い出深い万葉の故地の一つである。

因幡万葉歴史館に入るとすぐに、「本日は〇年〇月〇日です。大伴家持が新年の歌を詠んでから〇年〇日目。伊福吉部徳足比売《いふきべのとこたりひめ》が亡くなってから〇年〇日目です」と書いた大きな字が目に入る。おもしろいアイデアである。

本館内を一巡すると、「万葉と神話の庭」へ出る。曲水《ごくすい》が犬養先生揮毫の歌碑を巡るように流れている。万葉歴史館は平成六（一九九四）年十月三十日に開館した。歌碑建立はその記念事業の一つであった。除幕式は十一月六日午前十一時より、町長、館長ら約五十名が出席して催された。

石見万葉歌碑

いわみまんようかひ

2

石見《いはみ》のや　高角山《たかつのやま》の　木《こ》の間《ま》より　わが振《ふ》る袖《そで》を　妹見《いもみ》つらむか

（巻二―一三二）柿本人麻呂《かきのもとのひとまろ》

石見《いわみ》国の高角山の木の間から、別れを惜しんでわたしが振る袖を、妻は見たであろうか。

碑面

柿本人麻呂

石見乃也
高角山之
木際従
我振袖乎
妹見都良武香

孝書

裏面

柿本朝臣人麻呂　萬葉集中に　従石見国別妻上来時歌をとどむ　高邁雄渾　情熱あふるる人麻呂の心情を永くゆかりの地に伝へむと　その反歌一首を選び　揮毫を文学博士犬養孝氏にもとめて　当柿本神社境内人麻呂松の傍に建碑す

昭和四十四年六月吉日

人麻呂顕彰会

位置　江津市都野津町　柿本神社
除幕式　昭和四十四（一九六九）年六月四日
建立者　都野津人麻呂顕彰会
寸法　一三五×二六〇

解説

柿本人麻呂伝説地は畿内《きない》、山陰に数多くあるが、島根県江《ごう》津市都野津町《つのづちょう》もその一つである。ＪＲ山陰本線の都野津駅で下車、北東へ徒歩十五分のところに柿本《かきのもと》神社がある。その近くに「人丸《ひとまる》の松」と称する樹齢七百年の巨木が生えていたが枯れてしまい、現在二代目の小松が植えられている。文化《ぶんか》十四（一八一七）年になった石見の地誌である『石見八重葎《やえむぐら》』によれば、人麻呂の現地妻の依羅娘子は、都野津の井上道益《どうえき》の娘とする。代々井上家が人丸大明神を祀《まつ》り、「人丸さん」は安産（人産まる）、防火（火止まる）、疫病防止、産業振興の神として崇《すう》敬《けい》されてきた。「人丸の松」と柿本神社の祠《ほこら》の場所は、井上家の所有地で、九十坪ほどであったが、祠は明治四十三年に現在の場所に移転され、その後二百坪の土地が寄進、あるいは無償借り受けで、境内は拡張されてきた。昭和十五、六年ごろに井上家は、万葉歌碑建立を計画し、石材を敬《うや》川より運搬してきたが、戦争の激化によって実現にいたらなかった。

昭和四十四年十月七日午前十時より、島根県立江津高等学校創立十周年記念文化祭において、犬養先生は「古代の悲劇—大津《おおつ》皇子をめぐって—」と題する講演をおこなった。この前日に、人丸神社奉賛会（のち、都野津人麻呂顕彰会）の会長であった国澤徳光氏と、熱心な人麻呂崇敬者であった今浦経義《つねよし》氏が、犬養先生の宿を訪ねて、歌碑建立のための揮毫と一般市民を対象とした講演を依頼した。先生は快諾し、翌日午後二時から都野津公民館において、急遽「萬葉石見・人麻呂」と題する講演会が催された。

万葉歌碑は、江津市制十五周年と「人丸の松」の天然記念物指定を記念し、人麻呂の雄渾《ゆうこん》情熱の心魂《しんこん》を後世に伝えるために建てられた。除幕式は午後一時より始まり、井上家末裔《まつえい》の井上百合子さんと、今浦宥子《ゆうこ》さんが除幕した。続いて国澤会長の挨拶、岡田信正江津市長と犬養先生の祝辞があった。当日は都野津の町中に、「祝歌碑建立」の小旗が張り巡らされ、祝賀ムードを高めた。記念品はモノクロ三枚組みの絵葉書（都野津人麻呂顕彰会・大阪大学万葉旅行の会製作）であった。

歌碑建立当初は、石州瓦の作業所の大屋根が、見事な借景となっていた。現在その面影はない。

また、昭和四十四年頃から工場廃液によって「石見の海」は白濁し、海岸の砂はブルドーザーで運び続けられ、万葉故地は壊滅寸前となった。先生は悲憤慷慨して、地域住民と反対運動に立ち上った。先生は何度も中央官庁に陳情に行き、万葉故地は蘇った。

志都の岩屋万葉歌碑

しづのいわやまんようかひ

49

大汝《おほなむち》　少彦名《すくなびこな》の　いましけむ　志都《しつ》の岩屋《いはや》は　幾代《いくよ》経《へ》ぬらむ

（巻三―三五五）生石村主真人《おいしのすぐりまひと》

大国主《おおくにぬし》と少彦名が住んでいらっしゃったという志都《しづ》の岩屋《いわや》は、いったいどのくらいの年月を経たことであろうか。

碑面

生石村主眞人
大汝
少彦名乃
将座
志都乃石室者
幾代將經

孝書

裏面

志都岩屋神社の昭和大改修に伴う記念として万葉歌碑を建立し　幾千代の後世に伝える

昭和六十三年十一月十九日
歌碑の書　大阪大学名誉教授　犬養　孝
寄進　東大阪市石切町五（小河内出身）竹内正幸
施工　東大阪市中石切町四丁目　川端造園石材株式会社

位　置　島根県邑智郡邑南町岩屋　志都岩屋神社
除幕式　昭和六十三（一九八八）年十一月十九日
建立者　竹内正幸
寸　法　一四一×二三〇

解説

瑞穂町（現、邑南町）小河内《おごうち》出身で、東大阪市に在住の竹内正幸氏は、近畿万葉研究会に属し、長年『万葉集』を学んできた。昭和六十三年二月、故郷の親睦団体である関西瑞穂会の席上において、志都岩屋神社が地域住民の力で改修されたことを耳にした。かねてより故郷への恩返しとして、万葉歌碑建立を考えていたので、これを機会に実行に移した。

除幕式当日の朝、初雪が降り、境内に残る雪は氷と化していた。足先が痺《しび》れるほどの冷たさであった。境内では歌碑建立を寿《ことほ》ぎ、笛と太鼓が演奏されていた。

除幕式は午後二時から志都岩屋神社の神官によって執りおこなわれ、犬養先生と竹内ご夫妻の三人の手で除幕された。岩屋集落と志都の岩屋景勝保存会が主催し、瑞穂町教育委員会と町内各公民館が後援した。約百六十名が出席。竹内氏は記念品として作成した、歌碑の写真のテレホンカードを配りながら、小学生の時、志都岩屋神社へ遠足に来た思い出を語った。藁草履《わらぞうり》を履き、おむすびを持ってやって来たという。

除幕後の石見神楽の神事は念入りに、四十分に及び、式は一時間十五分もかかった。この後、引き続いて犬養先生の屋外講演が三十分あった。立ったまま寒さに震え、足踏みをしながら聴きいった。寒さ耐えられない人々は、テントの後で焚き火にあたっていた。山間の冷気の中に、犬養先生の朗唱が響いた。

平成五年十月三十日、歌碑建立五周年を記念して、竹内氏は新たに歌碑の左横に副碑を建立した。碑文は竹内氏夫人の香絮《こうじょ》さんが書かれた。上段に歌の読

み下し文、下段に現代語訳が刻されている。歌碑は生駒石《いこまいし》であるが、副碑は中国の六方石である。除幕式は同じく志都の岩屋景勝保存会が主催し、約百名が出席した。

歌碑のそばのヤエザクラやボタンザクラは、平成元年四月二日に、犬養先生の門下生である清原和義《かつよし》武庫川《むこがわ》女子大学教授が植樹した。毎年花が咲くのを楽しみにしていた清原氏は、平成九年六月九日に亡くなった。

平成十五年四月十二日、犬養・清原両先生を偲んで、「八重桜植樹之碑」が建立除幕された。碑面には、次のような竹内氏の自作詩が刻されている。

めぐり来て師の植えし桜
　ほころびて萬葉の詩
　　高らから謡い
花は歌碑に降りそそぎ
　永遠に伝えん
　　志都の里
　語り継がん
　　志都の岩屋を

第五章　内海・九州

雲居に見ゆる眉

眉《まよ》のごと　雲居に見ゆる　阿波《あは》の山　かけてこぐ舟　泊知《とまり》らずも

船　王《ふねのおおきみ》（巻六―九九八）

聖武天皇の天平六（七三四）年三月十日から約一週間、難波宮への行幸があった。この歌は、その折、船王（天武天皇の孫）が、難波西南部のどこかの海浜地でよんだものであろう。

大阪湾上、淡路島のさらに南方に、うっすらと、描かれた眉のように浮かぶ山影を望んで、阿波の山かと想像し、その海上に、漕がれゆく船を点出して、船の行方を追う渺茫《びょうぼう》の旅愁をうったえたものである。

阿波の出てくる万葉歌はこの一首だけで、こんにち、徳島市内の孤丘眉山《びざん》の山頂に、徳島市からわたくしが頼まれて筆をとった万葉歌碑が建てられている。

わたくしはかつて終戦まもないころ、帝塚山古墳の丘に立って、淡路島の夕映えを望んだことがある。雲煙のかなたに阿波と思われるようであった。そのころは帝塚山も、麦畑、大根畑などであった。古代の血沼《ちぬ》の海は、白砂青松うちつづく浜辺で、波もゆたかな奔騰をつづけていたにちがいない。やがて関西新空港もできようというこんにちでは、「眉のごと」の感動も、「泊知らずも」の詠歎も、過ぎし日の物語となるであろう。

帝塚山丘上から見た淡路の夕映えは、二度と見られぬ遠い日の残照として、「雲居に見ゆる眉」

のように、深く胸中に刻みつけられているのである。

（『おおさかふ』九号　大阪府知事室府民情報室、一九八五年八月）

居名野

志長鳥　居名野を来れば　有間山　夕霧立ちぬ　宿りはなくて

（巻七―一一四〇）

この歌の「志長鳥」は枕詞。「居名野」は、猪名川両岸一帯の平野で、地は兵庫県ながら大阪府にもまたがる広い平野である。その猪名川は、兵庫県川辺郡の山中に発して、川西市・池田市・伊丹市をすぎ、尼崎市で神崎川に入って、海に入る川である。猪名の地方は、伊丹市の南方、旧川辺郡園田村一帯の地で、いま村名を失い、すべて尼崎市に入っている。「猪名の湊」は、猪名川（神崎川）河口にあった水門だが、地形が変わってその位置を明らかにし難い。尼崎市の長州付近にあてる説（吉田氏『地名辞書』）がある。猪名野はこんにちでは、住宅が密集しているが、有間山は、この平野の西方にあちこちから見えている。飛行機が伊丹の大阪空港に着陸する前に、西方を望めば、この歌そっくりの景観を見ることができる。病理学者の大阪大学名誉教授岡野錦弥博士の努力によって、一度伐採されかかった猪名川堤防自然林が保護され残ることになったのは、ありがたいことであった。今、猪名川自然林公園として喜ばれている。碑は、猪名川ほとり、保存された自然林の傍に尼崎東ライオンズクラブによって、昭和六十三年六月十四日に建立された。地は、自然にかこまれたたのしい散策地となって、人々はふと古代猪名野の昔を偲んでいる。

（『ゐなの』四号　万葉を読む会、一九九〇年五月）

春苑桃花の歌碑に思う

四国の讃岐の国、いまの香川県には、万葉の故地としては、坂出市を中心に、その付近に若干をとどめるのみではあるが、坂出市沙弥島には柿本人麻呂の石中死人を弔う長大、雄偉な挽歌をのこしていて、顕著な光彩を放っている。かつて坂出市街の沖合二キロにあった沙弥島（現、坂出市沙弥町）は、まさに詩の島、歌の島、高邁な詩魂は、この国のかけがえのない心の宝として、美しく清らかな島の景観とともに、千古に輝くものであった。こんにちは、現実生活の開発にやぶれて、陸つづきに埋め立てられ、往年の輝きを失なってしまったことは、惜しみてもあまりあることで、せめて同島の一本松の鼻から新地山の海岸ぎわにかけてだけでも、この国の心の跡として後代にとどめたいものである。

こんにちの香川県の中心都市高松には、万葉の歌は一首もないが、高松市東山崎町在住の因藤泉石さんは、万葉の歌ごころを、この高松市になんとかとどめたいと発心され、広大な久米の大池のほとり、久米八幡宮の境内に地を卜されて、万葉の歌碑を建てるべく、今年（昭和五十七年）初めごろから揮毫をわたくしにもとめられた。わたくしは、一月の末、現地をたづねて、建てられる場所と石材を見せていただいた。宮司さんと因藤さんの熱意にも強くうたれた。広々とたたえた久米の池の眺望といい、緑に覆われた小高い丘の境内といい、恰好の場所であった。高松に万葉歌はなくとも、土地の方々の熱意を思い、環境を思えば、ここに万葉歌の一つのとどめられる意義の深さを思った。〝なんの歌がいいだろうか。〟わたくしが即座に思ったことは、大伴家持の「春苑桃花」の歌であった。場所は本殿の西隣の丘と決まった。ここに桃の木をたくさん植えてほしい。来る年の春ごとに、ここに小さいながらも桃源がひらかれるだろう。久米八幡宮の会館では、日々、結婚披露が行われるから、新しい人生の門出の人たちは、桃花の下に、古歌にうらづけられた喜びを思うだろう。また、緑蔭のもと、家持の心魂に思いを馳せるものもあろう。わたくしは「春苑桃花」のほかないと思った。

もともと、家持の「春苑桃花」の歌は『万葉集』巻第十九の巻頭をかざる歌で、題詞に、「天平勝宝二年三月一日の暮《ゆふへ》に、春の苑の桃李の花を眺《なが》矚めて作る二首」とある最初の歌で、原文は、

春苑　紅爾保布　桃花　下照道爾　出立嬬嬬　(巻十九―四一三九)

とあって、

春の苑　紅《くれなゐ》にほふ　桃の花　下照《したで》る道に　出で立つをとめ

とよまれている。

家持は、聖徳天皇の天平十八（七四六）年から孝謙女帝の天平勝宝三（七五一）年まで、推定年齢二十九歳から三十四歳までの五年間、越中国守として、いまの富山県高岡市伏木町にあった国庁に赴任していた。この歌はその折の作である。天平勝宝二（七五〇）年三月は、越中四度目の春である。永い北国の冬を脱して迎えた春であり、なによりも来年は都に帰れる安堵の気持もあり、その上、おそらくその前年には都から愛妻坂上大嬢《おおいらつめ》を迎えた充実感にみちた心境であり、永年の作歌の修練が、それらの縁に乗って、連続的にいちどに花ひらいた時である。

この歌を、二句目で切るか、三句目で切るかには、議論のあるところだが、わたくしは、一句で軽く切り、三句で切り、結句を名詞止めにしたものと考えている。まさに絵画的な構成であって、正倉院御物の「樹下美人図」を思わせるような艶美をきわめた作である。おそらく越中生活で得た、得がたい美のピークをなすものであろう。

しかも、家持が任満ちて、都に帰って以後の、政治不安、社会不安の時局のなかでの、苦難・苦衷にみちた生涯を思えば、家持全生涯のなかでの、またと生み出すことのできない記念碑的な歌である。家持が、天平宝字三（七五九）年推定年齢四十二歳の正月一日、『万葉集』の最後、家持全生涯の最後の作にあたる〝因幡の雪〟の歌を思えば、家持自身にとっても忘れえない悩みのない日の思い出であったにちがいない。

久米八幡宮の春苑桃花のもと、人生の喜びに満ちあふれる人もあってよいだろうし、深く家持の生涯を思って、日々のかけがえのない好日の貴さに思いをいたす人もあってよいだろう。あるいは、緑の下に、千古の歌ごえをよびおこす人もあってよいだろう。わたくしは、そう思って、まさに斎戒沐浴の心で拙い筆をとどめた次第である。

六月二十九日、除幕式の日は快晴であった。桃は数株が植えられていた。新婚の式をあげた人たちも見うけられた。因藤さんや宮司さんや多くの方々の懇願を入れて、書かせていただいてよかったと思った。この国の古い心の宝〝万葉〟の一粒が、この地に種子の蒔かれた感をおぼえた。

実は、種子の一粒どころではない。この讃岐の国には、すばらしい万葉の種子が蒔かれていたのだ。それは、いち、わたくしのおどろきどころではない。全日本のおどろきといってよい。それは香川県香川郡香南町〔現、高松市〕大字由佐《ゆさ》一四三番地冠纓《かんえい》神社からの宮司友安家蔵「萬葉集巻十五断簡」の発見であった。香川大学教授佐藤恒雄氏によるものである。（新聞報道につづいて、万葉学会機関誌『萬葉』第百十一号、昭和五十七年九月発行に「冠纓神社友安家蔵萬葉集巻十五断簡」として岡内弘子・佐藤恒雄両氏によって新発見天治本の詳細な紹介があった。）

讃岐と万葉のただならぬ因縁を思うのである。こうしてみると、沙弥島の故地の保存継承も、いまからでもおそくないと思われるし、久米八幡宮の〝桃源〟の末永く照り続くことを祈らないではいられないのである。

（『川添文化』二号　川添文化協会、一九八二年十二月）

万葉の倉橋島

一

天平八（七三六）年夏六月、阿倍継麻呂を遣新羅大使とする遣新羅使人の一行は、難波を船出して、瀬戸内海を三十余日の船旅をして、筑紫博多港から、度々の台風の中を、やっと玄海灘を横断し、予定よりもはるかな日数を要して朝鮮新羅にわたった。しかも、当時の対外情勢、日本に利あらず、何の使節の役も果さず、翌天平九年一月、一行は、往路の半分の人数百余名のみとなって、やっと帰国した。しかも大使は、対馬で病死した。大半は、当時、流行の天然痘に病死し、惨憺たる実情であった。

苦難の船旅の一行の、内海における労苦は『万葉集』巻十五に、詳しく歌をとどめている。その一行の、広島県安芸郡倉橋島〔現、呉市〕での旅情は、同所に、八首の歌をとどめている。倉橋島は当時長門《ながと》の島といわれていた。すなわち、

　　安芸国長門島にして船を磯辺に泊《は》てて作れる歌五首

石走る　滝もとどろに　鳴く蟬の　声をし聞けば　京都《みやこ》しおもほゆ　（三六一七）

右の一首は、大石蓑麻呂《おおいしのみのまろ》

山川《やまがは》の　清き川瀬に　遊べども　奈良の都は　忘れかねつも　（三六一八）
磯の間ゆ　たぎつ山川　絶えずあらば　またも相見む　秋かたまけて　（三六一九）
恋繁み　慰めかねて　ひぐらしの　鳴く島陰に　廬《いほり》するかも　（三六二〇）
わが命を　長門の島の　小松原　幾代を経てか　神《かむ》さびわたる　（三六二一）

長門の浦より船出せし夜、月の光を仰ぎ観て作れる歌三首

月よみの　光を清み　夕なぎに　水手《かこ》の声呼び　浦廻《うちみ》こぐかも　（三六二二）
山の端《は》に　月かたぶけば　漁《いざり》する　海女《あま》のともしび　沖になづさふ　（三六二三）
吾のみや　夜船はこぐと　思へれば　沖への方に　楫《かぢ》の音すなり　（三六二四）

の計八首の歌をのこしている。

倉橋島は、車で呉の駅から二〇分ほど東行して、音戸の瀬戸に達し、瀬戸を渡って倉橋島に入り、約一時間、宇和木峠を越えて南下すれば、倉橋町本浦の湾奥で、そこの海岸こそ、長門の島の、遣新羅使人等の仮泊した磯辺にあたる。今も大きな松林となって、青々と神さびわたる趣きである。こんにち、この松の下に万葉歌碑を立て、古代を今にしのばせている。

二

昨今、全国の自治体は、たとえ万葉の歌一首でもその地にあれば、その万葉歌を中心に、村づくり、

町づくり、市民づくりをすることが極めて盛になって来た。安芸郡倉橋町も、桂が浜の桂が浜神社の付近に、万葉の小公園を営み、万葉歌碑を立てようと、私にその歌碑の揮毫を依頼して来た。趣旨が趣旨だけに私も快諾し、ことし三月二十九日に、その除幕式が行なわれた。当日は雨天ではあったけれど、丁度同じ日同じ時間に、歌人香川進さんの短歌の歌碑も建てられ、倉橋町長の音吐で、同日、同時刻に行なわれたため、新聞報道によれば一千名を越え、事実、数百人の人々が集まった。雨天の中で盛大に行なわれた。万葉公園の近くに「万葉の里」という、みやげものを売り、喫茶も兼ねた店も開店披露を行なった。私は町長の世話で「シーサイド桂が浜荘」という海岸の宿に泊まった。大阪から来た私の教え子たち二〇人ほどは、本浦から車二〇分ほどの南の岬の先端、広島県安芸部倉橋町鹿老渡《かろうと》の宮林《みやばやし》という古い家に泊まった。鹿老渡は、岬の先端だけに、四周は海で、海岸は、キラキラ光るじゃこなど乾された好風の漁村である。近世には水駅で遊女も多く、老若男女を問わず芸能の盛なところであったという。私は、三、四十年前、鹿老渡をおとづれて、老爺、老媼の二人が海岸の船のわきに日なたぼっこをして、しかも二人とも三味線をたづさえ、ひきあっている実景を見、芸能に徹した海村である実景を目撃して驚いたことがある。卒業生らにきいてみると、旅館宮林は、落ちついた古色豊かな親切な宿で、御馳走も、忘れられない程すばらしい海幸の最高であったという。しかも低廉であったという。

三

呉からクルマで一時間半のところではあるし、夏の海水浴の期間は除いて行けば、好風、閑寂、絶好の万葉旅行ができよう。新幹線は広島にしか止まらないから、広島からすれば、クルマで二時間あまり、評判のいい鹿老渡の宮林に泊まり、本浦の海岸でゆっくり遊び、最近、倉橋島で造った遣唐船が海岸にあげてあるのを見、万葉小公園に寄って歌碑を眺め、桂が浜神社に詣うで、〝万葉の里〟に小休憩したら、ゆっくりとたのしい万葉の旅が出来るであろう。万葉倉橋島のたのしさを充分味わうことが出来るにちがいない。夏の終り、海岸の林から、ヒグラシの鳴く声がきこえてくれば、

恋繁み　慰めかねて　ひぐらしの　鳴く島陰に　廬するかも　（三六二〇）

の遣新羅使人の旅情は、現にこの海岸に生きているかの錯覚におそわれるのだ。真夏のさかりの月曜日などは、海水浴客の雑沓で論外であろうけれども。呉から、音戸の瀬戸を渡って倉橋島に入るあたりも、平清盛の昔を思うまでもなく、好風の珍しい海景である。

倉橋島の東出には、広島県豊田郡安芸津《あきつ》町〔現、東広島市〕風早《かざはや》の湊もあって、

わが故に　妹歎くらし　風早の　浦の沖辺に　霧たなびけり　（三六一五）

の、遣新羅使人の妻恋いの慕情も、しのばれるのである。

（『歌姫』九号　武庫川女子大学国文学会万葉風土研究会、一九九二年六月）

印象深い万葉さいはての地

『万葉集』の中で、日本の西のさいはての故地は、長崎県南松浦郡〔現、五島市〕五島列島・福江島の北西部、三井楽《みいらく》である。わたくしは、昭和三十六年ごろ、当時『万葉の旅』を執筆中であったが、『万葉集』の所出の地名総延べ数で約二千九百五十ほどのうちに、未踏査のところは三井楽だけだったから、三十六年の春四月に五島に行った。

長崎から朝八時、船が出て福江には正午に着いた。それから島の中を車で二時間で三井楽である。三井楽に一泊、翌日、三井楽湾奥の、白良《しらら》の浜から畔《くろ》、八《はち》の川、後網《あとあみ》、高崎と海岸づたいに半島部を歩いて柏崎の港に着いたのはひるすぎである。『肥前風土記』によれば、遣唐船は三井楽に日本の最後の夜をすごして、東支那海に船出したという。

白良の浜は広大な砂浜で、海豚《いるか》供養のための海豚塚があちこちに見られ、遠浅の海岸でわたくしは後にここで泳いだこともある。

半島部は、京《きょう》ノ岳《だけ》が造る熔岩台地だから、海岸線は主として突兀《とっこつ》たる熔岩の絶壁が多く、紺碧の海は熔岩の下から広大につづき、白波を立て、見るからにさいはての地らしい荒涼さにあふれている。中央台地は、全体に芝生で、菜の花が咲き、赤い椿の森がところどころ。わたくしは海岸づたいに、漁村に出、岬にのぼり、椿の林をくぐり、ひとり夢うつつのような、夢中の気持で歩いて、海に向かって嘆息した。

よくも全国の万葉故地を一つ抜かさず歩いたものだなあ。ついにこれで全部の地を歩くことになる。洋上に五島の島々を望むとき、ついに〝万葉の風土〟が生きた実相のまま、わが身の中にじっくりとはいって来るような、さわやかな興奮を味わった。岬の草も漁村の網も一つ一つが印象づけられる思いであった。黒牛の点々とする芝生を歩いていると、逃げないウグイスが、脚もとで鳴く。海岸の崖下からも鳴く。あたかも天国をゆく思いであった。

　向こうからお婆ちゃんと孫がきれいな服装をしてやってくるのとすれちがった。お婆ちゃんの胸にも大きな十字架が、子どもの洋服の上にも十字架がさがっている。わたくしはここが〝キリシタン〟の島であることも忘れていた。丘から見おろす漁村の中でも教会だけが、目立つ立派さである。人口の八割が旧教徒の地であることを思い出した。今日は日曜ではないか。安息日で、教会にお祈りにいって、お婆ちゃんたちはその帰りなのだ。

　静かな島の姫島が浮かぶ北の突端部から、柏崎の湾入部が近づくと、四隻の遣唐船の泊る昔も彷彿とする。見ればここの灯台守も、今日一日の安息らしく、灯台の下の日溜りで食事をとっている。これで万葉の故地を全部歩いた喜びと安堵は、三井楽の岬の春の景観とともにわたくしの中からはなれない。

　平成元年四月、三井楽の役場の人が突如わたくしの家に見えて、万葉のさいはてに万葉歌碑を建ててほしいという。万葉には、巻十六に「志賀白水郎歌十首」というのがあって、博多湾の志賀島の荒雄《あらお》という漁師が、聖武天皇の神亀年間のこと、大宰府の任命で対馬に糧食を送る船の船頭にあてられた宗形部津麻呂《むなかたべのつまろ》の申出に代わって、友情からこの任を買って出て、五島列島・美弥良久《みみらく》の崎より対馬をさし、糧食をのせ出船したまま、暴風雨にあって消息を絶った。そのあとにのこる妻子の歌、あるいは山上憶良の作かというのがある。三井楽にその碑を建てるとは快適のことだから、快諾した。

除幕式はことし九月の十六日である。わたくしは空路福岡で乗り換えて、おひる前には福江に着いた。三井楽は今日は万葉フェスティバルとて大変なにぎわいである。町役場の人は「さいはての地、万葉の古里」と染め出した半纏を着て、町長以下町じゅうのまつりである。大阪からも学生、一般人百名近く、飛行機を貸し切りのようにして来た。

白良の浜には「志賀白水郎歌十首」の第一歌の歌碑と、銅板に左注全部が刻まれていた。白良の湾から北へ向けてみごとに立って、二百名の参加で盛大に行なわれた。

終わって、三井楽から、ことし広島の倉橋島でつくられた遣唐船「飛帆号《へいふあん》」が廻船され、ここから柏崎まで記念航海をするという。自衛隊は〝蛇踊り〟をやってくれた。町長も船に乗られた。わたくしはクルマで船を追いつつ柏崎へと向かった。花火とともに出船した。〝遣唐船〟はさながらの趣で、印象鮮かな紺碧の海に、太陽をいっぱいうけて、小船に守られ進んでいる。わたくしは、高崎鼻の芝生で、岬から手をふって、村長の会釈にこたえた。飛帆号は案外はやく見る見る姫島をすぎて柏崎に近づくようである。わたくしは三十年前の、〝万葉の風土〟の興奮の日を思い出していた。時は三十年過ぎているのである。

柏崎の港では船の乗り心地、陸からの眺め心を語りあった。ここでも自衛隊は〝蛇踊り〟を見せてくれた。三井楽の町は、町をあげて万葉フェスティバルに素朴に興奮しているのだ。わたくしは、心からなる歓迎に、感謝の心いっぱいの感激である。
わたくしは、三井楽に着くとすぐ近くの嵯峨の島に案内いただいた。嵯峨の島は、富士山型の噴火山と箱根のような塊状火山とが、ひとつの小島に共にある地理上珍しい島である。わたくしは、ここに後も、数回行っているが、三十年ほどの間に随分、様がわりをしている。変わらないのは、断崖の熔岩のくずれと、白波をたたえた紺碧の海のひろがりばかりだ。白良の浜を去っていった志賀の荒雄の楚々としたそぶりも、またまぶたから離れない。

（『産経新聞』〔夕刊〕、一九八九年十一月三十日）

猪名野万葉歌碑

いなのまんようかひ

志長鳥《しながどり》 猪名野《ゐなの》を来《く》れば 有間山《ありまやま》 夕霧立《ゆふぎりた》ちぬ 宿《やどり》は無《な》くて

（巻七―一一四〇）作者未詳

（志長鳥）猪名野《いなの》へやって来ると、夕霧が立ってきた。泊まるべき宿もないのに。

46

碑面

志長鳥
居名野乎来者
有間山
夕霧立
宿者無而
考書

位置 尼崎市椎堂一丁目 猪名川自然公園
除幕式 昭和六十三（一九八八）年六月十四日
建立者 尼崎東ライオンズクラブ
寸法 一二九×二二〇

解説

猪名川《いながわ》公園の真ん中を南北に、大阪府と兵庫県の県境が走っている。万葉歌碑が面している散策小道の東側は、大阪府豊中《とよなか》市。歌碑は兵庫県尼崎市側に位置している。

歌碑は小豆《しょうど》島の自然石。高さは約一・三メートル、幅は二メートル余もあるが、樹木の中に立っているので、小道を歩いていると大きな岩が道端に置いてあるような感じがする。歌碑の右横に副碑がある。表には歌の読み下し文、裏には「昭和六十三年六月贈尼崎東ライオンズクラブ」と刻されている。犬養先生は、地元園田のグループ「万葉菜《な》摘《つみ》会」の講師をしていたので、選歌と揮毫を引き受けた。

除幕式には約八十名が出席。犬養先生と「尼崎東ライオンズクラブ」会長の藤沢市太郎氏、尼崎市教育長の福島輝喜《てるよし》氏の三人が除幕した。引き続きその場で犬養先生は、歌碑の歌の朗唱と解説をおこない、福島氏と大阪大学名誉教授の岡野錦《きん》彌《や》氏が祝辞を述べた。

春苑桃花の万葉歌碑

しゅんえんとうかのまんようかひ

45

春《はる》の苑《その》　紅《くれなゐ》にほふ　桃《もも》の花《はな》　下照《したて》る道《みち》に　出《い》で立《た》つをとめ

（巻十九―四一三九）大伴家持《おおとものやかもち》

春の園に紅色に照り映《は》えて咲いているモモの花。その木の下まで輝いている道に、立っている乙女よ。

碑面

万葉植物苑

大伴家持

春苑紅尓保布桃花

下照道尓出立媙嬬

孝書

裏面

揮毫

大阪大学名誉教授

文化功労者

犬養　孝先生

建立

昭和六十三年五月十日

西宮市長

八木米次

位　置　西宮市西田町

西田公園

除幕式　昭和六十三(一九八八)年五月十日

建立者　西宮市
寸　法　一六〇×一五〇

解説

阪急電鉄神戸線の夙川《しゆくがわ》駅から線路沿いに東へ約六百メートル歩くと、住宅地の中に割り込むようにして小丘陵の西田公園がある。ここに昭和六十三年五月十日、万葉植物苑が開苑した。公園の広さは一万七千平方メートル、うち約八千平方メートルが整備されて植物苑となった。

植物苑には西宮《にしのみや》市の環境に合う万葉植物七十二種を選び、高木二百五十本、低木五千本、草花九千株が植えられた。苑内は山・野・都のゾーンと各ゾーンの境目の接合ゾーンに区分されている。すべての万葉植物には万葉歌や花期を記した陶製の説明板が添えられ、また、平屋の管理センターを〝都〟の建物に見立て、その正面に向き合う位置に万葉歌碑が立っている。歌碑は小豆島《しょうど》産の安山岩《あんざん》である。

除幕式は午前十時から約二百名が出席しておこなわれた。八《や》木米次《ぎよねじ》市長は「心豊かなふるさとを作る公園として市民に愛されるように」と挨拶、犬養先生は「西宮の誇りとして、日本一の万葉公園になるように植物を大切にしてほしい」と祝辞を述べた。除幕後、ウメ三本を記念植樹し、当日の出席者には万葉植物を植えた小鉢がプレゼントされた。

さらに午後一時半より西宮市民会館にて、犬養先生の「万葉のこころ」と題する記念講演があり、会場は千三百名の聴衆で満席となった。五月十日のこの日から二十二日まで、市民ギャラリーでは「絵と書でつづる万葉展」が催された。日本画家の青山政吉氏は水彩画の「万葉百景」を、犬養先生は花にちなんだ歌を万葉仮名で書いた色紙五十点を展示した。

一年後、管理センター内に図書とビデオを収めた「万葉文庫」が開設された。植物苑のガイドブックは平成三年三月に、清原和義《かつよし》著『万葉の花と西宮』（西宮文化振興財団）として刊行された。また、植物苑の解説リーフレットも作成された。

さらに平成二年度から北山緑化植物園を窓口として、西宮市は「にしのみや万葉セミナー」を毎年開催している。平成十九年三月四・七日の両日の第十七回は、犬養先生の生誕百年記念としておこなわれた。

室津万葉歌碑

むろつまんようかひ

15

玉藻《たまも》刈《か》る　唐荷《からに》の島《しま》に　島廻《しまみ》する　鵜《う》にしもあれや　家思《いへおも》はざらむ

（巻六―九四三）山部赤人《やまべのあかひと》

玉藻を刈る辛荷の島のまわりで魚を捕る鵜であったなら、家のことを思わずにいられるだろうか。

碑面

山部赤人

玉藻苅
辛荷乃嶋尓
嶋廻為流
水烏二四毛有哉
家不念有六

孝書

（以下省略）

裏面

揮毫　犬養　孝氏
建立　昭和五十四年十一月三日
室津友交クラブ

位　置　たつの市御津町室津藻振鼻
除幕式　昭和五十四（一九七九）年十一月四日
建立者　室津友交クラブ

寸　法　六三×九〇

解説

「室津《むろつ》で食べるアナゴ弁当は最高だね」。犬養先生は兵庫県御《み》津《つ》町の室津（現、たつの市）に行くと必ずきむら旅館に立ち寄った。最近では、高速のクルーザーに乗って、たやすく沖《おき》ノ唐荷《からに》島まで行くことができるが、歌碑建立のころまでは小さな漁船に乗り、波に揺られて島に渡った。「一日中、沖ノ唐荷島で潮干《しおひ》狩《が》りをしながらのんびりできたら、どんなにいいだろう」。犬養先生の口癖であった。

　昭和五十四年九月、「室津友交クラブ」は結成五周年記念行事として、万葉歌碑建立を決定した。十月二十八日に、アフリカ産の黒御影石の歌碑が重さ五トンの自然石の上に設置され、歌碑の周囲にススキとハギが植えられた。

　歌碑の裏面には、建立日を十一月三日と刻しているが、除幕式は十一月四日午前十一時に始まり、十二時からきむら旅館で祝賀会が催された。この月の末ごろに歌碑の防護柵が設置された。除幕式の記録は『五周年記念誌』（室津友交クラブ、昭和五十五年八月二十八日）に載っている。

鳴島万葉歌碑

なきしままんようかひ

27

室《むろ》の浦《うら》の　湍門《せと》の崎《さき》なる　鳴島《なきしま》の　磯《いそ》越《こ》す波《なみ》に　濡《ぬ》れにけるかも

（巻十二―三一六四）作者未詳

室の浦の潮流の速い海峡にある鳴島の、磯を越す波に濡れてしまった。

碑面

室之浦之
湍門之埼有
鳴嶋之
礒越浪尓
所沾可聞
　孝書

台座

昭和五十八年三月二十日
相生市文学碑設立協会

副碑（部分）

書は阪大名誉教授犬養孝氏、東方、室津の港から、

この岬の突端までを「室の浦」とよんだ。岬に接して眼下に浮かぶのが「鳴島」（現呼称君島）である。そして、この地形のようにせばめられた水路を湍戸という。作者は西海を目指す途

中、ここに立ち寄ったのであろう。その鳴島の磯越す波しぶきに、思わず濡れたことよと、前途遥けさを思う。或いはまた、顧みて雲の彼方に大和島根をそれと望みみたのであろうか。作者不明である。

位　置　相生市金ヶ崎

除幕式　昭和五十八(一九八三)年三月二十日

建立者　相生市文学碑設立協会

寸　法　一一〇×一八〇

解説

相生市は「造船の町」で知られた典型的な企業城下町であったが、昭和六十二年に造船業は歴史の幕を閉じた。このような状況下、歴史や文化を基礎にした市民ぐるみの市の活性化が提唱された。その一助として、昭和五十七年五月九日に「相生市文学碑設立協会」が発足し、市内に十三基の文学碑を建てることになった。折しもこの年は市制四十周年であった。

除幕式の時に先生は、「金ヶ崎からの眺望《ちょうぼう》は瀬戸内万葉の大パノラマであり、この地以外にこれほどの場所はない」と絶賛した。これを機に金ヶ崎は「万葉の碑」と命名された。歌碑は小豆島産の自然石。碑の左手前に解説を記した副碑がある。

家島万葉歌碑

いえしままんようかひ

39

家島《いへしま》は　名《な》にこそありけれ　海原《うなはら》を　吾《あ》が恋《こ》ひ来《き》つる　妹《いも》もあらなくに

（巻十五―三七一八）遣新羅使人《けんしらぎしじん》

家島《いえ》とは名ばかりだった。ここには海原をわたしが恋い慕って来た妻もいないのに。

碑面

遣新羅使人
伊敝之麻波
奈尓許曽安里家礼
宇奈波良乎
安我古非伎都流
伊毛母安良奈久尓

考書

副碑（部分）

天平八年　夏六月、大使阿倍継麿ら一行は武庫の浦を船出、瀬戸内海を西航し、苦難の末に新羅に到達したものの、彼の地では冷遇され、失意のうちに帰路につき、翌九年一月大使を対馬に失って入京。万葉集巻十九の前半に、往路の歌百四十首、帰路の歌五首が収められている。ここに刻まれたものは帰路の歌の一首めである。

歌意は、家島は名前ばかりだなあ、長い航海の間ずっと恋い焦がれていた妻もいないんだから、という。京まで旬日の距離をのこすばかりになった。家島の家という名に限りない旅情を感じているのである。

この碑文は、万葉学者　犬養　孝博士御揮毫による。文字は万葉仮名である。

昭和六十一年七月吉日

位　置　姫路市家島町　家嶋神社

除幕式　昭和六十一（一九八六）年七月十九日

建立者　高島軍治

寸　法　一二〇×一八〇

解説　庵治石《あじいし》（高松市庵治町産の花《か》崗岩《こうがん》）の万葉歌碑は、家嶋神社の鳥居の傍《かたわ》らに立っている。参道に対して少し斜めに位置しているのは対岸に見える綾部《あやべ》山（室津《むろつ》富士）に向き合うようにしたためである。室津の藻振鼻《もぶりはな》には、犬養先生揮毫の歌碑があるので、相呼応するように意識した。

姫路市家島町（当時、飾磨郡家島町）の高島軍治《ぐんじ》氏は、経営する旅館に宿泊したＮＨＫの家島取材陣から、犬養先生のことを知り、歌碑建立を計画した。歌碑には建立者名も建立の経緯も、いっさい刻されていない。揮毫歌は作者未詳なので、どこの誰が、いつ、どういった経緯で建立したか、あえて碑の裏面に刻さなかったのである。建立当初、歌碑の右横に木製の解説板があったが、朽ちてしまった。いつしかすべての記録が不明となっていくのも、一興と思ったのである。除幕式には関係者三十名ほどが集まった。

時移り平成十三年十月、家嶋神社は新築された。これを記念

して二基の石灯籠と玉垣、さらに歌碑の前に副碑が設置された。特に副碑だけは奮発して茨城県の稲田石を用いたという。金山繁美氏が作成した副碑の文章は、朽ち果てて撤去された木製解説板の文章と同じである。これによって、歌碑の記録は後世に伝えられることになった。

春苑桃花の万葉歌碑

しゅんえんとうかのまんようかひ

25

春《はる》の苑《その》　紅《くれなゐ》にほふ　桃《もも》の花《はな》　下照《したて》る道《みち》に　出《い》で立《た》つをとめ

（巻十九―四一三九）大伴家持《おおとものやかもち》

春の園に紅色に照り映《は》えて咲いているモモの花。その木の下まで輝いている道に、立っている乙女よ。

碑面

春苑
紅尓保布
桃花
下照道尓
出立嬬嬬
　孝書

副碑（部分）

今年正月、当地瀬戸内文化講座の来県を機縁に、大阪大学名誉教授・犬養孝先生は、川添の地を逍遥、親しく当宮に参詣された。その深い学殖と芸林を偲び、日本人の心、万葉の妙なる言霊を伝えるため、有志相集い、ここに万葉歌碑を建立した。

銘文は、屋島、八栗五剣山を借景に映える神苑、並びに華燭の殿堂神明殿の弥

栄にちなみ、最も艶麗なる秀歌を選んだ。
犬養孝先生染筆にかかる万葉歌碑としては、第二十四番目をしるす。貴き哉、美しき哉、けだし、玉藻よし讃岐国の至宝である。
昭和五十七年六月二十九日建立

位置 高松市東山崎町 久米石清水八幡宮
除幕式 昭和五十七(一九八二)年六月二十九日
建立者 川添文化協会・久米石清水八幡宮
寸法 一三〇×一九〇

解説

香川県高松市東山崎町に住む因藤泉石《いんどうせんせき》氏はジャーナリストとして活躍する一方、雑誌『川添《かわぞえ》文化』を発行し、川添地区の歴史や文学にも多大な関心を寄せてきた。

高松市には万葉の歌は一首もないが、万葉の歌心をここにもとどめようと思い、昭和五十七（一九八二）年の初めごろに、犬養先生に相談した。先生は即座に、大伴家持の「春苑桃花」を選んだ。一月二十四日、高松から徳島へ向かう途中、因藤氏の案内で建碑予定地の久米《くめ》石清《いわし》水八幡宮《みずはちまんぐう》を訪れた。社《やしろ》前には広大な久米池が広がり、屋《や》島や八《や》栗《くり》五《ご》剣《けん》山が遠望できる。

除幕式には約百二十名が参加した。歌碑の文字は機械彫りではなく、薬研《やげん》彫り（手彫り）である。因藤氏は「万葉歌碑建立覚え書き」を『川添文化』第二号（川添文化協会、昭和五十七年十二月）に記している。

除幕式当日、近くの老爺《ろうや》が「万《まん》葉」の文字を見て、今日は万葉《ば》についての会合があると思ったという。香川県東部では、高《たか》菜《な》のことを万葉《まんば》という。

ゆくりなき邂逅碑　M5

ゆくりなき邂逅

文学博士　犬養　孝

これは、先年　先生が郷土にかえってこられたとき、「桜こもりに」宴をして迎えて下さったときの思い出によられるという。お歌の趣きで、地形環境は手に取るように浮かび、「花の橋」で、爛漫とした花にかこまれ「桜ごもりに」、郷土の自然と人とのあたたかさに陶酔する気持もおどるように再現されて、作者の感謝と感動の躍如とおどりあがるものがある。

郷土出身の作者にしてはじめて可能の世界である。

わたくしは、郷土にぴったりの歌碑の建てられたこ

とを、郷土のために、氏のために最高に喜びとするところである。

結成十周年記念
　宇佐神社崇敬会
　　昭和六十一年五月

位　置　香川県さぬき市長尾町
　　　　宇佐神社
除幕式　昭和六十一（一九八六）
　　　　年五月三十一日
建立者　宇佐神社崇敬会

解説

香川県には万葉歌碑ではないが、もう一基、犬養先生の文章を刻した碑がある。香川県立亀《き》鶴《かく》公園の西に接して、宇佐神社が鎮座している。神社の正面入り口の南に、香川進《かがわすすむ》氏の歌碑、「鶴山ゆ　亀島にわたる　花の橋　桜ごもりに　うたげするかも」がある。その左に、香川氏を称《たた》えた顕彰《けんしょう》碑が並んでいる。「ゆくりなき邂逅《かいこう》」と題した文章を拡大し、犬養孝の署名がある。文章は因藤氏の依頼により、『四國新聞』に発表した一部分である。昭和六十一年五月三十一日におこなわれた歌碑の除幕式には、犬養先生は所用のため出席できなかった。また、広島県呉市倉橋《くらはし》町の万葉植物苑には、犬養先生の万葉歌碑（69）と香川氏の歌碑が向き合って立っている。お二人の縁を思わせる。

眉山万葉歌碑

びざんまんようかひ

30

眉《まよ》の如《ごと》　雲居《くもゐ》に見《み》ゆる　阿波《あは》の山　かけて漕《こ》ぐ舟《ふね》　泊《とまり》知《し》らずも

（巻六―九九八）船王《ふねのおおきみ》

眉《まゆ》のように雲の遥《はる》かかなたに見える阿波《あわ》の山、そこを目指して漕いで行くあの舟は、今夜どこの港に泊まるのだろうか。

碑面

船王
如眉
雲居尓所見
阿波乃山
懸而榜舟
泊不知毛

孝書

台座（部分）

万葉学の泰斗大阪大学名誉教授犬養孝先生の御染筆により　こゝに万葉歌碑を建立する

昭和五十八年六月十八日
徳島市長　山本潤造
撰文　河野通良

位　置　徳島市眉山山頂
除幕式　昭和五十八（一九八三）年六月十八日

船王
如眉
雲居尓所見
阿波乃山
懸而榜舟
泊不知毛
孝書

建立者　徳島市

寸　法　一五〇×二四〇

解説

徳島県には万葉の地名は一つしかない。「阿波の山」である。徳島市のシンボル、眉山《びざん》はこの万葉歌によって命名されたと言われている。吉益護氏の説によれば、「びざん」の初見は亨《きょう》保《ほう》九（一七二四）年四月、有賀《ありが》長伯《ちょうはく》が徳島城内で詠んだ「眉山の霞《かすみ》」と題する和歌という。むろん眉の如き「阿波の山」は特定の一山を指しているのではない。

昭和五十七年五月、犬養先生は遺新羅使人《けんしらぎしじん》の足跡を訪ねる韓国旅行をした。そのツアーに徳島市の河野通良氏が参加していた。旅から帰って間もなくして、河野氏は徳島市長の山本潤造《じゅんぞう》氏に、徳島にも市のシンボルとして万葉歌碑を建てたいと提案した。

那賀川町《なかがわ》（現、阿南市）在住の米沢幸則《よねざわゆきのり》氏の協力も得て、建碑の話は進展していった。翌五十八年三月三十日に、犬養先生は建碑場所と碑石として用いる阿波特産の青石を下検分するため、徳島市を訪れた。

除幕式は、当日午前十一時から始まり、約四十名が参列した。犬養先生と山本市長の二人が、除幕の綱を引いた。歌碑の台座の解説文は、河野氏の手による。午後一時半からは建設センターで、「万葉の心」と題した犬養先生の記念講演が催された。予定していた五百名分の整理券は足りなくなり、約七百名もが聴講した。会場は熱気に包まれ、講演後のサイン会は一時間近く続いた。河野氏は歌碑建立に至る思い出や関連新聞記事を、『わが惜春賦』（私家版、一九九一年九月）として刊行した。

さわらび万葉歌碑

さわらびまんようかひ

29

石《いは》ばしる　垂水《たるみ》の上《うへ》の　さわらびの　萌《も》え出《い》づる春《はる》に　なりにけるかも

（巻八―一四一八）志貴皇子《しきのみこ》

岩にぶつかってしぶきをあげて流れ滝のほとりの、ワラビが芽を出す春になったことだ。

眉山万葉歌碑

びざんまんようかひ

26

眉《まよ》の如《ごと》　雲居《くもゐ》に見《み》ゆる　阿波《あは》の山　かけて漕《こ》ぐ舟《ふね》　泊《とまり》知《し》らずも

（巻六―九九八）船王《ふねのおおきみ》

眉《まゆ》のように雲の遥《はる》かかなたに見える阿波《あわ》の山、そこを目指して漕いで行くあの舟は、今夜どこの港に泊まるのだろうか。

群竹万葉歌碑

むらたけまんようかひ

34

我《わ》がやどの　いささ群竹《むらたけ》　吹く風《かぜ》の　音《おと》のかそけき　この夕《ゆふへ》かも

（巻十九―四二九一）大伴家持《おおとものやかもち》

わたしの家のわずかばかりの群竹に、吹く風の葉ずれの音の、かすかなこの夕方よ。

碑面　29

志貴皇子
石　激
垂見之上乃
左和良妣乃
毛要出春尓
成来鴨
孝書

裏面

揮毫
大阪大学名誉教授
文学博士　犬養　孝先生
建立者
那賀川町文化財保審議会
会長　米沢幸則
昭和五十八年六月建立

位置　阿南市那賀川町苅屋《かりや》町民センター前庭・万葉の苑
除幕式　昭和五十八（一九八三）年六月十八日
建立者　米沢幸則
寸法　八五×一一〇

命名碑　M4

萬葉之苑

裏面

命名揮毫

文学博士　犬養孝先生

昭和五十九年二月建立

位置　阿南市那賀川町苅屋町民センター前庭・万葉の苑

建立日　昭和五十九(一九八四)年二月

建立者　米沢幸則

碑面　26

如　眉
雲居尓所見
阿波乃山

懸而榜舟
泊不知毛
孝書

位　置　阿南市那賀川町中島
米沢幸則邸
建立日　昭和五十八（一九八三）年三月
建立者　米沢幸則
寸　法　五三×五三

碑面　34

和我屋度能

伊佐左村竹
布久風能
於等能可蘇氣伎
許能由布敝可母
孝書

裏面

昭和五十九年八月四日

犬養　孝

位　置　阿南市那賀川町中島
米沢幸則邸

建立日　昭和五十九（一九八四）年十一月上旬

建立者　米沢幸則

寸　法　六七×九三

命名碑　Ｍ３

左和良妣庵

裏面

命名揮毫
文学博士犬養孝先生
昭和五十九年二月建立

位　置　阿南市那賀川町中島
米沢幸則邸

建立日　昭和五十九（一九八四）年二月

建立者　米沢幸則

解説

眉《び》山山頂の万葉歌碑（30）が除幕された同じ日に、それに先立ち徳島県那賀《なか》郡（現、阿南市）那賀川《なかがわ》町で、もう一基の万葉歌碑（29）の除幕式がおこなわれた。同町中島在住の米沢幸則《よねざわゆきのり》氏は『万葉集』を学び、こよなく親しんでいる。犬養先生の現地講義や講演を聴くため、しばしば徳島から奈良や大阪にやって来た。その熱意が故郷における万葉歌碑建立となって実を結んだのである。

歌は犬養先生がもっとも好んでいた万葉植物の歌、さわらびの歌が選ばれた。歌碑の周囲には万葉植物が植えられ、町民センター前庭は「万葉の苑《その》」と名付けられた。米沢氏は、歌碑建立の翌年、昭和五十九年二月には、先生が揮毫した「萬葉之苑」命名碑（Ｍ４）を建てた。

歌碑の除幕式は午前九時から始まり、米沢氏の二人の孫が除幕の綱を引いた。参加者は約四十名。十一時から徳島市の眉山山頂の歌碑の除幕式が予定されていたので、一同は慌ただしく自動車に分乗して出発した。

米沢氏の邸内にも犬養先生揮毫の万葉歌碑が二基ある。一基（26）は眉山山頂の歌碑（30）と同じ歌が、昭和五十八年三月に建立された。これは町民センター前庭に歌碑を建てるにあたって、阿南《あなん》市の石工、菊本氏に試し彫りをしてもらったものである。

もう一基（34）の由来は次の通りである。犬養先生のビデオ『万葉の歌びと（上・中・下）』（東京書芸館、一九八四年）が制作された際に、米沢氏は推薦文を書いた。犬養先生は米沢氏にそのお礼として色紙に歌を書き、これを拡大写刻したのである。碑の裏面の文字も先生の揮毫を拡大写刻している。「昭和五十九年八月四日」の日付は、建立日を予測して、先生が色紙に書いたが、実際には十一月の上旬になった。

また、この歌に因《ちな》んで米沢邸の茶室を犬養先生が「左和良妣庵」と命名したので、傍《かたわ》らにその命名碑（Ｍ３）が昭和五十九年二月に建立された。万葉風雅の世界に学び遊ぶ米沢氏の思いに、犬養先生が唱和した感がする。

また、邸内には米沢氏揮毫の万葉歌碑、「春苑　紅尓保布　桃花　下照道尓　出立嬬嬬」（巻十九―四一三九）の歌碑もある。

額田王万葉歌碑

ぬかたのおおきみまんようかひ

126

茜《あかね》さす　紫野《むらさきの》行《ゆ》き　標野《しめの》行《ゆ》き　野守《のもり》は見《み》ずや　君《きみ》が袖《そて》振《ふ》る

（巻一―二〇）額田王《ぬかたのおおきみ》

（あかねさす）紫野を行き標野を行って、野守は見ているではありませんか、あなたが袖を振っているのを。

碑面

茜草指
武良前野逝
標野行
野守者不見哉
君之袖布流
孝書

解説板

茜さす　紫野行き　標野行き　野守は見ずや　君が袖振る
『万葉集』巻一―二〇
文化功労者・大阪大学名誉教授　犬養　孝

平成十二年十月吉日
美作万葉の会　建之

位置　岡山県久米郡久米南町里方　笛吹川歌碑公園
除幕式　平成十二（二〇〇〇）年十一月四日

建立者　美作万葉の会

寸　法　九一×一三五　黒御影石嵌込み

解説

岡山県と久米郡久米南町は平成六年から平成八年まで、三年かけて片目川の河川整備をおこなった。誕生寺の墓地の裏手の開運橋から約百メートル上流の長寿橋にかけて、川の右岸と河川敷に歌碑や句碑・文学碑が立ち並んでいる。石はすべて徳島産の青石である。万葉歌碑は犬養先生の揮毫歌一基だけである。

地元の中島義雄氏が万葉歌碑建立を思い立ったきっかけは、昭和四十二年春に、犬養先生が津山市で講演をした帰途、立ち寄られたことによる。歌碑の文字は、平成十年六月六日に横浜で催された犬養先生の卒寿祝賀会で、中島氏が福引で当てた色紙が用いられた。

除幕式は平成十二年十一月四日午前十一時に開会。最初に久米南町観光協会傘踊り部会による演技や、津山市河中多喜男社中による鶴丸太鼓の演奏があった。続いて中島氏が経過報告し、岡山県建部建設事務所の田部利夫・久米南町長の河島建一・久米南町議会議長の坂口勉の各氏が祝辞を述べた。除幕は一基ずつ、中島子風氏（コロンビアレコード専属）のテープによる朗詠ののち、おこなわれた。犬養先生の歌碑は、岡山県歌人会の窪津春子・名木田玲子両氏が除幕した。約百四十名の出席者には、『笛吹川（片目川）歌碑公園第二次除幕式』の冊子が配られた。

倉橋島万葉歌碑

くらはしじままんようかひ

69

わが命《いのち》を　長門《ながと》の島《しま》の　小松原《こまつばら》　幾代《いくよ》を経《へ》てか　神《かむ》さびわたる

（巻十五―三六二一）遣新羅使人《けんしらぎしじん》

我が命よ、長かれと祈る長門の島の小松原よ、いったいどれくらいの年月を経て、このように神々《こうごう》しい姿をしているのか。

碑面

萬養集遺跡長門嶋之碑
遣新羅使人
和我伊能知乎
奈我刀能之麻能
小松原
伊久与乎倍弖加
可武佐備和多流
孝書

揮毫
大阪大学名誉教授
甲南女子大学名誉教授
文化功労者
犬養孝

建立
町制四十周年記念
平成四年三月吉日
倉橋町

位置　呉市倉橋町本浦　万葉植物公園

除幕式　平成四（一九九二）年三月二十九日
建立者　倉橋町
寸　法　一三七×五五〇

解説

倉橋島は長い狭門《せと》をもつので、奈良時代には長門の島とも呼ばれ、長門の浦は倉橋町本浦《ほんうら》といわれる。今日呉市は、本浦の桂《かつら》ヶ浜《はま》を「長門の島の　小松原」として、歴史と文学による町おこしをおこなっている。

犬養先生の万葉歌碑は、万葉植物公園の入り口に立っている。横長の白壁のような堂々たる歌碑である。歌碑の右前には、「町制施行四十周年　犬養先生来町記念植樹」（平成四年九月吉日）の案内板も立っている。歌碑と向かい合う位置に、香《か》川《がわ》進《すすむ》氏の歌碑、「いにしへは　なつかしきかな　わだつみに　浮寝したりし　うたひとありぬ」も建てられ、同じ日に除幕された。

除幕式は午前九時半からおこなわれ、桂ヶ浜に二百名ほどの人々が集った。引き続いて、十時から特産品販売所「万葉の里」の落成式が行われた。十時半からは、総合体育館で、「萬葉のこころ—たましひ—」と題する犬養先生の記念講演があり、古代衣装による遣唐使行列も披露された。この日の「遣唐使船まつり」には、町内外の人々約二千名が参加した。

秋の七草万葉歌碑

あきのななくさまんようかひ

87

秋《あき》の野《の》に　咲《さ》きたる花《はな》を　指折《およびを》り　かき数《かぞ》ふれば　七草《ななくさ》の花《はな》

（巻八—一五三七）山上憶良《やまのうえのおくら》

秋の野に咲いている花を指折って数えてみれば、七種類の花がある。

碑面

山上臣憶良
秋野尓
咲有花乎
指折
可伎数者
七種花

左横（横書き）

考書
創立40周年記念
万葉歌碑建設
万葉の森改修拡充工事
徳山ロータリークラブ

1994・4・1

位　置　周南市若草町　周南緑地（西緑地）万葉の森
除幕式　平成六（一九九四）年四月十四日
建立者　徳山ロータリークラブ

解説

昭和五十二年五月十五日、「国際ロータリアン」及び「徳山ロータリークラブ」は、京都大学演習林の跡地を利用して万葉の森を造り、徳山市（現、周南市）に寄贈した。これはその二年前に、国際ロータリー第三六九地区年次大会が、徳山市で開催されたことを記念する事業であった。さらに平成六年四月には、徳山ロータリークラブ創立四十周年を記念する、万葉の森改修拡充工事が完了した。面積は八百四十四平方メートルも増え、二千六百平方メートルとなった。万葉歌碑は、歌人で徳山市文化振興財団専務理事の玉野《たまの》知之《ともゆき》氏の奔走により、建立された。

完工式と除幕式は当日十二時半からおこなわれた。車椅子に乗った犬養先生と小川亮《まこと》市長、松田昌裕《まさひろ》ロータリークラブ会長の三人が除幕した。昼食後二時半から碑の前で、犬養先生を囲んで座談会が催された。約八十名の出席者は、ウグイスの声を聞きながら万葉人の相聞歌《そうもんか》の世界に思いを馳《は》せた。

大宰府万葉歌碑《だざいふまんようかひ》

131

あをによし 寧楽《なら》の京師《みやこ》は 咲《さ》く花《はな》の 薫《にほ》ふがごとく 今《いま》さかりなり

（巻三—三二八） 小野老《おののおゆ》

（あをによし）奈良の都は咲いている花の色香のように、今まっ盛りである。

碑面

小野 老
あをによし寧楽の京師は
咲く花の薫ふがごとく
今さかりなり

裏面右

揮毫者
文学博士
文化功労者 犬養 孝
平成十七年十月 建立

裏面左

太宰府市

裏面左下プレート

材 質 中国青石
産 地 福建省
管 理 中村造園
施 行 国松石材株式会社

解説板

大宰少弐小野老朝臣が天平元年（七二九）大宰府に着任した時、宴席で披露した歌とされている。揮毫者の犬養孝氏は万葉風土の大切さを訴え、若い頃から幾十度となく大宰府政庁跡の巨大な礎石の前にたたずんでは、古代の絵巻を繰り広げてくれる「遠の朝廷」を偲び、都から離れた官人の心情を思いやられた。

碑文は昭和二十四年に作られた「萬葉百首」のかるたから拡大して刻した。

位　置　福岡県太宰府市観世音寺四丁目　大宰府政庁跡

除幕式　平成十七（二〇〇五）年十一月二十一日

建立者　太宰府市

寸　法　一四八×一一〇　黒御影石貼付け

解説

太宰府展示館西側に、万葉カルタの読み札をもとにした歌碑が立っている。カルタの雰囲気を出すために、碑石に四角形の読み札を貼り付けたように、周囲を黒く縁取りしている。

犬養先生は昭和二十四年十二月二十四日、当時勤務していた旧制大阪高等学校と樟蔭女子専門学校の生徒の協力によって、万葉百首のカルタを完成させた。読み札はタバコの「光」、取り札は「憩」の箱を二枚ずつ張り合わせて作成した。カルタの現物は「たばこと塩の博物館」（東京都渋谷区）に寄贈されているが、時折一部が「南都明日香ふれあいセンター犬養万葉記念館」に貸し出されて展示されている。また、ブティック社から『犬養孝萬葉かるた』として、平成五年に複製カルタが販売されている。

歌碑の除幕式は、約六十名が出席し、午前十時から始まった。佐藤善朗氏（太宰府市長）の挨拶の後、主催者・来賓十名が万葉衣装で除幕した。富田敏子

（全国万葉協会会長）・岡本三千代（犬養万葉顕彰会会長）両氏の祝辞、犬養悦子氏の祝電披露、山内勇哲氏（大宰府万葉会講師）の歌碑解説、続いて歌碑の歌を犬養節と大宰府万葉会節で朗唱した。最後に松尾セイ子氏（大宰府万葉会代表）が謝辞を述べた。

当日大宰府では合計三基の歌碑が建立されたが、他の二基は白布を被せていただけで除幕式はおこなわず、犬養先生の歌碑の除幕に合わせて白布が取り払われた。十二時から太宰府展示館で古代食による昼食会があり、記念品として、市役所より「太宰府万葉歌碑めぐり」、大宰府万葉会より「万葉への誘い」の二種のリーフレットが参加者に配られた。

山上憶良万葉歌碑

（二基）　やまのうえのおくらまんようかひ

109
110

憶良《おくら》らは　今《いま》は罷《まか》らむ　子泣《こな》くらむ　それその母《はは》も　我《わ》を待《ま》つらむそ

（巻三―三三七）山上憶良《やまのうえのおくら》

わたし、憶良はもうおいとまいたします。家では子供が泣いていることでしょう。そしてその子の母（わたしの妻）もわたしの帰りを待っていることでしょう。

春《はる》されば　まづ咲《さ》く宿《やど》の　梅《うめ》の花《はな》　独《ひと》り見《み》つつや　春日暮《はるひくら》さむ

（巻五―八一八）山上憶良

春になるといつもまず咲く宿のウメの花を、ひとりで眺めて春の一日を暮らすとしようか。

碑面 109

山上臣憶良罷宴歌一首
憶良等者
今者将罷
子将哭
其彼母毛
吾乎将待曽
孝書

台座（部分）

建立日　平成七（一九九五）年十月二十日
揮毫者　大阪大学名誉教授

甲南女子大学名誉
教授
文化功労者
文学博士
犬養 孝

建立者 稲築町教育委員会

碑面 110

筑前守山上大夫
波流佐禮婆 麻豆佐久耶登
能 烏梅能波奈 比等利美
都都夜 波流比久良佐武
孝書

副碑（部分）

建立日 平成七（一九九五）年十月二十日
揮毫者 大阪大学名誉教授
甲南女子大学名誉
教授
文化功労者
文学博士
犬養 孝

建立者 稲築町教育委員会
位置 嘉麻市稲築町鴨生
鴨生公園
除幕式 平成七（一九九五）年十月三十一日
建立者 稲築町教育委員会
寸法 109 一二三×二二五 黒
御影石貼り付け
110 一五五×一三〇 黒
御影石嵌込み

命名碑 M12

鴨生憶良苑 孝書

裏面

「鴨生憶良苑」の由来
万葉学者 犬養孝博士の御来訪（平成七年十月三十一日）を記念して建立した山上憶良歌碑のあるこの庭園に博士より贈られた名称が表記のものである
命名・書 犬養孝 文学博士 明治四十年生

東京帝國大学文学部國文科
卒業
大阪大学名誉教授
甲南女子大学名誉教授
文化功労者

位　置　嘉麻市稲築町鴨生
　　　　金丸邸
除幕式　平成九（一九九七）年
　　　　五月十一日
建立者　金丸武一・嘉與子
寸　法　一三八×三〇×三二

解説

福岡県嘉穂《かほ》郡は、明治二十九年に嘉麻《かま》郡と穂波《ほなみ》郡が合併して誕生した。嘉麻郡は史書に嘉摩郡・鎌郡とも表記された。平成十八年三月には、嘉穂郡嘉穂町・稲築町・碓井町、山田市が合併し、嘉麻市が誕生した。

稲築町の金丸與志夫（歌号、與志郎）・嘉與子氏は、父子二代にわたって、その地で「嘉摩三部作」を残した山上憶良の顕彰活動を続けてきた。歌碑建立の経緯は、金丸嘉與子（編）『萬葉の里　稲築町と山上憶良』（私家版、平成十年八月）に詳しくまとめられている。これによれば、昭和三十二（一九五七）年、與志夫氏が桑原武夫（編）『一日一言―人類の知恵―』（岩波新書）を読み、憶良と鴨生とのかかわりを知ったことに始まる。そして昭和四十三年に「憶良まつり短歌会」が発足し、以後、毎年九月の第一日曜日に稲築公民館において会が催されている。

嘉與子さんは平成六年四月、鴨生公園に「嘉摩三部作」の反歌三首を自ら揮毫して歌碑を建立した。これが稲築町の万葉歌碑第三号碑となった。その後、建立に際して励ましを受けた犬養先生にも揮毫を依頼し、鴨生公園には二基の歌碑が建つことになった。

「山上憶良臣《おみ》、宴《えん》を罷《まか》る歌一首」（巻三―三三七）は、公園内の体育館南側の植え込みの中にあり、憶良の「梅花《ばいか》の歌」（巻五―八一八）は、グラウンドの南の植え込みの中にある。前者が第四号碑、後者が第五号碑に当たる。二基の除幕式は当日午前十時より順次おこなわれた。嘉與子さんは犬養先生と並び、平成二年四月に亡くなった與志夫氏の遺影とともに除幕の綱を引いた。出席者は約六十名であった。犬養先生は、「御霊様《みたまさま》といっしょに除幕したのは初めてだ。」と、後日何度も話された。

金丸嘉與子さんは、犬養先生が平成七年十月三十一日、除幕式のために鴨生を訪れたことを記念して、自宅の庭に山上憶良の歌碑（第六号碑～第九号碑）を四基建立した。犬養先生は金丸邸の庭を「鴨生憶良苑」と命名し、この文字を揮毫した命名

碑（M12）が建立された。さらに命名碑のすぐ左傍《かたわ》らに、金丸與志夫氏の歌碑も建立され、平成九年五月十一日に、すべての碑の除幕式がおこなわれた。出席者は約五十名。残念ながら犬養先生は体調を崩し欠席したが、式のビデオを後日に楽しんだ。

鴨生憶良苑は約三千平方メートル。ツツジやウメ、クスノキの大木など緑豊かな苑内には、計八基の碑《いしぶみ》がある。

木綿山万葉歌碑

ゆうやままんようかひ

19

思《おも》ひ出《い》づる　時《とき》はすべなみ　豊国《とよくに》の　木綿山雪《ゆふやまゆき》の　消《け》ぬべく思《おも》ほゆ

（巻十—二三四一）作者未詳

あの人のことを思い出すときは、どうしようもなくて、豊国の木綿山の雪のように、命が消えてしまいそうに思われることだ。

碑面

思　出
時者為便無
豊國之
木綿山雪之
可消所念
　　孝書

裏面

思ひ出づる
時はすべなみ
豊國の
木綿山雪の
消ぬべく思ほゆ
萬葉集　巻十　二三四一

揮毫者　大阪大学名誉教授
　文学博士　犬養孝先生
建立者　大分県湯布院町
　由布高原荘
　　昭和五十五年十月
　　二十三日　建之

位置　由布市湯布院町　湯布院インターチェンジ高速バス停広場
除幕式　昭和五十五（一九八〇）年十月二十三日
建立者　由布高原荘
寸法　一四〇×一七〇　黒御影石嵌込み

解説

大分県別府《べっぷ》市と由布市の境に位置する由布《ゆふ》岳（一五八三メートル）は、豊後富士《ぶんごふじ》とも呼ばれている。旧、湯布院町内のどこからでも、ラクダの背のような山頂と、空の広がりに負けじと伸びている稜線が見える。

万葉歌碑建立計画は、画家の

山口正雄《やまぐちまさお》氏と由布高原荘支配人の古賀武二郎《こがたけじろう》氏との談話から始まった。山口氏は全国の万葉故《こ》地《ち》を描き続け、高原荘をしばしば訪れていた。早速、古賀氏は高原荘を所有していた東邦《とうほう》生命の会長、太田弁次郎《べんじろう》氏に相談した。太田氏は旧制第五高等学校の後輩である犬養先生に、万葉歌の揮毫を依頼した。太田氏自身『万葉集』に造詣《ぞうけい》深く、五高生のころから、のちに万葉学者になった同級の森本治吉《じきち》氏と、短歌誌『白路《はくろ》』を創刊して、伊《い》吹高吉《ぶきこうきち》のペンネームで作家活動を続けていた。

　万葉歌碑は由布岳に向き合うように、高原荘の敷地の入り口に建てられた。除幕式は関係者のみのささやかなものであった。

　ところが、阪神・淡路《あわじ》大震災による混乱が一息ついた平成八年秋ごろに、歌碑が消えてなくなったという噂が、犬養先生のところにも風の便りで聞こえてきたが、真相を確かめる機会もなく、月日が経過した。湯布院町商工観光課に問い合わせたところ、平成七年二月に、湯布院インターチェンジ入り口付近の広場に移設されたことが判明した。経済変動の荒波により高原荘は消え去った。このため歌碑は、東邦生命から湯布院町に寄贈されていたのである。

　自動車でインターチェンジを通り抜ける人々が、歌碑に気を留めることはほとんどない。

　湯布院町は平成十七年十月一日、合併によって由布市となった。

松浦県万葉歌碑

まつらがたまんようかひ

37

松浦県《まつらがた》　佐用比売《さよひめ》の子《こ》が　領巾振《ひれふ》りし　山《やま》の名《な》のみや　聞《き》きつつをらむ

（巻五—八六八）山上憶良《やまのうえのおくら》

松浦の県《あがた》の佐用姫が領巾を振ったという、その山の名前だけを、わたしは聞いているばかりなのか。

松浦文化連盟

碑面

山上憶良
麻都良我多佐欲比賣能故何
比例布利斯夜麻能名乃尾夜
伎〻都〻遠良武
孝書

「まつらがた　さよひめのこが　ひれふりし　やまのなのみや　ききつつおら〔ママ〕む」万葉集にのっている山上憶良の歌。揮毫は万葉学者で文学博士の犬養孝氏におねがいした。

昭和60年9月27日建立

位　置　唐津市鏡山頂上　鏡山神社車祓所前

除幕式　昭和六十（一九八五）年九月二十七日

建立者　松浦文化連盟

寸法　二二〇×二六〇　黒御影石嵌込み

解説

佐賀県唐津《からつ》市にある鏡山《かがみ》は高さ二八四メートル。花崗岩《かこうがん》の上に玄武岩《げんぶがん》をのせたテーブル形の山である。松浦山、領巾《ひれ》振《ふり》山とも呼ばれている。

山頂にある鏡神社の祭神は、一の宮が神功《じんぐう》皇后息長足姫《おきながのたらしひめ》、二の宮が藤原広嗣《ふじわらのひろつぐ》である。万葉歌碑は、道路のそばの車祓《はらえ》所前に立っている。黒大理石板に刻《こく》された文字は、金色に塗られているのですぐに気がつく。碑石本体は東松浦《ひがしまつうら》郡の天山石《てんざんいし》である。松浦文化連盟は郷土を称えた文人墨客《ぶんじんぼっかく》の足跡を文学碑として建立し、後世に伝えようとしている。この万葉歌碑は第十七基目にあたる。

当初、「万葉のふるさと」として、イメージアップに意気込む浜玉《はまたま》町への一助として、玉《たま》島《しま》川のほとりに大伴旅人《おおとものたびと》の歌碑を計画したが実現にいたらず、代わりに山上憶良の歌碑を鏡山山頂に建てることに変更したのである。発起人には「松浦文化連盟」の各顧問に加え、唐津市長、市議会議長、観光協会会長や、鏡山神社の宮司《ぐうじ》、崇敬社《すうけいしゃ》総代が名を連ねた。除幕式は午前十一時から始まり、約二十名が出席した。

神集島万葉歌碑（七基）

かしわじままんようかひ

89
90
91
92
93
94
95

帰《かへ》り来《き》て　見《み》むと思《おも》ひし　我《わ》がやどの　秋萩《あきはぎ》すすき　散《ち》りにけむかも

帰ってきて見ようと思った我が家の秋萩やススキは散ってしまっただろうか。

（巻十五—三六八一）秦田麻呂《はだのたまろ》

あしひきの　山《やま》飛《と》び越《こ》ゆる　かりがねは　都《みやこ》に行《ゆ》かば　妹《いも》に逢《あ》ひて来《こ》ね

（あしひきの）山を飛び越える雁よ。都に行くならわたしの妻に逢ってきておくれ。

（巻十五—三六八七）作者未詳

天地《あめつち》の　神《かみ》を乞《こ》ひつつ　あれ待《ま》たむ　はや来《き》ませ君《きみ》　待《ま》たば苦《くる》しも

天地の神に祈りながらわたしは待っていましょう。早く帰って来てください、あなた。待っているのは苦しいですよ。

（巻十五—三六八二）娘子《おとめ》

足《た》らし比売《ひめ》　御船泊《みふねは》てけむ　松浦《まつら》の海《うみ》　妹《いも》が待《ま》つべき　月《つき》は経《へ》につつ

（巻十五—三六八五）作者未詳

神功皇后《じんぐう》の御舟が停泊したという松浦の海、その松浦のマツではないが、家にいる妻が待つはずの月は過ぎていく。

君《きみ》を思《おも》ひ　あが恋《こ》ひまくは　あらたまの　立《た》つ月《つき》ごとに　避《よ》くる日《ひ》もあらじ

（巻十五—三六八三）作者未詳

あなたを思い、わたしが恋い慕《した》うことは、（あらたまの）やって来る月ごとに休む日はありません。

旅《たび》なれば　思《おも》ひ絶《た》えても　ありつれど　家《いへ》にある妹《いも》し　思《おも》ひ悲《がな》しも

（巻十五—三六八六）作者未詳

旅なので逢うことはあきらめていたけれども、家にいる妻のことが思われて悲しい。

秋《あき》の夜《よ》を　長《なが》みにかあらむ　なぞここば　眠《い》の寝《ね》らえぬも　ひとり寝《ぬ》ればか

（巻十五—三六八四）作者未詳

秋の夜が長いからであろうか、なぜこうも眠れないのか。ひとりで寝るからなのか。

碑面　89

肥前国松浦郡狛嶋亭船泊
之夜　遥望㆓海浪㆒各
慟㆓旅心㆒作歌七首
可敞里伎弖　見年等於毛比
之　和我夜度能　安伎波疑
須ゝ伎　知里尓家武可聞
右一首　秦田麻呂　孝書

副碑右横（他の六基も同様）

大阪大学名誉教授
文化功労者
犬養　孝　先生書
平成六年三月吉日
唐津市建立

歌碑　90

安思必寄能
山等妣古由留
可里我祢波
美也故尓由加波
伊毛尓安比弖許祢
孝書

碑面　91

安米都知能
可未乎許比都ゝ
安礼麻多武
波夜伎万世伎美
麻多婆久流思母
右一首娘子

孝書

碑面　92

多良思比賣
御舶波弖家牟
松浦乃宇美
伊母我麻都倍伎
月者倍尓都ゝ

孝書

碑面　93

伎美乎於毛比

安我古非万久波
安良多麻乃
多都追奇其等尓
与久流日毛安良自
孝書

碑面 94

多婢奈礼婆
於毛比多要弖毛
安里都礼杼
伊敝尓安流伊毛之
於母比我奈思母
孝書

碑面 95

秋夜乎
奈我美尓可安良武
奈曽許己波
伊能祢良要奴毛
比等里奴礼婆可
孝書

位置　唐津市神集島
寸法　89船着き場

二〇〇×七八
90神集島中学校の北の道路沿い
一三八×一六〇
91住吉神社入り口右
一一〇×二九八
92住吉神社裏手西
九〇×二一〇
93海水浴場の浜
一四二×二一三
94キャンプ場
一二六×一七〇
95黒瀬集落へ降りる道沿い
一三二×一四二

除幕式　平成六（一九九四）年
五月十五日
建立者　唐津市文化振興財団・

唐津市教育委員会

解説

佐賀県神集島《かしわ》は、唐津湾《からつ》の西北、東松浦半島《ひがしまつうら》の相賀崎《おうが》の北に位置している。面積約一・四二平方キロメートル、周囲は約八キロメートル。島の西北部は湾入し、神集島漁港がある。遣唐《けんとう》使や遣新羅《しらぎ》使の船も立ち寄るなど、大陸へ渡る交通上、重要な中継地であった。

唐津市長であった野副《のぞえ》豊《ゆたか》氏は、『万葉集』に親しみ、神集島で詠まれた七首の歌碑建立を推進した。除幕式は当日午前十時から、船着き場の第一号碑の場所で、七基分まとめておこなわれた。除幕は市長・市議会議長・犬養先生、ならびに地元の高崎美和さん（当時中学三年生）、西元庸平《ようへい》君(同小学六年生)の五名でおこなわれた。除幕式の前日、唐津市近代図書館にて、「二上山《ふたかみやま》の悲歌―大津皇子をめぐって―」と題する犬養先生の万葉講演会があったため、除幕式には九州各地から大勢の人々が参加した。犬養先生は除幕後、自動車に乗って順番に歌碑を見て回ったが、黒瀬集落へ降りる道沿いの歌碑（95）は道幅が狭いため行くことはできなかった。

唐津市が歌碑につけた番号は、『国歌大観』の番号順ではない。船を下りると、まず第一号碑を訪ね、すぐそばの「神集島案内」板を見て、歌碑の位置関係を頭に入れよう。第六号碑と第七号碑のところには、「歌碑案内図」板がある。全島の歌碑巡りは、二時間半もあれば充分である。住吉《すみよし》神社周辺やキャンプ場に向かう山道には、万葉植物が植えられている。

最近、刻字に種々の色が入れられ、驚きを禁じえない。願わくは元に戻すか、せめて墨入れにして欲しい。

三井楽万葉歌碑

みいらくまんようかひ

52

大君《おほきみ》の 遣《つか》はさなくに さかしらに 行《ゆ》きし荒雄《あらを》ら 沖《おき》に袖《そて》振《ふ》る

（巻十六―三八六〇）山上憶良《やまのうえのおくら》

大君のご命令によって遣わされたものでもないのに、差し出がましく行った荒雄《あらお》が、沖で袖を振っている。

碑面

筑前國志賀白水郎歌十首
王之
不遣尓
情進尓
行之荒雄良
奥尓袖振

考書

副碑裏面

三井楽町は、遣唐使船日本最後の寄港地として、蜻蛉日記、肥前風土記にその名を留め、さらには万葉集にも歌われた西果ての地で、歴史的にも意義深い土地である。

この歴史的背景を生かした、心豊かな文化の町を目指し、「西のはて、万葉の里」と定め、ここに、ふるさと創生事業の一環として揮毫を文学博士犬養孝先生にもとめ歌碑を建立する。

平成元年九月吉日

三井楽町長

位　置　五島市三井楽町
　　　　白良浜万葉公園
除幕式　平成元（一九八九）年
　　　　九月十六日
建立者　三井楽町
寸　法　一八〇×二六〇

解説

長崎県五島《ごとう》市三井楽《みいらく》町は、「西のはて・万葉の里」として、町おこしをおこなっている。

旧、岐宿《きしく》町から旧、三井楽町に入った最初のバス停白良《しらら》浜で下車し、バスの進行方向に歩けば、道路沿いに「西のはて万葉の里」と刻した背の高い石柱が見えてくる。三井楽町は、平成元年四月に「白良ヶ浜万葉公園」の整備を始めた。公園には万葉植物が植えられ、多目的広場には遣唐使船を模した展望台もある。

犬養先生の揮毫による万葉歌碑は、海に向かって立ってい

る。刻された文字は黄金色に彩色されており、道路際からでも文字が浮かんで見える。揮毫歌は、「筑前国《ちくぜん》の志賀《しが》の白水郎《あま》の歌十首」のうちの、最初の歌である。歌碑の左横には、十首全部を明朝体で記したブロンズ板を嵌込んだ、切り石の副碑が並んでいる。

　除幕式は午前九時半から始まり、関西から来た約五十名を含む約二百名が見守る中、犬養先生と立本《たつもと》弥雄人《みおと》町長が除幕した。中国総領事のメッセージも披露された。犬養先生は、「三井楽には昔ながらの自然と人情が残っている。これからもずっと守り続けてほしい」と挨拶した。

　三井楽町漁港埋め立て地には、「長崎歴史帆船《はんせん》協会」が復元した唐船「飛帆《へいふあん》」が入港し、子供たちを乗せて、午前十一時に遣唐使船最後の寄港地、柏崎《かしわざき》に向かって出航した。犬養先生は自動車で柏崎に先回りした。漁船や客船約二十隻《せき》も大漁旗を押し立てて伴走した。物産展も催されるなど、町はお祭り一色となった。

　午後は二時半から四時半まで、中央公民館において、清原和義《かつよし》氏の「万葉の三井楽・遣唐使」と、犬養先生の「萬葉のこころ―たましひ―」と題する記念講演がおこなわれた。この日の「西のはてフェスティバルinみいらく」には、延べ約三千名の人々が集った。

　三井楽町はその後、平成十二年・十五年にも「全国万葉フォーラム」を開催した。そして平成十六年八月一日、福江島の一市五町が合併して五島市となった。

索引

歌索引（五十音順）

ここには、この本に所集している万葉歌を五十音順に並べました。（　）の部分は本文では省略されています。

あ

あかねさす　紫野行き　標野行き　野守は見ずや　君が袖振る　（巻一―二〇）　128・344

秋の田の　穂の上に霧《き》らふ　朝霞　いつへの方《かた》に　我《あ》が恋《こひ》止《や》まむ　（巻二―八八）　172

秋の野に　咲きたる花を　指折り　かき数ふれば　七草の花　（巻八―一五三七）　348

秋の夜を　長みにかあらむ　なぞここば　眠の寝らえぬも　ひとり寝ればか　（巻十五―三六八四）　364

秋山の　樹の下隠り　逝く水の　われこそ益さめ　思ほすよりは　（巻二―九二）　57

浅葉野に　立ち神さぶる　菅の根の　ねもころ誰が故　我が恋ひなくに　（巻十二―二八六三）　231

あさもよし　紀人羨しも　亦打山　行き来と見らむ　紀人羨しも　（巻一―五五）　123・131

あさもよし　紀《き》へゆく君が　信土山　越ゆらむ今日そ　雨な降りそね　（巻九―一六八〇）　135

あしひきの　山飛び越ゆる　かりがねは　都に行かば　妹に逢ひて来ね　（巻十五―三六八七）　363

あしひきの　山のしづくに　妹待つと　我立ち濡れぬ　山のしづくに　（巻二―一〇七）　109

明日香川《あすかがは》　明日も渡らむ　石橋の　遠き心は　思ほえぬかも　（巻十一―二七〇一）　13・48

明日香川　瀬々の玉藻の　うちなびき　情は妹に　寄りにけるかも　（巻十三―三二六七）　15・40

明日香川　七瀬の淀に　住む鳥も　心あれこそ　波立てざらめ　（巻七―一三六六）　44

明日香川　黄葉流る　葛城の　山の木の葉は　今し散るらし（巻十―二二一〇）　183
味真野《あぢまの》に　宿れる君が　帰り来む　時の迎へを　いつとか待たむ（巻十五―三七七〇）　261
足代《あて》過ぎて　糸鹿の山の　桜花　散らずあらなむ　帰り来るまで（巻七―一二一二）　162
天離《あまざか》る　鄙に名かかす　越の中　国内ことごと　山はしも　しじにあれども　川はしも　さはに行けども　皇神の　領きいます　新川の　その立山に　常夏に　雪降り敷きて　帯ばせる　片貝川の　清き瀬に　朝夕ごとに　立つ霧の　思ひ過ぎめや　あり通ひ　いや年のはに　よそのみも　振り放け見つつ　万代の　語らひぐさと　いまだ見ぬ人にも告げむ　音のみも　名のみも聞きて　ともしぶるがね（巻十七―四〇〇〇）　285
天の原　富士の柴山　この暮の　時ゆつりなば　逢はずかもあらむ（巻十四―三三五五）　240
天地の　神を乞ひつつ　あれ待たむ　はや来ませ君　待たば苦しも（巻十五―三六八二）　363
新《あらた》しき　年の始めの　初春の　今日降る雪の　いや重け吉事（巻二十―四五一六）　293
あらたまの　伎倍が竹垣　編目ゆも　妹し見えなば　あれ恋ひめやも（巻十一―二五三〇）　221
あらたまの　伎倍の林に　汝を立てて　行きかつましじ　眠を先立たね（巻十四―三三五三）　216
在《あ》りつつも　君をば待たむ　うちなびく　わが黒髪に　霜のおくまでに（巻二―八七）　172
あをによし　奈良の都は　咲く花の　薫ふが如く　今盛りなり（巻三―三二八）　350
斑鳩《いかるが》の　因可の池の　宜しくも　君をいはねば　思ひそ我がする（巻十二―三〇二〇）　105
磯《いそ》の上《うえ》に　生ふる馬酔木を　手折らめど　見すべき君が　ありといはなくに（巻二―一六六）　189
石上《いそのかみ》　布留《ふる》の尊は　たわやめの　或ひに因りて　馬じもの　縄取り付け　鹿《しし》じもの　弓矢囲《かく》みて　大君の　命恐み天離る　夷辺に罷る　古衣　真土山より　帰り来ぬかも（巻六―一〇一九）　137
磯の間ゆ　たぎつ山川　絶えずあらば　またも相見む　秋かたまけて（巻十五―三六一九）　311
古《いにしへ》に　妹と我が見し　ぬばたまの　黒牛潟を　見ればさぶしも（巻九―一七九八）　157
石走る　滝もとどろに　鳴く蟬の　声をし聞けば　京師しおもほゆ（巻十五―三六一七）　310
石《いは》ばしる　垂水の上の　さわらびの　萌え出づる春に　なりにけるかも（巻八―一四一八）　185・197・245・337

石見《いはみ》のや　高角山の　木の間より　わが振る袖を　妹見つらむか　(巻二—一三二)　296
家島《いへしま》は　名にこそありけれ　海原を　吾が恋ひ来つる　妹もあらなくに　(巻十五—三七一八)　327
家にあれば　笥に盛る飯を　草枕　旅にしあれば　椎の葉に盛る　(巻二—一四二)　156
今しくは　見めやと思ひし　み吉野の　大川淀を　今日見つるかも　(巻七—一一〇三)　114
妹がりと　馬に鞍置きて　生駒山　うち越え来れば　紅葉散りつつ　(巻十—二二〇一)　93
妹に逢はず　あらばすべなみ　岩根踏む　生駒の山を　越えてそ我が来る　(巻十五—三五九〇)　91
入間道《いりまぢ》の　大谷が原の　いはゐづら　引かばぬるぬる　我にな絶えそね　(巻十四—三三七八)　197・249
うちのぼる　佐保の川原の　青柳は　今は春へと　なりにけるかも　(巻八—一四三三)　84
うちひさつ　三宅の原ゆ　ひた土に　足踏み貫き　夏草を　腰になづみ　いかなるや　人の児故そ　通はすも我子　うべなうべな　母は知らじ　うべなうべな　父は知らじ　蜷の腸　か黒き髪に　ま木綿もち　あざさ結ひ垂れ　大和の　黄楊の小櫛を　押へ刺す　うらぐはし児　それそ我が妻　(巻十三—三二九五)　65
采女《うねめ》の　袖吹き返す　明日香風　都を遠み　いたづらに吹く　(巻一—五一)　12・20・199
瓜食めば　子ども思ほゆ　栗食めば　まして偲はゆ　いづくより　来りしものそ　眼交ひに　もとな懸りて　安眠し寝さぬ　(巻五—八〇二)　81
奥《おき》つ島　荒磯の玉藻　潮干満ち　い隠りゆかば　思ほえむかも　(巻六—九一八)　146
憶良《おくら》らは　今は罷らむ　子泣くらむ　それその母も　我を待つらむそ　(巻三—三三七)　353
大君《おほきみ》の　遣はさなくに　さかしらに　行きし荒雄ら　沖に袖振る　(巻十六—三八六〇)　370
大君は　神にしませば　赤駒の　はらばふ田居を　都となしつ　(巻十九—四二六〇)　27
大君は　神にしませば　天雲の　雷の上に　廬りせるかも　(巻三—二三五)　25
大口の　真神の原に　降る雪は　いたくな降りそ　家もあらなくに　(巻八—一六三六)　32
大伴の　高師の浜の　松が根を　枕き寝れど　家し偲はゆ　(巻一—六六)　169
大汝《おほなむち》　少彦名の　いましけむ　志都の岩屋は　幾代経ぬらむ　(巻三—三五五)　299

思ひ出づる　時はすべなみ　豊国の　木綿山雪の　消ぬべく思ほゆ　（巻十―二三四一）　358

か

かくばかり　恋ひつつあらずは　高山の　岩根《いはね》しまきて　死なましものを　（巻二―八六）　172
恐《かしこ》きや　命被り　明日ゆりや　草がむた寝む　妹なしにして　（巻二十―四三二一）　226
鹿島嶺の　机の島の　小螺を　い拾ひ持ち来て　石以ち　つつき破り　早川に　洗ひ濯ぎ　辛塩に　こごと揉み
高坏に盛り　机に立てて　母に奉つや　めづ児の刀自　父に献つや　みめ児の刀自　（巻十六―三八八〇）　271・278
香島より　熊木をさして　漕ぐ船の　楫取る間なく　京師し思ほゆ　（巻十七―四〇二七）　263
帰《かへ》り来て　見むと思ひし　我がやどの　秋萩すすき　散りにけむかも　（巻十五―三六八一）　363
紀伊《き》の海の　名高の浦に　寄する波　音高きかも　逢はぬ児故に　（巻十一―二七三〇）　157
伎倍《きへ》人の　斑衾に　綿さはだ　入りなましもの　妹が小床に　（巻十四―三三五四）　219
君があたり　見つつも居らむ　生駒山　雲なたなびき　雨は降るとも　（巻十二―三〇三二）　88
君がゆく　道の長手を　繰り畳ね　焼き亡ぼさむ　天の火もがも　（巻十五―三七二四）　260・268
君が代も　我が代も知るや　磐代の　岡の草根を　いざ結びてな　（巻一―一〇）　164
君待つと　あが恋ひ居れば　わがやどの　簾動かし　秋の風吹く　（巻四―四八八）　129・187
君を思ひ　あが恋ひまくは　あらたまの　立つ月ごとに　避くる日もあらじ　（巻十五―三六八三）　364
百済野《くだらの》の　萩の古枝に　春待つと　居りし鶯　鳴きにけむかも　（巻八―一四三一）　107
くれなゐの　浅葉の野良に　刈る草の　束の間も　吾を忘らすな　（巻十一―二七六三）　229
黒牛潟　潮干の浦を　紅の　玉裳裾引き　行くは誰が妻　（巻九―一六七二）　156
黒牛の海　紅にほふ　ももしきの　大宮人し　あさりすらしも　（巻七―一二一八）　157
今日《けふ》もかも　明日香の川の　夕さらず　河蝦鳴く瀬の　清けくあるらむ　（巻三―三五六）　23
巨勢《こせ》山の　つらつら椿　つらつらに　見つつ偲はな　巨勢の春野を　（巻一―五四）　112

恋繁《こひしげ》み　慰めかねて　ひぐらしの　鳴く島陰に　廬するかも　（巻十五―三六二〇）　311・313
こもりくの　泊瀬の山は　色付きぬ　しぐれの雨は　降りにけらしも　（巻八―一五九三）　61

さ

さ檜隈《ひのくま》　檜隈川の　瀬を速み　君が手取らば　言寄せむかも　（巻七―一一〇九）　53
志長鳥《しながどり》　猪名野を来れば　有間山　夕霧立ちぬ　宿は無くて　（巻七―一一四〇）　305・318
信濃路は　今の墾り道　刈りばねに　足踏ましむな　沓はけ我が背　（巻十四―三三九九）　201
信濃なる　千曲の川の　細石も　君し踏みてば　玉と拾はむ　（巻十四―三四〇〇）　206
嶋の宮　上の池なる　放ち鳥　荒びな行きそ　君いまさずとも　（巻二―一七二）　42
銀《しろかね》も　金も玉も　何せむに　勝れる宝　子に及かめやも　（巻五―八〇三）　81・233
白栲《しろたへ》に　にほふ信土の　山川に　あが馬なづむ　家恋ふらしも　（巻七―一一九二）　123・133
住吉の　粉浜のしじみ　開けも見ず　隠りてのみや　恋ひ渡りなむ　（巻六―九九七）　124・178
天皇《すめろき》の　御代栄えむと　東なる　陸奥山に　金花咲く　（巻十八―四〇九七）　77
背の山に　直に向かへる　妹の山　事許せやも　打橋渡す　（巻七―一一九三）　143

た

高円《たかまと》の　秋野の上の　朝霧に　妻呼ぶ牡鹿　出で立つらむか　（巻二十―四三一九）　72
高円の　野辺の秋萩　いたづらに　咲きか散るらむ　見る人なしに　（巻二―二三一）　16・70
滝の上の　三船の山ゆ　秋津辺に　来鳴き渡るは　誰呼子鳥　（巻九―一七一三）　118
栲衾《たくぶすま》　白山風の　寝なへども　児ろがおそきの　あろこそ良しも　（巻十四―三五〇九）　271
立ちて思ひ　居てもそ念ふ　くれなゐの　赤裳裾引き　去にし姿を　（巻十一―二五五〇）　12・50
旅なれば　思ひ絶えても　ありつれど　家にある妹し　思ひ悲しも　（巻十五―三六八六）　364

旅人の　宿りせむ野に　霜降らば　あが子はぐくめ　天の鶴群　（巻九―一七九一）　254
玉藻刈る　唐荷の島に　島廻する　鵜にしもあれや　家思はざらむ　（巻六―九四三）　323
足らし比売　御船泊てけむ　松浦の海　妹が待つべき　月は経につつ　（巻十五―三六八五）　364
父母に　知らせぬ児故　三宅道の　夏野の草を　なづみ来るかも　（巻十三―三二九六）　65
塵泥《ちりひぢ》の　数にもあらぬ　吾ゆゑに　思ひわぶらむ　妹がかなしさ　（巻十五―三七二七）　260・268
月よみの　光を清み　夕なぎに　水手の声呼び　浦廻こぐかも　（巻十五―三六二二）　311
とぶさ立て　船木伐るといふ　能登の島山　今日見れば　木立繁しも　幾代神びそ　（巻十七―四〇二六）　263・266・272・276

な

中麻奈に　浮き居る舟の　漕ぎ出なば　逢ふこと難し　今日にしあらずは　（巻十四―三四〇一）　203
難波津《なにはと》を　漕ぎ出て見れば　神さぶる　生駒高嶺に　雲そたなびく　（巻二十―四三八〇）　100
西の市に　ただ一人出でて　目並べず　買ひてし絹の　商じこりかも　（巻七―一二六四）　68
ぬばたまの　黒髪山の　山菅に　小雨降りしき　しくしく思ほゆ　（巻十一―二四五六）　18・86

は

梯立《はしたて》の　熊木酒屋に　真罵《まぬ》らる奴　わし　誘ひ立て　率《ゐ》て来なましを　真罵らる奴　わし　（巻十六―三八七九）　266
梯立の　熊木のやらに　新羅斧　堕し入れ　わし　懸けて懸けて　な泣かしそね　浮き出づるやと　見む　わし　（巻十六―三八七八）　265
花散らふ　この向つ峯の　乎那の峯の　洲につくまで　君が齢もがも　（巻十四―三四四八）　213
春されば　まづ咲く宿の　梅の花　独り見つつや　春日暮さむ　（巻五―八一八）　353
春過ぎて　夏来るらし　白妙の　衣ほしたり　天の香久山　（巻一―二八）　55

春の苑《その》　紅にほふ　桃の花　下照る道に　出で立つをとめ　(巻十九—四一三九)　209・307・320・330

春楊《はるやなぎ》　葛城山に　立つ雲の　立ちても居ても　妹をしそ思ふ　(巻十一—二四五三)　176

一つ松　幾代か経ぬる　吹く風の　声の清きは　年深みかも　(巻六—一〇四二)　211

ふさ手折り　多武の山霧　繁みかも　細川の瀬に　波の騒ける　(巻九—一七〇四)　59

富士の嶺の　いや遠長き　山路をも　妹がりとへば　けによばず来ぬ　(巻十四—三三五六)　240

富士の嶺を　高み恐み　天雲も　い行きはばかり　たなびくものを　(巻三—三二一)　233

衾《ふすまぢ》道を　引手の山に　妹を置きて　山路を行けば　生けりともなし　(巻二—二一二)　63

藤白《ふぢしろ》の　み坂を越ゆと　白たへの　我が衣手は　濡れにけるかも　(巻九—一六七五)　156

ふるさとの　飛鳥はあれど　あをによし　平城の明日香を　見らくし好しも　(巻六—九九二)　79

ま

松の木の　並みたる見れば　家人の　我を見送ると　立たりしもころ　(巻二十—四三七五)　251

松浦県《まつらがた》　佐用比売の子が　領巾振りし　山の名のみや　聞きつつをらむ　(巻五—八六八)　361

眉《まよ》の如　雲居に見ゆる　阿波の山　かけて漕ぐ舟　泊知らずも　(巻六—九九八)　304・334・337

み熊野の　浦の浜木綿　百重なす　心は思へど　直に逢はぬかも　(巻四—四九六)　167

御食《みけ》向かふ　南淵山の　巌には　降りしはだれか　消え残りたる　(巻九—一七〇九)　46

むささびは　木末求むと　あしひきの　山のさつをに　あひにけるかも　(巻三—二六七)　75

紫の　名高の浦の　なのりその　磯になびかむ　時待つ我を　(巻七—一三九六)　154・156

紫の　名高の浦の　靡き藻の　情は妹に　因りにしものを　(巻十一—二七八〇)　152・157

紫の　名高の浦の　砂地　袖のみ触れて　寝ずかなりなむ　(巻七—一三九二)　156

紫草《むらさき》の　根ばふ横野の　春野には　君をかけつつ　うぐひす鳴くも　(巻十—一八二五)　127・180

室《むろ》の浦の　湍門の崎なる　鳴島の　磯越す波に　濡れにけるかも　(巻十二—三一六四)　325

物思はず　道行く行くも　青山を　振り放け見れば　つつじ花　にほえ娘子　桜花　栄え娘子　汝をそも　我に寄すといふ　我をもそ　汝に寄すといふ　荒山も　人し寄すれば　寄そるとぞいふ　汝が心ゆめ（巻十三―三三〇五）　237
もののふの　八十をとめらが　くみまがふ　寺井の上の　かたかごの花　（巻十九―四一四三）　282
（やすみしし　我が大君の　高敷かす　大和の国は　皇祖の　神の御代より　敷きませる　国にしあれば　生れまさむ　御子の継ぎ継ぎ　天の下　知らしまさむと　八百万　千年をかねて　定めけむ　奈良の都は　かぎろひの　春にしなれば　春日山　三笠の野辺に　桜花　木の暗隠り　かほ鳥は　間なくしば鳴く）露霜の　秋去り来れば　生駒山　飛火が岳に　萩の枝を　しがらみ散らし　さ牡鹿は　妻呼びとよむ　山見れば　山も見が欲し　里見れば　里も住み良し（もののふの　八十伴の緒の　うちはへて　思へりしくは　天地の　寄りあひの極み　万代に　栄え行かむと　思へりし　大宮すらを　頼めりし　奈良の都を　新た世の　事にしあれば　大君の　引きのまにまに　春花の　うつろひ変はり　群鳥の　朝立ち行けば　さすたけの　大宮人の　踏み平し　通ひし道は　馬も行かず　人も行かねば　荒れにけるかも）（巻六―一〇四七）　95

や

やすみしし　わご大王の　常宮と　仕へまつれる　雑賀野ゆ　背向に見ゆる　奥つ島　清き渚に　風吹けば　白波騒き　潮干れば　玉藻刈りつつ　神代より　然ぞ貴き　玉津島山　（巻六―九一七）　145
山川の　清き川瀬に　遊べども　奈良の都は　忘れかねつも　（巻十五―三六一八）　311
大和には　聞こえも行くか　大我野の　竹葉刈り敷き　廬りせりとは　（巻九―一六七七）　141
山の端に　月かたぶけば　漁する　海女のともしび　沖になづさふ　（巻十五―三六二三）　311
山吹の　立ちよそひたる　山清水　汲みに行かめど　道の知らなく　（巻二―一五八）　34・150
夕されば　ひぐらし来鳴く　生駒山　越えてそ吾が来る　妹が目を欲り　（巻十五―三五八九）　97
淑き人の　よしとよく見て　よしと言ひし　吉野よく見よ　良き人よく見　（巻一―二七）　116
世間《よのなか》の　繁き仮廬に　住み住みて　至らむ国の　たづき知らずも　（巻十六―三八五〇）　38

わ

わが命を　長門の島の　小松原　幾代を経てか　神さびわたる　（巻十五―三六二一）　311・346
わが里に　大雪降れり　大原の　古りにし里に　降らまくは後　（巻二―一〇三）　30
わが妻は　いたく恋ひらし　飲む水に　影さへ見えて　世に忘られず　（巻二十―四三二二）　194・224
我が妻も　絵に描き取らむ　暇もが　旅行く我は　見つつ偲はむ　（巻二十―四三二七）　226
若の浦に　潮満ち来れば　潟を無み　葦辺をさして　鶴鳴き渡る　（巻六―九一九）　146
我がやどの　いささ群竹　吹く風の　音のかそけき　この夕かも　（巻十九―四二九一）　338
わが行きは　七日はすぎじ　竜田彦　ゆめこの花を　風にな散らし　（巻九―一七四八）　102
わが故に　妹歎くらし　風早の　浦の沖辺に　霧たなびけり　（巻十五―三六一五）　313
わが岡《をか》の　おかみにいひて　降らしめし　雪の摧けし　そこに散りけむ　（巻二―一〇四）　30
吾のみや　夜船はこぐと　思へれば　沖への方に　楫の音すなり　（巻十五―三六二四）　311
居《ゐ》明《あ》かして　君をば待たむ　ぬばたまの　我が黒髪に　霜は降るとも　（巻二―八九）　172

歌碑・記念碑索引（建立順）

ここには、原則として『犬養孝揮毫の万葉歌碑探訪』（二〇〇七年四月）によって、歌碑の呼び名、建立順序を示しました。

1 甘樫丘《あまかしのおか》万葉歌碑［奈良県高市郡明日香村］ 20
2 石見《いわみ》万葉歌碑［島根県江津市］ 296
3 山辺道《やまのべのみち》万葉歌碑［奈良県天理市］ 63
4 乎《お》那《な》の峯《お》万葉歌碑［静岡県浜松市北区］ 213
5 佐保川《さほがわ》万葉歌碑［奈良県奈良市］ 84
6 糸我《いとが》万葉歌碑［和歌山県有田市］ 162
7 忍坂《おっさか》万葉歌碑［奈良県桜井市］ 57
8 孔島《くしま》万葉歌碑［和歌山県新宮市］ 167
9 机《つくえ》の島《しま》万葉歌碑［石川県七尾市］ 278
10 香久山《かぐやま》万葉歌碑［奈良県橿原市］ 55
11 吉野《よしの》万葉歌碑［奈良県吉野郡吉野町］ 118
12 多武峰《とうの》万葉歌碑［奈良県桜井市］ 59
13 百済野《くだらの》万葉歌碑［奈良県北葛城郡広陵町］ 107
14 初瀬《はつせ》万葉歌碑［奈良県桜井市］ 61
15 室津《むろつ》万葉歌碑［兵庫県たつの市］ 323
16 味真野《あじまの》万葉歌碑［福井県越前市］ 268
17 味真野《あじまの》万葉歌碑［福井県越前市］ 268
18 高円《たかまど》万葉歌碑［奈良県奈良市］ 70
19 木綿山《ゆうやま》万葉歌碑［大分県由布市］ 358
20 真土山《まつちやま》万葉歌碑［和歌山県橋本市］ 131
21 葛城山《かつらぎやま》万葉歌碑［大阪府堺市南区］ 176
22 大原《おおはら》の里《さと》万葉歌碑［奈良県高市郡明日香村］ 30
23 真神《まかみ》の原《はら》万葉歌碑［奈良県高市郡明日香村］ 32
24 黒髪山《くろかみやま》万葉歌碑［奈良県奈良市］ 86
25 春苑桃花《しゅんえんとうか》の万葉歌碑［香川県高松市］ 330
26 眉山《びざん》万葉歌碑［徳島県阿南市］ 337
27 鳴島《なきしま》万葉歌碑［兵庫県相生市］ 325
28 巨勢山《こせやま》万葉歌碑［奈良県御所市］ 112
29 さわらび万葉歌碑［徳島県阿南市］ 337
30 眉山《びざん》万葉歌碑［徳島県徳島市］ 334

31 能登島《のとじま》万葉歌碑 「石川県七尾市」 276
32 名高《なたか》の浦《うら》万葉歌碑 「和歌山県海南市」 154
33 粉浜《こはま》万葉歌碑 「大阪府大阪市住吉区」 178
34 群竹《むらたけ》万葉歌碑 「徳島県阿南市」 338
35 千曲川《ちくまがわ》万葉歌碑 「長野県千曲市」 203
36 額田王《ぬかたのおおきみ》万葉歌碑 「滋賀県東近江市」 187
37 松浦県《まつらがた》万葉歌碑 「佐賀県唐津市」 361
38 竜田《たった》万葉歌碑 「奈良県生駒郡三郷町」 102
39 家島《いえしま》万葉歌碑 「兵庫県姫路市」 327
40 千曲川《ちくまがわ》万葉歌碑 「長野県千曲市」 206
41 千曲川《ちくまがわ》万葉歌碑 「長野県千曲市」 206
42 かたかご万葉歌碑 「富山県高岡市」 282
43 麁玉《あらたま》万葉歌碑 「静岡県浜松市浜北区」 221
44 當麻《たいま》万葉歌碑 「奈良県葛城市」 109
45 春苑桃花《しゅんえんとうか》の万葉歌碑 「兵庫県西宮市」 320
46 猪名《いな》野《の》万葉歌碑 「兵庫県尼崎市」 318
47 麁玉《あらたま》万葉歌碑 「静岡県浜松市浜北区」 216
48 白山風《しらやまかぜ》万葉歌碑 「石川県能美市」 271
49 志都《しづ》の岩屋《いわや》万葉歌碑 「島根県邑智郡邑南町」 299
50 さわらび万葉歌碑 「神奈川県横浜市西区」 245
51 飛鳥《あすか》万葉歌碑 「奈良県高市郡明日香村」 27
52 三井楽《みいらく》万葉歌碑 「長崎県五島市」 370
53 生駒《いこま》山万葉歌碑 「奈良県生駒市」 97
54 入間道《いるまじ》万葉歌碑 「埼玉県日高市」 249
55 山上憶良《やまのうえのおくら》万葉歌碑 「奈良県奈良市」 81
56 防人《さきもり》万葉歌碑 「静岡県浜松市浜北区」 224
57 高円山《たかまどやま》万葉歌碑 「奈良県奈良市」 72
58 生駒山《いこまやま》万葉歌碑 「奈良県生駒市」 91
59 生駒山《いこまやま》万葉歌碑 「奈良県生駒市」 93
60 机《つくえ》の島《しま》万葉歌碑 「石川県能美市」 271
61 能登島《のとしま》万葉歌碑 「石川県能美市」 272
62 春苑桃花《しゅんえんとうか》の万葉歌碑 「長野県千曲市」 209
63 飛鳥川《あすかがわ》万葉歌碑 「奈良県高市郡明日香村」 40
64 麁玉《あらたま》万葉歌碑 「静岡県浜松市浜北区」 219
65 檜隈川《ひのくまがわ》万葉歌碑 「奈良県高市郡明日香村」 53
66 浅葉野《あさはの》万葉歌碑 「静岡県袋井市」 229
67 大我野《おおがの》万葉歌碑 「和歌山県橋本市」 141
68 生駒山《いこまやま》万葉歌碑 「奈良県生駒市」 88
69 倉橋島《くらはしじま》万葉歌碑 「広島県呉市」 346
70 横野《よこの》万葉歌碑 「大阪府大阪市生野区」 180
71 高師《たかし》の浜《はま》万葉歌碑 「大阪府堺市南区」 169
72 さわらび万葉歌碑 「大阪府枚方市」 185
73 一《ひと》つ松《まつ》万葉歌碑 「長野県千曲市」 211
74 富士《ふじ》の柴山《しばやま》万葉歌碑 「山梨県南都留郡山中湖村」 240

75 富士《ふじ》の嶺《ね》万葉歌碑［山梨県南都留郡山中湖村］ 240
76 生駒山《いこまやま》万葉歌碑［奈良県生駒市］ 95
77 斑鳩《いかるが》万葉歌碑［奈良県生駒郡斑鳩町］ 105
78 川原寺《かわらでら》万葉歌碑［奈良県高市郡明日香村］ 38
79 飛鳥川《あすかがわ》万葉歌碑［奈良県高市郡明日香村］ 23
80 山上憶良《やまのうえのおくら》万葉歌碑［山梨県南巨摩郡増穂町］ 233
81 富士《ふじ》の嶺《ね》万葉歌碑［山梨県南巨摩郡増穂町］ 233
82 飛鳥川《あすかがわ》万葉歌碑［奈良県高市郡明日香村］ 44
83 南淵山《みなぶちやま》万葉歌碑［奈良県高市郡明日香村］ 46
84 生駒山《いこまやま》万葉歌碑［奈良県生駒市］ 100
85 吉野《よしの》万葉歌碑［奈良県吉野郡吉野町］ 116
86 大淀《おおよど》万葉歌碑［奈良県吉野郡大淀町］ 114
87 秋《あき》の七草《ななくさ》万葉歌碑［山口県周南市］ 348
88 山梨《やまなし》万葉歌碑［山梨県山梨市］ 237
89 神集島《かしわじま》万葉歌碑［佐賀県唐津市］ 363
90 神集島《かしわじま》万葉歌碑［佐賀県唐津市］ 363
91 神集島《かしわじま》万葉歌碑［佐賀県唐津市］ 363
92 神集島《かしわじま》万葉歌碑［佐賀県唐津市］ 364
93 神集島《かしわじま》万葉歌碑［佐賀県唐津市］ 364
94 神集島《かしわじま》万葉歌碑［佐賀県唐津市］ 364
95 神集島《かしわじま》万葉歌碑［佐賀県唐津市］ 364
96 黒牛潟《くろうしがた》万葉歌碑［和歌山県海南市］ 156
97 立山《たちやま》万葉歌碑［富山県高岡市］ 285
98 西《にし》の市《いち》万葉歌碑［奈良県大和郡山市］ 68
99 信濃道《しなのじ》万葉歌碑［長野県下伊那郡阿智村］ 201
100 因幡《いなば》万葉歌碑［鳥取県鳥取市］ 293
101 黒牛潟《くろうしがた》万葉歌碑［和歌山県海南市］ 156
102 玉津島《たまつしま》万葉歌碑［和歌山県和歌山市］ 145
103 玉津島《たまつしま》万葉歌碑［和歌山県和歌山市］ 146
104 紅《くれない》の赤裳《あかも》万葉歌碑［奈良県高市郡明日香村］ 50
105 河内《かわち》の明日香川《あすかがわ》万葉歌碑［大阪府南河内郡太子町］ 183
106 大伯皇女《おおくのひめみこ》万葉歌碑［三重県名張市］ 189
107 磐姫皇后《いわのひめこうごう》万葉歌碑［大阪府堺市堺区］ 172
108 飛鳥川《あすかがわ》万葉歌碑［奈良県高市郡明日香村］ 48
109 山上憶良《やまのうえのおくら》万葉歌碑［福岡県嘉麻市］ 353
110 山上憶良《やまのうえのおくら》万葉歌碑［福岡県嘉麻市］ 353
111 名高《なたか》の浦《うら》万葉歌碑［和歌山県海南市］ 152
112 妹山《いもやま》・背山《せやま》万葉歌碑［和歌山県伊都郡かつらぎ町］ 143
113 山清水《やましみず》万葉歌碑［和歌山県和歌山市］ 150
114 天《あめ》の鶴群《たずむら》万葉歌碑［北海道釧路市］ 254
115 三宅《みやけ》の原《はら》万葉歌碑［奈良県磯城郡三宅町］ 65
116 むささび万葉歌碑［奈良県奈良市］ 75
117 浅葉野《あさはの》万葉歌碑［静岡県袋井市］ 231
118 嶋《しま》の宮《みや》万葉歌碑［奈良県高市郡明日香村］ 42

119 防人《さきもり》万葉歌碑［静岡県浜松市南区］ 226
120 防人《さきもり》万葉歌碑［静岡県浜松市南区］ 226
121 雷丘《いかずちのおか》万葉歌碑［奈良県高市郡明日香村］ 25
122 防人《さきもり》万葉歌碑［栃木県下野市］ 251
123 明日香風《あすかかぜ》万葉歌碑［愛知県北名古屋市］ 199
124 東大寺《とうだいじ》万葉歌碑［奈良県奈良市］ 77
125 山清水《やましみず》万葉歌碑［奈良県高市郡明日香村］ 34
126 額田王《ぬかたのおおきみ》 万葉歌碑［岡山県久米郡久米南町］ 344
127 真土山《まつちやま》万葉歌碑［和歌山県橋本市］ 133
128 真土山《まつちやま》万葉歌碑［和歌山県橋本市］ 135
129 真土山《まつちやま》万葉歌碑［和歌山県橋本市］ 137
130 岩代《いわしろ》万葉歌碑［和歌山県日高郡みなべ町］ 164
131 大宰府《だざいふ》万葉歌碑［福岡県太宰府市］ 350
132 磐姫皇后《いわのひめこうごう》万葉歌碑［大阪府堺市堺区］ 172
133 磐姫皇后《いわのひめこうごう》万葉歌碑［大阪府堺市堺区］ 172
134 磐姫皇后《いわのひめこうごう》万葉歌碑［大阪府堺市堺区］ 172
S1 平城《なら》の飛鳥《あすか》万葉歌碑撰文［奈良県奈良市］ 79
S2 生駒山万葉小歌碑［奈良県生駒市］ 89
S3 富士の嶺レプリカ万葉歌碑［山梨県南都留郡山中湖村］ 244
M1 瀬嵐《せあらし》小学校百周年記念碑［石川県七尾市］ 281
M2 筆塚《ふでづか》［奈良県高市郡明日香村］ 28
M3 左和良妣庵《さわらびあん》命名碑［徳島県阿南市］ 341
M4 萬葉之苑《まんようのその》命名碑［徳島県阿南市］ 338
M5 ゆくりなき邂逅《かいこう》碑［香川県さぬき市］ 332
M6 高岡万葉歴史館定礎［富山県高岡市］ 287
M7 松田江《まつだえ》の長浜《ながはま》碑［富山県氷見市］ 289
M8 伊勢山皇大神宮《いせやまこうたいじんぐう》玉垣碑［神奈川県横浜市西区］ 248
M9 大津皇子鎮魂の響［奈良県葛城市］ 111
M10 タンチョウ愛護発祥の地碑［北海道釧路市］ 255
M11 布勢水海《ふせのみずうみ》之跡碑［富山県氷見市］ 291
M12 鴨生憶良苑《かもおおくらえん》命名碑［福岡県嘉麻市］ 354
M13 犬養万葉記念館開館記念碑［奈良県高市郡明日香村］ 35
M14 犬養孝生誕百年記念碑［奈良県高市郡明日香村］ 35

あとがき

犬養孝先生は生前、万葉風土文芸学を提唱し、『萬葉の風土（正・続・続々）』（塙書房）や『万葉の旅（上・中・下）』（現代教養文庫、改訂新版は平凡社ライブラリー）など、四十冊を超える著書、さらに『犬養孝万葉集（カセットテープ・CDベスト百巻）』（学習研究社）など十種の録音・映像シリーズを刊行された。〝犬養節〟と呼ばれた朗唱を交えつつ、判りやすい言葉で『万葉集』を学ぶ楽しさを多くの人々に伝えた。また、学生たちと万葉の故地を訪ね、現地で講義をおこなった。昭和二十六（一九五一）年四月三十日「奈良北郊」に始まった大阪大学万葉旅行は、平成十五（二〇〇三）年四月四日の第二七〇回「飛鳥」万葉旅行まで五十二年間続いたが、先生は平成十（一九九八）年四月四日の第二六〇回の「最後の講義」（大阪リーガロイヤルホテル）まで直接指導された。教え子たちと語らうことを何より喜ばれた先生は、偉大な教育者でもあった。

『万葉の旅』の取材のため全国の万葉故地を巡っていた頃は、日本の高度経済成長期に当たり、万葉故地は大きく変貌破壊されつつあった。明日香村も例外ではなかった。甘樫の丘の上にホテルを建てようと計画する業者も現れた。昭和四十年代になると飛鳥を守れという世論が高まった。昭和四十二年四月一日、先生は還暦を迎えられ、大阪大学万葉旅行もこの年に百回を迎えることになった。こうして飛鳥開発の防波堤として、先生が揮毫された万葉歌碑第一号が誕生した。最初は「私の万葉歌碑など無い方がよい。もしどうしてもと言うのなら、どこか遠い岬の草むらがいい。」と口癖のように繰り返されていたが、無謀な開発から万葉風土が守られるならばと考えを改められた。しかし万葉故地は日本列島改造論が声高に唱えられた頃、さらにバブル景気の頃に変貌を遂げていった。

大阪大学万葉旅行は昭和五十六年に三十周年を迎え、十一月二十九日の第一七二回「飛鳥」万葉旅行で参加者が合計三万人を超えた。これを記念して犬養孝編著『わたしの万葉歌碑』（社会思想社、一九八二年）を、私と清原和義氏（当時、武庫川女子大学教授）とで編集した。この時点で先生揮毫の万葉歌碑は二十二基を数え、関連碑三基と合わせて二十五基を紹介した。第一編に先生の随想三十四編を収録し、第二編には清原氏が万葉歌碑の解説を、私が建立余滴を執筆した。歌碑が五十基を超えたら増補版を作る計画であったが、その後続々と建立されていったので時期を待つことにした。平成九（一九九七）年、講談社より犬養先生の万葉風土研究、故地保存活動の業績をまとめようという提案があり、犬養孝・山内英正〔共著〕『犬養孝　万葉歌碑』（野間教育研究所、一九九九年）の刊行となった。これには先生の随想四十七編を収録し、私が百二十四基の万葉歌碑と十一基の関連碑の解説を執筆した。残念ながらこの書籍は研究所の特別紀要として作成されたので、書店で市販されなかった。また、先生は前年の十月三日にお亡くなりになったので、完成本をお見せすることはできなかった。

先生の没後も万葉歌碑と関連碑の建立が続いたため、すべてのものをまとめた歌碑巡りのハンドブックを作って欲しいとの声が多数寄せられた。そこで犬養万葉顕彰会によって、先生の生誕百年記念の一つとして、本書の刊行が企画された。今回は今までの書籍に未収録の随想十八編を収録した。万葉歌碑は今年（二〇〇九）年六月三日に堺市で除幕予定のものを含めた百三十四基、その他レプリカやミニ歌碑など三基、関連碑十三基、石碑ではない鐘のモニュメント一基（「大津皇子鎮魂の響」）、合計百五十一基を紹介した。試し彫りの歌碑も設置されているものは数に入れ、横浜市の伊勢山皇大神宮の玉垣一組も関連碑とした。歌碑の碑面と裏面、副碑と解説板の内容は必要に応じて全文または一部を記した。歌碑建立の経緯やそれに纏わるエピソードなど、記録性に重点を置いた。歌碑探訪のハンドブックを目指したが、数が多いため大部になってしまった。本書に先行する社会思想社と野間教育研究所の二著の刊行抜きにして、本書の刊行はありえなかった。私は甘樫丘の第一号歌碑以来のすべての歌碑・関連碑にかかわる膨大な資料を収集してきた。歌碑建立に尽力した多くの方々に、情報や資料を提供していただいた。厚く御礼申し上げる。

最近はインターネットでも色々な検索が可能となった。とある人のブログを偶々見ていると、江津市都野津の柿本神社に犬養先生揮毫の「祭神は二人」と刻した石碑があるという文章に出あった。私は半信半疑、確認のため高速バス「浜田道エクスプレス」号で現地を訪れたが、柿本神社にも人麻呂神社にもそのような石碑を見つけることはできなかった。人通りのほとんどない江津駅前には、「江津市・万葉の里商店会結成」の幟が三本はためいていた。「商店会結成記念万葉海鮮丼」の貼紙を見つけたので、昼食はそれにした。私の知らないどこかにまだ犬養先生の万葉歌碑や関連碑があるかもしれない。新情報をお寄せいただきたい。

本書カヴァー表の「南都明日香ふれあいセンター　犬養万葉記念館」（二〇〇〇年四月一日開館）の写真は、花井節二氏（飛鳥古京を守る会事務局長）の撮影による。カヴァー裏の写真は、犬養万葉顕彰会が記念館中庭に建立した先生の生誕百年記念碑である。本書所収の万葉歌碑と関連碑の写真のほとんどは、岡本三千代（犬養万葉顕彰会会長）・辰己和余（犬養万葉記念館学芸員）・富田敏子（全国万葉協会会長）の〝万葉三姉妹〟と、馬場吉久氏（『ウォーク万葉　たまづさ』編集員）に提供していただいた。谷川与喜男・本郷二郎氏にも協力いただいた。一部私が撮影したものも含まれる。歌碑の寸法は、万葉歌碑研究家の田村泰秀氏の『萬葉千八百碑』（萬葉の碑を訪ねる会、二〇〇五年）に拠り、田村氏からも御教示を得た。

出来るだけ現状の写真を用いたが、墨入れなどで美観を損なっているものは、以前の状態の写真を用いたものもある。犬養万葉顕彰会は先生揮毫の万葉歌碑を、今後も見守り続けていきたい。今秋には、飯塚市においても先生揮毫の万葉歌碑が計画されている。東広島市安芸津町では、先生が生前に揮毫墨書を渡されているが、その歌碑の建立は未だ実現していない。将来、歌碑の総数が増えることになれば、いつの日か増補版を作ることができるかもしれない。

本書の刊行に当たっては、和泉書院の廣橋研三社長に大変お世話になった。また、本書と同時に、和泉書院から犬養孝『万葉の里』（ＩＺＵＭＩ　ＢＯＯＫＳ）も刊行された。併せてお読みいただきたい。

平成十九（二〇〇七）年一月十日

山内英正

著者略歴

犬養　孝（いぬかい　たかし）

1907年　東京都に生まれる
1932年　東京帝国大学文学部卒業
1962年　文学博士
1970年　大阪大学名誉教授
1981年　甲南女子大学名誉教授
1986年　明日香村名誉村民
1987年　文化功労者
1998年　逝去
〈**著書**〉『萬葉の風土（正・続・続々）』（塙書房）、『改訂新版　万葉の旅（上・中・下）』（平凡社）、『明日香風（正・続・第三）』（社会思想社）、『万葉十二ヵ月』（新潮社）、『万葉の歌びとと風土』（中央公論社）、『万葉の歌人　高橋虫麻呂』（世界思想社）など

山内英正（やまうち　ひでまさ）

1948年　香川県に生まれる
1971年　大阪大学文学部卒業
1976年　大阪大学文学研究科博士課程中退
現在　甲陽学院高等学校教諭
〈**著書**〉『万葉の歌－大和東部－』（保育社）、『人物で学ぶ歴史の授業』[共著]（日本書籍）、『壬申の乱をゆく』[共著]（奈良交通）、『犬養孝　万葉歌碑』[共著]（講談社野間教育研究所）、『別冊太陽　犬養孝と万葉を歩く』[共著]（平凡社）など

犬養 孝揮毫の万葉歌碑探訪　**和泉選書 156**

2007年4月1日　初版第一刷発行©

著　者　犬養　孝・山内英正

発行者　廣橋研三

発行所　和泉書院

〒543-0002　大阪市天王寺区上汐5-3-8
電話06-6771-1467／振替00970-8-15043
印刷・製本　太洋社　　造本　装丁室203

ISBN978-4-7576-0406-3　C0395　定価はカバーに表示